Vision

一些人物，
一些視野，
一些觀點，
與一個全新的遠景！

Money
Game
金錢遊戲
吳均龐・劉永毅◎著

好評推薦

李紀珠（立委／政大經濟系教授）

作者以身在紐約、東京、香港全球市場上精采的人生歷練，以細膩的文筆、犀利的思維，全全道盡其與各國頂尖高手相互競爭、合作，資本主義社會中弱肉強食之體會，令人印象深刻並頗具啟發！是一本給了解及想參與國際金融遊戲的好書！

孫大偉（廣告人）

這本書，忠實的呈現主人翁——程風如何從一個懵懵懂懂的留學生，誤打誤撞的一腳踏進了一個競爭激烈的全球化金融戰場，並且最終成長、蛻變為層峰階級的過程。

它是一本用說故事的方式來表達的真實案例。如果有人把它當成情節虛構的小說來讀，可就是把人參當成蘿蔔給啃了！

陳詩舜（霸菱證券投顧總經理）

有關金錢的遊戲一直是說故事的好題材；作為現代國際金融這巨獸的代言人之一，「程風」這個角色非常具有代表性。《Money Game——金錢遊戲》的題材鮮明，故事節奏流暢，以獨特的視角展現特殊而神祕的跨國金融家真實面像；以說故事的形式，生動表現冷冰的資本主義內涵，也同時展現遊戲其中的人性溫暖。

蔡明興（富邦金控副董事長／台灣大哥大董事長）

如果看厭了一本又一本露骨的金錢遊戲教科書的話，《Money Game——金錢遊戲》以獨特的說故事的形式，讓讀者一窺特殊而神祕的跨國金融家真實面像。

蔡康永（暢銷作家）

以華文寫作的長篇小說，大部分以對人生的文學思惟為重心，這對終日浸泡在資本社會生活的大眾來說，是很遙遠的事。

吳均龐先生多年來縱橫於資本社會的上游源頭，他的傑出專業才華，使他能夠寫出

《Money Game——金錢遊戲》這麼具備專業洞識的長篇作品，也填補了華文小說在這方面的長期缺憾。

目錄

序曲

跳棋是一種由二至六位棋士執不同顏色的棋子，在六角形棋盤上競賽的棋戲。起源爲十九世紀的英國跳棋，一九三〇年代流行於美國。

在程風的書桌上，放著一套跳棋棋具——木製的棋盤閃著溫暖的黃褐色光輝，棋子共有六組，每組十五枚，都是由大理石雕成的小尖塔形狀，頂端是不同的幾何圖形，分別是雪白、烏黑、雲灰、斑花、粉紅、石青六色。

有機會進到程風書房的朋友，幾乎都會忍不住問：「怎麼？這麼大還玩跳棋，這不是小孩玩的game嗎？」

程風也不多做解釋，只是笑笑，「是以前的同事送的禮物……」

這套別緻的跳棋，是程風在一九九六年辭掉美國美信銀行東京分行總經理返台時，他手下的日本職員送給他的禮物。代表的總務經理森島陽子是東京分行最資深的員工，她在送上這份禮物時，說：「程桑，不知道該送你什麼禮物，才能表達對你的敬意。但你一向說，跳棋很適合我們，所以大家買了這個禮物送你。」

其實，程風所指的「我們」，並不是指某些特定的種族、團體、機關，甚至個人；而是指有心想要從堅實的基礎出發，善用資源，設計策略，終而突破自己的現狀，成功抵達目的的一些人。

這些人可能是美國人、猶太人、日本人、中國人……或是說，像程風這樣的人。

提起程風，在台灣的金融界絕對是榜上有名；事實上，即使是世界金融中心的紐約華爾街和日本東京的外商銀行界，至今仍有不少人記得程風的不平凡表現。

但程風一直認為，他一路走來的途徑及採取的行動，其實也只不過像是努力地，想要成功地走一盤跳棋一樣。

part1

打造百萬之男

Money Game

一　我為我的儀表感到抱歉

「沒錯，就是這裡了。」

雪亮的銅門牌上，三個厚實的黑體阿拉伯數字「168」似乎在回瞪著他。程風再次核對了一下手上紙片的地址──大街一百六十八號（168, Main Street）。眼前這棟三層樓高，英國維多利亞風格的紅磚建築，和他心目中「失敗者才會來」，理應帶著些許破敗氣息的「職業介紹所」完全不同。

他聳聳肩。既然人都來了，就試試吧。

用手掌壓著晶亮的銅桿，推開厚重的大門，一腳踏上白色大理石的地板時，他心裡閃過一個念頭──「168，一路發，倒是一個好兆頭。」

接待小姐輕聲細語地向程風指明了位於二樓的辦公室後，他三步併做兩步，循著樓梯飛奔上了二樓，咚咚咚的腳步聲引起了接待小姐和兩、三名大廳訪客的側目，但程風卻毫無所覺。他輕輕地推開二〇三室厚實的橡木門，腳下踩著厚實柔軟的地毯，環目四顧，面積雖然不大，但紅黑色調的室內裝潢，卻營造出莊嚴華麗的氣氛。

程風沒想到，小小的一個介紹所，也搞得如此講究。

一個甜美、親切而充滿威儀的聲音在身旁響起，「你是程先生嗎？」

程風定睛一看，面前站著一位穿著灰藍色套裝，灰金色頭髮微微泛灰的中年婦女。他心想，這多半就是大學「生涯規劃」（Career Placement）部門那位好心祕書所說的「威爾森女士」（Ms. Wilson）了。他連忙點頭稱是，並且打算客套一番。不料，對方卻說：「威爾森女士正在等你，請進去吧！」

跟在女祕書身後，程風為自己差點出糗而有些尷尬。「還好！」他暗自慶幸，對方看不到自己臉上的表情。

他穿過一道掛著「職業顧問威爾森女士」銅牌的門。在一張大辦公桌後坐著的一名女子迅速抬起頭，望向走進來的程風，露出一個公式化的笑容，並且站起身，繞過桌子，和程風簡單的握手致意。

威爾森女士？程風心想，這麼年輕，應該稱威爾森小姐（Miss Wilson）比較恰當吧！不過，看她的穿著，一件剪裁大方，線條俐落的黑色套裝，裡面一件象牙白色的絲襯衫，光滑的深栗色頭髮在腦後俐落地挽了一個髻，使得年輕亮麗的她平添一絲威嚴，果然就是一副「專業人士——威爾森女士」的樣子。

「我要為我的儀表感到抱歉。」才一落座，威爾森女士嘴裡冒出的第一句話，就讓程風愣了一下。為儀表抱歉？為什麼？他想。

按照他的標準，她的儀表可稱得上完美，得體的穿著打扮，一絲不苟的化妝……還是，她是在反諷？說我的儀表不得體……程風忽然覺得有一絲坐立不安的感覺。

他往下一瞥，看到自己那從咖啡色絨褲管中伸出來，略顯陳舊的短靴，忍不住將雙腳往後縮了縮。接著，他又想起，身上那件略顯破舊的咖啡色麂皮外套及薑黃色格子襯衫……此時，他腦海裡忽然冒出不知道在哪本雜誌上讀到一篇討論服裝禮儀文章時看到的一句話：「黃種人的膚色不適合咖啡色系的服裝……」

「哦！我是指這些小東西。」對面的白領麗人大概看到程風露出迷惑的表情，嬌俏地用手指尖點著右頰。那裡有什麼？程風用他一點二的視力用力看，除了她精心描畫塗抹的妝，什麼也沒有看到……等一下，那裡好像有幾粒小小白白像是痘子似的東西。

白領麗人威爾森女士迅速地解釋了一下：「壓力，是美容的天敵。」

當程風心裡正在想，美國人就是愛大驚小怪，臉上冒出幾顆小痘子有什麼好道歉時，注意外表及禮貌的威爾森女士已經言歸正傳：「程先生，我能為你做些什麼？」

為我做些什麼？程風差點讓心裡想了又想的答案衝口而出——替我找一個錢多事少離家近，肥得流油升得飛快的好工作。

但是威爾森女士卻好像沒那麼樂觀，她花了好幾分鐘的時間仔細地檢視程風的履歷表等資料，一面瀏覽，一面發表意見——「唔，你的成績倒還不錯，不過，學校算不上出色……（停頓了一下）還有，你幹嘛跑去唸一年的博士，這對你找事毫無幫助……」

聽著毫不掩飾的評估，程風覺得心裡發起陣陣的冷。她該不會拒絕接受委託吧？

好像會讀心術似地，威爾森女士放下手裡的資料，兩隻深咖啡色的大眼睛，直視著他的雙眼，兩瓣唇線清晰的豐潤紅唇中吐出一個又一個字：「程先生，我當然會盡我最大的努力來替你爭取條件最好的工作。但在我們開始前，我必須很確實地將事實放在你面前，希望你能了解。」

她頓了一下，然後說：「首先，你是東方人，在美國找事本來就比較困難；當然，波士頓商學院的MBA學位會有幫助，但如果你的成績能落在前百分之十就更好了。不過，你跑到中西部去唸了一年的博士，繞這一圈，對你不但沒幫助，反而有妨礙……」

程風想起多年前常看的卡通片，那隻老是被老鼠整得慘兮兮的貓，或是唐老鴨、兔寶寶之類的，總是被人拿了個大槌，拚命搥拚命搥，一寸一寸地搥進地裡。

好像怕程風不夠沮喪，她繼續「分析」下去。「而且，現在已經過了找工作、換工作的熱季，要找人的公司企業大部分都已經找到人了，這下我們可能要花更多的力氣。」

「因此，」她闔上手裡的檔案夾，放在面前，一雙大眼睛定定地凝視著程風，好像還有什麼話意猶未盡。專注卻欲言又止的神情，讓一向自許機靈百變，伶牙俐齒的程風一時也接不上話，只好用力睜大了眼，猛點頭，表示了鼓勵和了解，等著她把話講下去。「首先，你必須弄一套好衣服，去賈斯特岡商場買，你不能穿這樣去面試。」

程風忽然想起在MBA課堂上曾討論過的一個行銷個案。仍在企業任職的教授提醒他們這些象牙塔裡的學生：「即使是倉庫裡的存貨、陳貨，要賣出前，也要重新包裝，才能賣出一個比較好的價錢。」而當時班上幾個具有企業行銷經驗的同學，紛紛點頭，露出「此言深得我心」的嘴臉。

「第二，你要去找一個電話祕書。」她大概看出他不以為然的樣子，解釋道：「這樣會比較專業，你不會希望那些人事部門的人打電話給你時，是聽到電話答錄機，或者聽到你沒事在家，才會親自來接電話。」她說：「這筆錢不能省。」

聽到這裡，程風心裡的大石頭才放下來。他聽得出來，這位女士果然不愧為專業人士，話說得很直接，但都是為了自己在打算。他於是以慎重的語氣答應：「我會盡快把我這部分的工作做好。」至於這句話的弦外之音——「妳也要做好妳的部分」——他想，她應該會了解。

他們相視而笑，同時站起身，兩人握手道別。此刻，程風忽然覺得，兩人間已產生一種默契，甚至有些「命運共同體」的感覺。不過，他們都明白，這種感覺大概只能維持到他把佣金付清時。

就在他將踏出辦公室時，忽然聽到背後傳來一聲「程先生。」他轉過頭，看見威爾森女士仍站在門口，臉上帶著一種似笑非笑的表情。

她用手指了指腦袋，說：「還有，你要去理髮。」從大學以來即是一頭披肩長髮造型的程風，邊笑邊搔頭，離開了職業介紹所。

二　你不是枯燥的人

程風迅速離開「一路發」紅磚建築物，繞過街角，找到了自己泊在街邊的紅色金龜車。坐進車裡，先發動，替老車暖暖車。他看看手錶，才發現自己一進一出，居然才花了半小時的時間。

程風低下身子，在手套箱裡翻出一包新開封的Marlboro，用手指輕輕彈兩下，一根菸跳了出來。他點著菸，深深地抽了一口，想著剛才求職顧問的意見。

「竟然說我唸了一年的博士，白繞了一圈，對找事毫無幫助，甚至還可能有妨礙……」他搖搖頭，這種話講給別人聽，除了歐陽外，大概沒人會相信。

老金龜喘了三分鐘，引擎才慢慢順暢起來。程風推檔、進檔、換檔，離開了路旁的停車位，朝向南方駛去。雖然在波士頓學院唸了兩年書，學校離波士頓市區也很近，但程風平常忙著唸書和打工，除了偶爾和幾個朋友「進城」到唐人街打打牙祭外，平常也沒什麼機會到城裡來閒逛，路不太熟。好在緬因街也是大街，而且，他來以前還向學校的女祕書問清楚了路。

其實，這裡離他的母校很近，只要繼續沿著緬因街向南走，再向西行，跨越查理河後，經過唐人街，上九十號公路，開上十幾分鐘，就到波士頓學院的校區了。但是，程風今天不打算返校，他還有事情要做。

車在街上東彎西轉，路旁的街道慢慢呈現出大學城附近的風景，幾步路就夾雜著書店和一些青年男女進進出出的小店。看著這些看似無憂無慮的大學生，程風想起了在故鄉母校度過的四年快樂時光。書，不需要用力唸，而吃喝玩樂的外務倒著實不少。「靠！」程風心裡想，若不是畢業時趕上了出國熱，恐怕自己到現在還在台北吃喝玩樂一陣鬼混，才懶得大老遠跑來這裡求職，受這些洋氣。

想起剛剛分手的誰來這個洋婆子，居然當著他的面批評他不該浪費時間去唸博士。他想，如果自己和她一樣，天生一身白皮膚，土生土長的小老美，大概大學畢業就上職場去拚搏賺錢了，哪裡需要靠一、兩個碩士、博士的學位來撐場面，充當行走於異邦土地時的盔甲。

他再一次想起，一個多禮拜前，他的指導教授歐尼斯博士對他說的那一番話，尤其是那一句：「風，我真的覺得，你不是一個枯燥的人……」

不過五十出頭，頭頂半禿，稀疏的頭髮也花白了一大半的歐尼斯，那天語重心長，分外顯得真摯、誠懇，對這個自己一手提攜，從美國東北部的麻州帶到中西部俄亥俄州的華人高徒，一副冀望甚深的樣子。但程風卻始終懷疑，歐尼斯是因為對程風的成績不滿意，怕影響到自己的研究成果，才想把他幹掉。

還是，真如他所言，不忍心見到程風走錯路？

當初從研究所畢業，拿到MBA的學位後，老美同學們都忙著找工作或準備上工，很多人不等到畢業典禮就紛紛閃人了；而外國學生則幾乎都在準備打包回國，但程風卻還不想回家。在美國待了兩年，他覺得自己歷練還不夠。做事嘛？畢業之前大家忙著找工作那一波，他又沒認真去找，結果也沒有現成的工作可以安身立命。雖然身邊還剩一些錢，但也耗不了多久。

想來想去，只有繼續唸書了。到此時，「讀博士」的心才熱了起來。想起出國前爸媽有意無意地暗示，加上許多聽來老中唸博士後光宗耀祖的故事，好像唸個博士也挺不錯。於是，他才開始積極聯絡已經被俄亥俄州立大學聘去教書的歐尼斯。

那一次，為了爭取獎學金，他展開長征計畫。程風花了一千多元，買了一輛二手金龜車，帶了簡單的行李就上路。從大西洋岸的海港城市，開到美國中西部的大學城，足足有兩千五百多英里，他卻只花了一天半的時間就開到了。為了省錢，一路上，他根本沒有去住汽車旅館，真撐不住了，就把車往路邊一停，小睡一下；晚上到了卡車休息站，花一塊錢去洗個澡，再雜在一大堆卡車司機中進餐。

到了地頭，正是上午。程風理所當然，直接殺到俄亥俄大學，找到了歐尼斯教授的辦公室兼研究室。對於這位華人高徒的到來，歐尼斯並不驚訝，他早從電話中知道程風的來意。「嗯，如果你想要來這裡讀博士，最好先認識一下這裡的師資。」

短短一個下午，他像跑馬燈似地拜訪了三、四名歐尼斯口中「重要的」，也就是有權決定獎學金給誰的教授。對於這場非正式的博士學生資格審查，程風可不敢掉以輕心。歐尼斯個性謹慎，在系上雖然很罩，但也不會大包大攬，還是得靠程風自己的表現。

他按照歐尼斯的指點，親自上門自我介紹。中西部小城的人總是比較親切，老師也沒什麼架子，知道程風是歐尼斯的弟子，見面後一陣哈啦，氣氛很是融洽。

到了黃昏，該拜訪的老師都拜訪完畢，程風準備打道回府。他去向準備下班回家的歐尼斯告辭。

「嗯……你不休息一晚嗎？」歐尼斯知道他是連夜兼程趕來。

「沒關係，我體力好得很！」程風故意做了一個炫耀肌肉的動作，但他知道自己的氣色沒那麼棒。

「唔，我看你在我家住一晚好了！」歐尼斯畢竟也當過窮學生，知道程風的顧慮為何。程風默默點頭，和歐尼斯回家。

雖然在研究所讀書時，程風擔任過歐尼斯的研究助理，兩人很熟，但那只限於辦公室，這還是程風首次拜訪歐尼斯的家。他只從一些零碎的談話中知道，歐尼斯有六個小孩，其中一半是他與前妻生的孩子，另一半是他妻子在前一個婚姻的子女。

歐尼斯家是美國一般中等家庭的住宅，而晚餐也是美國中產階級的樸實。開了近三十小時的車，加上竭盡心力地在未來師長們面前留下好印象，程風其實已經十分疲倦，但他還是強打起精神，聽完歐尼斯兒女的鋼琴和小提琴表演，自己也拿起小提琴，拉了幾首從小苦練的樂曲。

當歐尼斯家的子女在為程風的精采表演而熱烈鼓掌時，程風發覺歐尼斯用一種若有所思的眼光看著他。但他實在太累了，無法揣摩。被帶到客房後，程風的頭一碰到枕頭，馬上就睡著了。

第二天一大早四點多，程風就起身了。他準備趁歐尼斯一家人還沒有起床前上路，免得帶給別人麻煩。想不到歐尼斯已經起來了，拿著一本書，正坐在餐桌上看。

看到程風這麼早起床，歐尼斯有些驚訝，但他卻什麼也不問，只是替程風準備了簡單的早餐。雖然心裡很想知道這次「面試」的結果，但程風忍住了。禮貌地用完餐，迅速地收拾好，就向歐尼斯告別。

歐尼斯在送他出門時，似乎欲言又止。但他並未如程風所期待，許下什麼允諾，反而問了程風一個奇怪的問題：「你想過，以後要過什麼樣的生活嗎？」程風愣了一下，不知道該如何回答這個問題。

而且，這個問題有什麼好問？程風想，從小他就知道，好好唸書，以後自然生活無慮，衣食無憂。書唸得越好，前程越是遠大。歐尼斯問這句話的用意是什麼？難道，這也是博士甄試的一部分？

歐尼斯看他愣在當場，笑了笑，拍拍他的肩膀。程風回過神來，向歐尼斯道謝收容他一晚，就踏上回程。

為了讓這趟旅程不完全像是「商務旅行」，他還特別花了好幾個小時，繞到尼加拉大瀑布，欣賞一下這個世界聞名的自然奇觀。花了半個多小時的時間瞪著氤氳水氣和俗氣的人工遊樂設施後，他變更了好好玩一玩的計畫，直接開長途車回波士頓。

回到波士頓一個禮拜，他接到了俄亥俄州立大學的通知，他拿到博士班的入學許可及獎學金。他收拾了簡單的行李，往車上一扔，就去了俄亥俄州。

本來，程風以為自己的前程就這樣定了——拿博士、發表論文、教書、升等、在美國定居，週末假日上華埠打打牙祭，就像千百個從台灣來到美國落地生根的留學生一樣。

對「前程」這樣的發展，他並沒有什麼疑慮。一直到一個禮拜前。

「風，雖然我收你做我的博士研究生，但我一直在思考，到底你是否適合在學術界發展？」一向寡言的歐尼斯教授，這一天意外的話多了起來。「你知道，學術研究是一條很枯燥的路，」他對著窄小研究室裡到處疊壘的書本、報告、文件……揮揮手。「你要在這些東西裡耗掉你一生的精力。」

他忽然將身子前傾，注視著程風。「這是需要專注的一個專業，必須要耐得住寂寞和枯燥。你要能夠坐．得．住。」程風剛想張口，辯稱自己是個「坐得住」的學術人才，歐尼斯卻伸手阻止了他。

他說：「其實，風，我一直覺得你不是那麼枯燥的人……」他的眼睛在厚厚的鏡片後顯得更大，「你的腦筋很靈活，表達能力很強……而且，多才多藝。」他又沈默了一下，才說：「如果我像你一樣，我會出去闖闖，看看外面的世界。」

講著講著，一向不苟言笑的他竟微微笑了起來。「而且，你好像也不太坐得住。」聽到這句話，程風才從暈淘淘的感覺中恢復，恍然大悟，原來老闆嫌他不夠賣力。

話都講到這一步，程風知道，不走都不行了。不過，為了留一步後路，程風還是半請求半強迫地要求歐尼斯保證，保留他的博士班學生資格後，才迅速打包行李，回到他熟悉的波士頓，準備投入就業的行列。

程風上了高速公路沒多久，車就多起來了。和中國哈爾濱同緯度的波士頓，一到秋季，天黑得早。雖然此時才下午四點多，但天色已經暗起來了。不過仍然可以從高速公路上看到波士頓人口中「我們的河」——查理士河的遼闊河面，並且感受到它往人西洋一路奔去的氣勢。

他想起自己第一次看到查理士河時的心情，和現在可不一樣。當時剛到波士頓不久的程風，才剛在異鄉安頓好，對未來充滿了惶恐和期許。波士頓地區幾所大學的中國同學會聯合起來，趁著剛開學還不忙的時間，選了一天，為新生舉行烤肉郊遊，地點就選在查理士河畔的一個小公園。

這一天，近百名來自哈佛、麻省理工學院及波士頓大學的菁英學子齊聚在查理士河的小公園裡。舊生談著學校新課表、師資及暑期的旅遊經驗，看來顯得怯怯地新生則到處請教前輩，討教存活之道。小小的公園，一時顯得熙熙攘攘，熱鬧非凡。單身的程風，拿了一些食物和飲料，一個人找了一張椅子坐下，享受著難得的秋日河畔風景。

美國東北部的秋天是迷人的，和台灣入了秋卻依然燠熱如夏的「秋老虎」氣候完全不同。氣溫已逐漸轉涼，樹林也慢慢由一大片深綠轉為斑駁的、大塊的黃色、橙色和紅色，襯著秋高氣爽的藍天，是程風以前很少見到的美景。而查理士河卻呈現一種深沈的，像是早就看慣世事的暗藍色，自顧自氣勢十足地向前奔去。

眼裡是滿溢的秋景，耳裡聽到的是其他人對未來前景的滿心期許，程風凝視著氣勢洶洶、前衝後湧的河水，忽然想到少年時讀到的「黃河之水天上來，奔流到海不復回」的句子，一股豪氣好像漸漸也從心底升起。他想起父母雖未明言卻大家心知肚明的期盼——博士、教授……他決定，至少這一次，要收拾玩心，好好唸書。他有信心，憑著自己的聰明，唸個博士學位並非難事。

正在他沈浸在自己的雄心壯志時，忽然感覺一個人在身邊坐下。「你怎麼一個人坐在這裡？」一個敦厚、親切的男人聲音在身旁響起問他，「你是哪一個學校的？哈佛？還是MIT？」

他就是這樣認識了歐陽天佑。

三　有錢不是唸來的

就像他的名字一樣。歐陽天佑的一切，就像是上天有保佑，人見人羨。

乍看之下，中等個子的歐陽天佑很普通，除了和他個子不甚相稱的厚實語音外，並無特別之處，但仔細觀察，卻可以發覺他有一股斯文儒雅的氣質。不過，當你知道他擁有哈佛大學的法學博士學位，並且是哈佛大學的正式教職員時，就不奇怪了。

歐陽天佑年紀輕輕就在哈佛大學的法學院圖書館任職。對八〇年代來美國求學的學子來說，能得到這樣的工作，堪稱是天之驕子了。

歐陽天佑的好運尚不僅於此。他不但求學工作一帆風順，家庭更是幸福得令人眼紅。他的太太原來是華航的空姐，人美不說，個性溫柔婉約，待人親切和善，持家治家井然有方，一對可愛的小兒女在她的教導下，既可愛又有禮貌，任何到他家的客人，都忍不住會喜愛這對粉雕玉琢的小人兒。

家庭和樂、工作順利的歐陽天佑夫婦非常好客，在波士頓地區的台灣留學生中十分有名。每逢佳節，一些異鄉的遊子就會聚在歐陽家，稍稍彌補對家鄉及親人的思念。而能言善道，又會玩一手好樂器的程風，很快就成為歐陽家的座上常客。

開學沒多久，一天，決定好好讀書，在美國學術界出人頭地的程風來到歐陽家。他以前所未有的求教心情，誠摯地向歐陽天佑這位見多識廣的老牌留學生提出一個問題：「歐陽大哥，到底該如何讀書？」

「讀書？」歐陽天佑說出一番讓程風永遠難忘的話，「你不是來這裡讀書的，你只是來這裡拿文憑的！」

聽見這話，程風只覺「轟」的一聲，腦袋裡忽然一把火燒了起來，「你這話是什麼意思？」生硬的語氣，「歐陽大哥」的敬語也沒了。沒辦法，從小到大，從來沒有人敢這樣對他說話，即使歐陽天佑也不行。

「啊，你生氣了。」歐陽天佑忽然笑了起來，平常溫文儒雅的笑容這時看來卻有些討厭；但是，他還是重複一遍：「你是來拿文憑，不是來唸書的，千萬不要搞錯。」

程風猛地站了起來，突如其來的動作讓座下的沙發發出一聲巨響。他的臉脹得通紅，想馬上離開這個房子。原來在廚房忙碌的歐陽大嫂，也被這個巨大響聲吸引而探出頭來。

僵立了三秒鐘，程風忽然覺得奇怪，歐陽天佑不但沒有露出慌張或不好意思的樣子，反而面帶笑容，坐在那裡，仰著頭，饒有興趣地看著他。情況有一點不太對，他的動作慢了下來，用心地再想了想剛才歐陽天佑講話的語氣。呃，好像並沒有故意羞辱他或讓他下不了台的意思。

歐陽天佑看出他的遲疑。「呵！呵！呵！」笑了起來，站起身，拍著他的肩膀，示意他坐下。

待兩人都坐穩後，他才再度開口：「有錢人不是靠唸書唸出來的。」看他沈默不語，又加了一句：「你想有錢，也想變成百萬富翁。我沒說錯吧？」

「你唸的是MBA，應該不是來做學問的；而且，我也不覺得你適合從事學術研究。」歐陽天佑像一個專業人士一樣地開始進行生涯分析，他的論點很簡單，也很實際——MBA是美國商學院大量製造的管理人才，不注重理論，注重的就是以後應付商場拚搏實務所需要的本事。而這種事情，光靠書本，是學不來的。

歐陽天佑的分析頭頭是道，但程風卻有些頭昏腦脹。「真正有錢不是靠唸來的」這句話，就像一根大棒子，轟上了程風的腦袋。他覺得自己原來尚稱條理清晰的頭腦、明白的目標，在一時間卻碎成一片，轟轟地作響。

「因此，你不要在學校花太多時間，花太多錢；能夠抵掉的學分就抵掉，少修一學分，少花一分錢；書也不要買，用借的就好了。」歐陽天佑已進入到結語的部分——「趕快拿到文憑，出社會去賺錢。」

那天程風是怎麼回到宿舍的，他已經忘記了。但他清楚記得，那天晚上他竟出奇地翻來覆去睡不著，想著歐陽天佑的話。這些話，好像一隻有力的手，將原本蒙在「出國留學」這一件事外層的道德包袱與使命面具，一塊一塊地撕扯了下來；而好不容易鼓起的奮發向上之心，好像被這一番話又壓低了。倒是好不容易收起來的玩樂心情，似乎又在心裡冒出了火苗，而且，火頭有越燒越旺的趨勢。

一夜輾轉，第二天，他起了個大早，興匆匆地就往商學院趕。對前一晚歐陽天佑的一番話，雖然不無保留之處，但卻被他所提到「能抵掉的學分盡量抵掉」、「少修一學分，少花一分錢」深深打動，於是決定馬上採取行動。

他第一站就來到金寶博士的辦公室，祕書很快就讓他進去。金寶博士才四十多歲，是管理研究所裡負責國際學生事務的指導教授，據說她在二十四歲就拿到了哈佛的經濟學博士，是典型的學術精英。她雖然對學生很親切，但絕不是軟柿子。事實上，程風覺得，在這裡，似乎只有學生是軟柿子，每個人隨時都可以來捏一下。

程風有備而來，從書包裡翻出大學的成績單，表情誠懇，說：「金寶博士，我覺得我應該可以抵掉初級統計學和高級統計學的學分，這些課程我在大學就修過了。此外，我還修過……」話還沒說完，金寶博士豎起一根食指，阻斷了他往下說。「停一下，風，我剛好知道教授這門課的歐尼斯博士正在他的辦公室裡，我幫你打個電話。」

程風只見金寶博士對著話筒咕嚕咕嚕講了幾句話，就放下電話，對他說：「歐尼斯博士在辦公室等你！」

他看不出歐尼斯博士精確的年紀，但總在四、五十歲左右，就是在大學校園裡常見的那種學者，花白的頭髮、微駝的背，厚厚的眼鏡……但眼鏡後的眸子卻相當冷靜。聽完程風說明來意，他沈吟了一下，說：「我倒是想同意你抵消學分，但如果就這樣讓你抵學分，我怕其他學生會認為不公平；為了公平起見，我還需要再複查一遍。」

「八成是想考我。」程風心裡想，趕快先逃，「那麼下次……」話才說了一半，歐尼斯教授已經轉向黑板，拿起粉筆，劈劈啪啪地就在黑板上寫了幾個統計的算式。然後，他轉過身，一臉平靜地對程風說：「現在，你來把這些題目算一下。」

程風沒想到會出現「面試」這一招，心裡暗罵歐陽天佑。他拿起粉筆，整個人幾乎在黑板前變成化石。大學時忙著玩、搞樂團、追女友，考試完全靠優良的基因和考前的臨時抱佛腳。這樣的安排一直都很順利，只是根基淺，黑板上的算式看來似曾相識，但相關的記憶卻千呼萬喚出不來。他好不容易才絞盡腦汁，胡亂應付出一些數字。至於正不正確，就不是他能掌控的事情了。

當他轉過身時，看見歐尼斯博士嚴厲的眼色。他並沒有掩飾他的不滿。「年輕人，我想你還沒有做好準備。我建議你，下一次做好準備再來和我談。」程風強忍住從胃部往喉頭衝的羞辱感，低著頭，離開了歐尼斯博士的辦公室。

隔了一週，他再度回到歐尼斯的辦公室，通過考驗，抵掉了部分學分，並且修了歐尼斯教授的一門高級量化行銷學課程。後來，他甚至因為優秀的數學能力，成為歐尼斯博士的研究助理。

但是，程風心裡想，第一次的印象總是令人最難忘。「大概就是從那次起，他就認定了我不適合搞學術。」

四　講英文的腦袋

除了叫他不用苦讀和盡量抵學分外，在歐陽天佑的這番話中，還有一句話讓程風有深得我心之感。他是這麼說：「能不修的課就不要修，但是，既然來到外國，有一門課一定要修，就是要多多去了解人家的人文風俗。」

除了追隨出國唸書的潮流外，「（想要）多多去了解人家的人文風俗」的願望，正是使得程風想要到國外看一看的動力。而這股動力的來源淵遠流長，來自於初中時認識的一名台美混血兒。

當時住在公家宿舍的程家，隔壁住著一家姓胡的原住民員工，胡家女兒十八歲時就出落得青春美麗。由於程母在中學教英文，胡家小姐常常上程家向程母請教英文。程母和年幼的程風都很喜歡這個漂亮的姐姐。

他聽母親說，當時是越戰時期，許多美軍放假就到台灣休假。在酒吧上班的胡家姐姐因此認識了一名美國大兵，並且還懷了身孕。從前不比現在的先「有」後婚比比皆是，沒人大驚小怪；當時是丟臉至極，甚至可能會鬧出人命的醜聞。個性暴烈的胡家爸爸痛毆女兒，幾乎鬧出人命，還是程父和程母在拳打腳踢中救下胡家女兒，並且替她找到安置之處。胡小姐生產時，還是程母幫了大忙，她還曾一度想收養這個女孩和她的混血兒子。

結果，胡小姐無緣成為程風的姐姐。越戰還未結束，胡小姐就隨著另一名返鄉的美國大兵到了花旗國。十年之後，胡家姐姐返台探親，見到了已經上初中的程風，忍不住摸著他的頭，感嘆：「時間過得好快！」而程風早就忘記這一位胡家姐姐，扭著身子想躲開摸頭的手，卻發覺她身旁一個大眼睛的小男孩正瞪著他看。

在初一升初二的暑假中，小男孩路易成為程風的玩伴。從小隨母親去了美國的路易只會講英語，只學了一年英語的程風只好拿課堂上學來的英語，來和對方溝通，想不到對方居然聽得懂，讓他信心大增。他費了老大的力氣，比手劃腳加上零星的單字片語，邀小路易一起騎腳踏車、看電影、下棋。為了讓對方了解下象棋的規則，程風花了很大的力氣來解釋，甚至流了滿身汗。

當兩人開始一步一步下起象棋時，他首次覺得，原來這種咿咿啞啞的語言，真的是可以用來溝通。

有一次，兩人騎著腳踏車在當時還是一片稻田、菜園的台北東區遊蕩；午後的西北雨忽然傾注而下，其中夾雜著隆隆雷聲和閃電霹靂。只顧躲雨的程風，拚命踩著腳踏車往家裡衝，他只聽到背後的小朋友一路嚎啕大哭，嘴裡含含混混地罵著什麼。「有趣！」一面踩著腳踏車，他心裡一面想。「原來小老美也會罵人。」

衝回家後，兩人已經淋得像落湯雞。而路易仍不停ㄇ的大聲責問他：「How can you do this to me?」「Shame on you!」雖然他大概猜得到是什麼意思，但卻不明白為什麼對方要這麼說？兩人又展開比手劃腳的溝通：

「你不可以這樣對我。」

「我沒有怎樣啊？」

「我很害怕。」

「只不過是下雨，幹嘛那麼膽小！」

「美國沒有這麼大的雨，我會害怕，你不能把我丟下不管。」

「我沒有不管，你緊跟著我就好了嘛！」

「我這裡路又不熟，我怕找不到路回家。」

「…………」

經過這次的「深度溝通」，程風才發現，原來不僅兩人的語言不同，連想法也大有差異。他和小路易一起去看電影，互相解釋不同文化背景的事物——為什麼美國人動不動就親嘴？為什麼中國人不准改嫁……他開始注意到，原來使用不同語言的人，在說話和邏輯上也有所不同。從此，「原來語言是這麼有趣的東西」的想法牢牢扎了根。

從此，程風對於自己世界以外的世界充滿了好奇。看著地圖上，各個不同顏色的國家、地區，他開始想像——這個地方的人是講什麼語言，他們在想什麼？和我們有什麼不一樣？小小年紀，他就已經決定，一有機會，就要向外探索，了解地球另一邊的人在想些什麼。於是，在同學還在苦背課本上英文單字和文法時，程風就努力從電影、搖滾音樂、電視和書本中汲取學習英文的養分，以及他們的想法。

從和小路易溝通的經驗，他早就知道，語文只是思緒、文化、邏輯、推理……的表達工具，因此是先有意識後，才用語文表達出來。而對一個人意識形態的了解後，也才能了解對方語言或文字表面後真正的深層意義。背單字、文法固然重要，但更重要的是能夠正確地和對方溝通。

懷著這樣的心情來到美國──小路易生長的國度，程風早就蠢蠢欲動，想要探索象牙塔外的世界。歐陽天佑的一番話，給足了他用力「探索」當地人文風景的正當性。

想到此處，他不由得不感謝歐尼斯。

當歐尼斯研究助理的薪水一個月五百元，扣掉學費和生活費後，還有一筆頗為寬裕的零用錢。除了應付課業的必要精神和工夫外，他的日子過得愜意極了。他成為波士頓交響樂和歌劇院的座上常客，哈佛廣場的書店和唱片行，更是他常流連的場所。在一般人心中苦哈哈的留學生歲月，他卻是過得輕鬆自在。

和一般台灣留學生喜歡聚在一起不同，程風雖然不排斥和老中打交道，但他更常和美國朋友打交道。理由很簡單，花了大錢千里迢迢到了美國，當然要趁機了解人家在幹什麼、想什麼，以及，人家的社會和文化和我們有什麼不同。要聯絡自己人的感情，等回到家鄉也不遲。

因此，在一幫台灣留學生的眼中，程風成了那種「只和老外打交道」的人，加上大家都忙著應付課業，久而久之，也就逐漸疏遠。後來，他在研究所交的兩個好朋友，傑夫與比利，發現他不太和其他亞裔留學生來往時，問起了這件事。程風才將這個想法對兩名美國朋友和盤托出。

「我們有句話，」傑夫慢吞吞地說：「到了羅馬城，要學羅馬人。」（程風對這句話並不陌生，國中就學過，只是中文翻譯為：入境隨俗。）說到這兒，他忽然笑了起來：「還好波士頓不是特洛伊城。」「沒錯！要想釣魚就要下水，」比利點點頭，附和說：「待在陸地上哪裡釣得到魚。」

就是因為這樣的想法，程風從許多美國同學、朋友處，尤其是傑夫和比利，了解了在好萊塢所打造的玫瑰色美國社會表層下的真實顏色。而這些經驗和認知，使他以後在和外國人溝通時，避免了許多的隔閡和誤解，而這是那些從電影或電視去認識美國和美國人的人，永遠無法學到的事。

對從亞洲來到美國唸研究所的留學生而言，K書、寫報告、考試、實驗等課業雖然辛苦，但都難不倒勤勉而努力的他們。最讓他們頭痛的事，就是教授要求他們：「說出你的想法。」在這種體系浸淫日久的美國學生，就算沒認真讀書，多少也能扯出一些歪理；而讀了滿肚子書，英語不夠流利的亞洲學生，被教授一問，往往連話都說不流利。表現較好者，也不過引用教科書等前人觀點。能夠獨出心裁，發表獨到見解者，實在寥寥無幾。

有著深厚軍中行政經驗的傑夫帶領，加上熟諳美國名校風氣的比利成天和他混在一起說天道地，本來英語就不錯的程風經兩人指點後，在課堂上的表現大出風頭，得到教授的誇獎。

按照中國人的說法，傑夫和比利，以及許多後來和他共事共處的人，都成為讓程風對這世界更多上一層深刻了解的「貴人」。

當然，還有蘇珊。

五　決定的因素

來到美國這個百分之百的資本主義社會，程風學到的第一個觀念，就是「金錢是決定性的力量」。因為，他就活生生地活在其中。

程風住的這一棟學生宿舍，就是剛下飛機時被接來暫歇的落腳處，後來在老生的建議下進住。這棟樓是六〇年代所建的一棟旅館，位於鐵道旁，後來被改成學生宿舍。雖然設備略微陳舊，但好處是全樓都有空調和地毯，這在一年當中有半年是寒冷氣候的波士頓太重要了。因此，這棟宿舍的生意興隆，申請的人不少，常常要等有了空缺才能補人。

而在這棟三層樓的宿舍中也是涇渭分明。底樓，也就是地下室，房間是後來隔間而成，幾乎讓來自香港的大學生全部佔據。精打細算的香港學生看中地下室的重要原因是便宜，一個月才八十五美元，於是呼朋引伴而來。程風有時到地下室去洗衣或做菜，聽到一片廣東話的插科打諢，常有自己到了香港的錯覺。

二樓，也是程風住的樓層，一個月要九十九元租金，住的幾乎是清一色來自中東、印度及台灣的單身研究生。三樓有單人房和雙人房，幾乎全是白人或攜家帶眷的研究生，月租一百二十元。這樣的一棟樓，以「金錢」為分界線，規範了不同的階層，體現了資本主義社會中因金錢而產生差異的精神。

不過，並不是沒有例外。有一天，程風驚訝的發現，隔壁搬進一名白人青年。過沒一會兒，有人敲程風的門。他開門一看，是一對老夫婦陪著新鄰居來拜訪，並送上一盒巧克力當見面禮。這一敦親睦鄰的行動，在以國際學生為主的宿舍裡很少見，讓他不禁有受寵若驚的感覺。

他收下禮，並且請他們小坐片刻。他們禮貌地婉拒了，但卻特別拜託程風「多放一隻眼在賽門（他們的兒子）身上」。原來賽門有癲癇的毛病，他們本想讓兒子住在離此不遠的家中，方便照看，但一心想獨立的兒子卻堅持要自己搬出來，老夫婦拗不過兒子，只好拜託來自第三世界的新鄰居多加照看。

聽了他們的話，程風恍然大悟，不禁對自己剛才的天真念頭覺得好笑。他本來以為，美國社會終究是講究「平等」的地方，正如同許多好萊塢電影所宣示，而事實馬上就證明，雖然外表可能看似溫暖，卻無法改變資本主義冷冰冰的本質。他搖了搖頭，對自己說：「難道還有其他的決定力量嗎？」

這樣的想法，在程風認識了住在三樓的蘇珊後，感覺更為深刻。

會認識蘇珊，也是因為有一天，程風手癢，拿出千里迢迢從台灣帶到美國的斑鳩琴來彈，吸引了蘇珊的注意力。這把斑鳩琴，是程風在大學時幫了一個日本朋友大忙而換來的禮物，是他心愛的樂器之一，也才會不辭辛苦從台灣一路提來美國。在日本轉機通關時，還一度被誤認為是武器，加上他一副高頭大馬、長髮披肩的樣子，搞得東京機場的航警一陣大亂，以為是赤軍連闖關。

當斑鳩琴特有的樂音吐出蘇珊熟悉的曲調時，她不由放下書本，循聲下樓，卻看到了一個奇異的景象——一名黑頭髮、黃皮膚的東方男子，坐在一個敞著門的房間門口，抱著斑鳩琴，半瞇著眼，以美國南方口音，自彈自唱著「我寂寞地想哭」（I am so lonesome I could cry）這首歌。

她默不作聲，靜靜地沒發出任何聲響，聽他唱完了歌，才輕輕說道：「有時候，我也會想哭。」

「什，什麼？」忽然發覺面前多了一個人，還是不時在停車場碰見的那名美女，即使一向伶牙俐齒的程風也措手不及，一下子結巴了起來。「對不起，妳可以再說一遍嗎？」

「我是說那首歌。」她努了努本來線條分明、微微翹著、紅豔欲滴的唇。「你剛才唱的歌，不是『我寂寞地想哭』嗎？」

程風只覺得一陣熱血往臉上衝，窘極了。一個大男人讓一個異國女子聽見自己大唱「我寂寞地想哭」，而且還是一名美豔的女人……但蘇珊好像並沒有注意程風的自怨自艾，反而大方的伸出手，自我介紹：「我是蘇珊‧雷恩，住在三一二。」

「我是程風，住在二〇七。」程風手忙腳亂的放下手上的斑鳩琴，不由得學著女子的自我介紹方式。他接住了女子遞過來的手，堅定而溫柔的一握，光滑的觸感幾乎讓他想要學電影上的歐洲騎士，以吻手禮表達自己的崇敬和愛慕。

「如果你不介意，」蘇珊似乎有點不好意思，「我很好奇，你怎麼會彈斑鳩琴？」她好像要壓住已經在唇邊快要綻放的笑容。「而且，你唱的歌，還真是我們那地方的調調。」

「我不但會彈這首，我還會彈別的。」程風很快恢復活潑過來，隨手又彈了一首「嘿，美人兒」（Hey, good looking）。才聽他彈出第一小節的音符，蘇珊就笑了，牙齒又白又整齊。

以音樂為媒介，他們慢慢聊起來。他才知道，蘇珊大概是他來美國後認識的人中，最像電影或電視劇中人物的一個。她來自喬治亞州亞特蘭大的望族，是不折不扣的天之驕女——金髮碧眼，身材玲瓏，就讀哈佛醫學院；她開的紅色敞篷寶馬跑車是父母送她的大學禮物。而最使程風著迷的，是她發音清楚的話語帶著一絲柔軟的南方腔。這常讓程風想起「亂世佳人」這部電影中的南方佳麗。

從此，他們成為朋友。有時，她會來程風的房間，聽他彈斑鳩琴；或者，他也會拿出同樣從台灣帶來美國的寶貝小提琴，拉上一、兩首普契尼或舒伯特的曲子。而蘇珊會靜靜地坐在那裡欣賞，好像整個人都沈浸在旋律中。

偶爾，碰上心情好或考完大考後，他們也會一起出外進餐。當然，這種似約會卻又不像正式約會的邀約，都是由蘇珊以輕鬆的語氣提出，由程風積極回應。他們最常去的餐廳，就是位於哈佛廣場附近的一些小餐館。這些專做學生生意的小餐廳雖然裝潢不豪華，但食物可口，氣氛自在，惠而不費。在盛產海鮮的夏季，他們偶爾也會穿得整齊，一起到波士頓市最老的餐館——「聯合生蠔之家（Union Oyster House）」，或是另一家「無名餐廳（No Name Restaurant）」，大啖生蠔、干貝、蝦蟹、青口，當然，還有著名的波士頓龍蝦。

第一次和蘇珊上波士頓的高級餐廳，坐在一群衣冠楚楚的白人男女中，面對著如雪般耀眼的餐具，和等待他點餐前酒的侍者時，一向自信心超強的程風，竟有點手足無措。他是有一點不自在，雖然當時的台北已經開始走向國際性的大都會，但樸素的家風使他並沒有太多上高級西餐廳的經驗，而他用起刀叉，畢竟也沒有筷子來得順手。

「呃……」當程風皺著眉，看著手中的皮面「酒單」，猶豫著想要從天書般的內容中選出一個看來比較像樣的名詞時，蘇珊善體人意的提出建議：「今天吃海鮮，你覺得我們配一點夏多蕾白酒怎麼樣？」他馬上點頭答應，將酒單遞給等在一旁的侍者。「就來兩杯夏多蕾好了。」

在這樣的交往中，蘇珊技巧地教了他美國社會中的基本社交應對技巧——在什麼樣的場合應穿什麼樣的服裝、不同的食物要如何搭配飲料……以及如何從滿桌的刀叉中選擇適宜的進餐工具。

此一時期離中美建交，台灣和美國斷交，台灣退出聯合國時期不遠，出身南方名門望族的蘇珊，雖然並不熱心談論政治、時事，但這件事上，她卻不吝對「同鄉」卡特總統痛加針砭。她這樣做，令他有一絲感動。但他從來鼓不起勇氣問她，是否這就是她與他來往的原因。

蘇珊對東方文化好奇但認識很少，聽來的都是嬉皮流傳下來的一鱗半爪。當她拿老子或寒山和尚之類的事來問程風時，他只能拿中學時背下來的零落片斷記憶來唬弄。好在蘇珊也不深究，由得他胡吹亂蓋一番。

但對程風而言，蘇珊談話中透露的訊息卻更重要。在哈佛醫學院跟隨教授做基礎研究的蘇珊，對美國學術界中勾心鬥角、唯利是圖，為了爭取經費或待遇而無所不用其極的陰暗面看多了，也聽多了。在她繪聲繪影的描述中，讓程風對「利之所在，趨之若鶩」的資本主義精神體會更深。

學期快結束，正逢大考期，是每個學生最忙碌，也最焦慮的時刻，連一向瀟灑的程風也不敢掉以輕心。一天，在傍晚的時刻，蘇珊又來找他。她臉色陰沈，眉頭深鎖。程風心想，她不是太累了，就是考試考砸了。想起手上要交的兩份報告和三天後要考的量化行銷學，他想：「糟糕，現在我沒心情，也沒時間來安慰她。」

但事情全不如他所想。蘇珊告訴他，她跟著做研究的教授，得到約翰．霍普金斯大學醫學院更好的資助及條件，暑假就要轉到霍普金斯大學繼續進行研究。蘇珊雖然不想離開波士頓，但人在矮簷下，留在哈佛醫學院，不但研究計畫要重起爐灶，畢業遙遙無期；而且，還不知道接任的教授及研究員會怎麼排擠她……那些茶餘飯後的笑談故事，一下子卻變得如此真實。

蘇珊別無選擇，只得跟著教授到馬里蘭州。雖然距離不遠，但也稱得上是咫尺天涯了。聽完她的話，程風的心中五味雜陳，但就是缺了甜味。他的腦袋是一片空白，但是，他卻不知道該對蘇珊說什麼。畢竟，他們只是……朋友。

沈默了好一陣子。他總算勉強在臉上擠出來一個笑容，「我猜，會有一陣子見不到妳了，」他伸出右手，對蘇珊說：「如果沒有再見到妳，就先祝妳一切順利了。」

她睜大了眼，嘴唇因用力而有些發白，伸出手，接受了他的祝福。

從此，他們再也未見過面。

六 紙老虎與巨人

當程風後來向他的好朋友傑大和比利描述這一段經過時，年輕且正處於熱戀的比利露出一副「老兄，你簡直就是一個豬頭」的表情，但他還是努力保持出身於新英格蘭名門子弟的教養，彬彬有禮地提出批評：「該死的，風，這裡可是一個自由國家，機會之邦，任何事都是可能的。」

比利．麥吉爾身高一百九十公分，人高馬大，標準的肌肉男，但人卻很溫和。開學第一堂課，他就主動來找程風攀談：「你是台灣來的哦？」從此兩人就成了朋友，程風沒事就去造訪他和法國女友伊莎貝爾同住的公寓，一起唸書、打屁，週末假日一同出外嬉遊。程風只知道他出身波士頓的上流家庭，父母就住在波士頓北區的高級住宅區。

比利離家不遠，但卻沒住在家中。程風本來以為比利是為了獨立，而不願住在家中，後來才發現，問題出在伊莎貝爾身上。美國雖然才歷經嬉皮潮，但在清教徒家庭為主的新英格蘭地區，未婚同居依然不是什麼光彩的事情。

不過，後來程風又發現，其實，這也不是全部的原因。

來到美國的第二年，放春假前，比利忽然提出邀請：「風，如果你春假沒有出城，想不想到我家去玩？」

「你家？我不是常去嗎？」

「不是那個家，是我父母家，你不想去體驗一下美國的牧場嗎？」一聽要去牧場，程風眼睛一亮，忙不迭地答應了。

雖然他本來就知道比利來自有錢人家，但卻沒想到是一棟有高爾夫球場的豪宅。從比利家走出去，就是一個十八洞的高爾夫球場。原來，這種住宅是那種超級有錢人住的房子，一個高爾夫球場裡只蓋了十八棟房子，一個洞一棟豪宅。比利的父親，麥吉爾先生負責一個財星五百大企業的法務部門，每天坐直升機進波士頓城辦公，而母親則是喜歡中國古董的貴婦人。

程風中學就讀台北市著名的私立貴族學校，不是沒見過有錢人，但比利家的排場卻超過以往所見的規模。他想起在來的路上，比利還要求他共同負擔汽油錢一事，完全看不出比利是個富家少爺。

到了晚餐時，出現只在電影中見過的華麗長條餐桌，程風感到一絲身在「豪門」的壓力。晚餐開始沒多久，坐在餐桌遠端，雍容華貴的女主人發問了：「風，如果你在美國和一名美國女孩子交往，你母親會有何反應？」看似親熱的語氣中卻透出令人一凜的寒意。

他第一個念頭就是——原來比利的母親是一個控制狂。

然後，他就想起了蘇珊。

如果母親知道蘇珊，她會怎麼樣呢？一下沈浸在自己的世界中，他忘了馬上回答。待他一抬頭，卻發現對面的比利正瞪大了眼睛看著自己，澄藍的眼珠子盛滿了焦急。

「哦！我沒有美國女朋友。」他答非所問的回答。

「如果你有呢？」比利的媽媽卻不想就此罷手，「我想你母親一定會很關切此事。」尷尬的氣氛使得程風根本接不下去，只好聳聳肩，低下頭，用力對付盤中的食物。這頓飯在眾人沈默的尷尬氣氛中匆匆結束。

「真是太不公平了。」才一踏進臥室，比利就怒氣沖沖地爆發了。「他們可曾問過我到底要什麼？他們假裝關心我，其實還不是顧著自己的面子……」接下來，比利的怨言就如山洪般地劈哩啪啦湧出來。聽了半天，程風才了解，為何比利和父母的關係如此緊張。

原來，本來比利上面還有一個哥哥，既優秀又出色，進了人人稱羨的哈佛大學法學院。但第一年還沒過完，他哥哥參加了一個狂歡派對，飲酒過量，在回學校的路途中發生車禍。沒有人知道車禍是如何發生的，但他的哥哥就死在傾覆的敞篷跑車中。而這輛大紅色的跑車，正是他父母送給他哥哥的大學新鮮人禮物。

當員警上門來通知這個不幸的消息時，比利的父母居然不肯接受這個事實，拒絕處理後事。當時還在高中就讀的比利被打鴨子上架，被迫出面處理。而這是個讓比利永遠難以忘懷的慘痛經驗，他親眼見到哥哥因被夾住而腫脹得比籃球還大的腦袋、變形的五官，以及光裸躺在冰冷驗屍台上的屍體。他幾乎要崩潰，但還是強撐著安排後續事宜，包括聯絡殯儀館及殯葬業者、安排葬禮……

等。除了最後的葬禮外，他的父母始終都不肯出面。

當時才十六歲的比利，從此將父母恨上了，他恨他們居然不顧他的身心承受能力，把這件事情扔給他，親子關係於是劍拔弩張。他進了哈佛大學後，就去唸父母不中意的法文，然後到歐洲晃蕩了一年，認識了伊莎貝爾，就把她帶回美國。想不到情況不但沒改善，反而還有雪上加霜的態勢。他媽媽見了伊莎貝爾沒有好臉色，而女朋友也威脅他再看到他母親就一拍兩散。比利夾在中間左右為難，更沒想到，這次他母親居然會在他好朋友面前攻擊不在現場的伊莎貝爾。

聽到這裡，程風才恍然大悟，怪不得，平常小倆口一向黏得緊，而這次伊莎貝爾卻沒有跟著來度假。

第二天早上，程風和比利早上騎馬回來，進入屋子吃早餐。才進入餐廳，就見到比利那當大律師的父親一臉嚴峻地坐在餐桌前，氣氛十分肅殺。程風想，不會吧！昨天晚上還不夠尷尬嗎？

「你們看看，」麥吉爾先生顯得有些氣急敗壞，指著餐桌上的報紙。「怎麼會發生這種事！」原來是早上的頭條新聞觸怒了他。程風湊過去一看，大大的標題——「援救人質任務失敗！」原來是喧鬧了快半年的伊朗人質事件又出了錯。一九八〇年四月二十二日，美國為了解決伊朗人質危機，由卡特總統下令進行「鷹爪計畫」，派遣特種部隊潛進德黑蘭營救人質，想不到，營救人質的特種部隊發生一連串失誤，先是出發前數架直升機故障，後來又發生一架直升機和C–130運輸機相撞的意外。

不但沒救出人質，特種部隊本身有八人陣亡，數十人輕重傷，可說偷雞不著蝕把米。更難堪的是，這些事情被伊朗發現而公諸於世，美國顏面大損，輿論亦大譁。但在麥吉爾家豪華的客廳裡，這位愛國主義者只想挽回一些顏面。

「風，你說，」麥吉爾居然轉向程風，「外國人會怎麼樣看待這一件事情？」

他毫不掩飾他的急切。程風當然知道他想聽什麼樣的答案，但此刻，他卻不想「成人之美」。不知道是因為比利昨天的抱怨，或者，聽多了伊朗鄰居痛罵老美極權帝國陰謀伊朗的論調，甚至，可能是來美國留學以來所受到種種挫折的總合，他忽然不想善盡客人之道，「討好」這個人。他老老實實地說出心裡的想法：「大概會把美國當做紙老虎吧！」

想不到，他覺得平平常常的一個答案，卻像是一根扎破氣球的針，引起意想不到的反應。

聽到這個回答，麥吉爾先生的臉孔脹得通紅，好像忽然間大了一號，原本威嚴蕩然無存，露出驚訝、氣憤及痛心的神情，直直看著程風。一時間，程風以為他會跳起來，叫自己滾出這個充滿了殖民風格的豪華住宅。

但麥吉爾先生很快就恢復冷靜，往後一靠，以他所擅長的說服語氣說：「風，當然外國人會以這次失敗的表現來論斷美國的實力，甚至如你說的『紙老虎』……但是，讓我告訴你，如果你像我一樣了解美國，你就會知道，這只不過是一個巨人的小小失足，不小心滑了一跤……而巨人畢竟還是巨人……美國還是全世界最強大的國家……」

一個巨人滑了一跤？這倒是一個有趣的說法，程風想，那豈不是摔得又慘又重，灰頭土臉嗎？但看著麥吉爾先生同樣熱切，卻帶著渴望認同及誠懇的神情，程風決定放他一馬。

在接下來的假期中，他們又聊了兩、三次，話題也圍繞著美國社會和國際情勢打轉，有了上次的經驗，程風並不怕說出心裡的真實意見。而程風也感受到，麥吉爾先生完全是以成年人的規格相待，而不是把他看成一個半大不小的毛孩子。

從這次難得的經驗，程風學到一件事，一件在未來也很重要的一件事：和老美打交道時，不要怕講真話。在崇尚叛逆小子和英雄氣質的美國，講真話，你不一定能得到讚美與獎勵，但至少你能贏得自己的尊嚴。

七　盛筵凋零

程風自己也沒想到，才幾個月，他很快就有機會再次造訪麥吉爾家的豪宅和農場。而且，他這次的身分也不盡相同——他是以賓客的身分來參加比利和伊莎貝爾的婚禮。

伊莎貝爾就是麥吉爾夫人不滿的法國女人。比利在法國遊蕩時認識伊莎貝爾，並且把她帶回美國。伊莎貝爾是那種典型的法國女人——優雅、細緻的外表下，如水般的理智和如火般的熱情相互傾軋。他們三人常一起出遊、讀書，雖然程風稱不上是好色之徒，但他的視線也常不由自主地隨著伊莎貝爾移動。

比利和伊莎貝爾小倆口好得蜜裡調油，同居在一起，但就是不結婚。這樣的行為造成麥吉爾夫人極度的不滿，才會失禮的在第一次見到程風時就口吐怨言，希望能隔山打牛。那一次，在回學校的路上，程風向比利提出心中的疑問：「你們為什麼不結婚算了？」他知道，伊莎貝爾一直想結婚。

「你不懂啊，風。」比利擺出大情聖的樣子。「女人啊，沒結婚前，什麼都替你想，什麼都聽你的，大家會想辦法來維持良好的關係。一旦結婚——」他將手掌握成拳頭，猛然張開，做了一個爆炸的手勢，「所有的羅曼蒂克都沒了。」

這種說法，在受了傳統中國思想薰陶二十多年的程風聽來，實在難以理解，這是老美對男女關係的天真、浪漫？還是，對婚約這項長期契約的重視？或者，這根本只是推託、不負責任的一番屁話？不過，他想，這是他們自己的事，一個外人真是沒什麼辦法把嘴插進來大加評論。

想不到，法國性感女神還是成功地擄獲了美國牛仔。雖然在簡單隆重的婚禮上，新郎新娘表現出情深意摯，恩愛非常的樣子。但義務擔任攝影工作，拿著相機四處獵取鏡頭的程風卻知道，這對情侶為了「結婚」這件事，常常吵到不可開交；有時比利喝到爛醉，就會跑來找程風吐苦水。終於，伊莎貝爾下了最後通牒，不結婚就走人。比利在壓力下，才不得不答應結束「羅曼蒂克」的同居關係。

婚禮上新娘伊莎貝爾笑得燦爛如花，但比利的母親卻看不出有特別的喜悅，讓程風確實了她以前的不滿只是針對伊莎貝爾而發，而不是擔心比利不肯收心成家。

程風擔心的事情證實了他的敏銳。第二天一大早，他被比利拉去一同拆親朋好友送的結婚禮物時，親眼目睹了新出爐的婆媳關係。一身輕便，穿著淺綠色維琴尼亞苗條菸圖案緊身T恤的伊莎貝爾身材玲瓏，加上真空上陣，真應了「滿園春色關不住」那句話。而她毫不在意地在麥吉爾夫人轄區內晃來晃去，終於惹惱了新婆婆，出言諷刺新媳婦品味太差，竟成了香菸公司的活廣告。

法國人在品味和美食上，一向看不起老美，即使對住在所謂新英格蘭區的清教徒後裔家庭亦然，此次居然被對方譏評為「沒有品味」，當然不甘受辱。新怨加上夙恨，引燃兩個異國女人間的戰爭，一發不可收拾，完全忘記了當年法國曾經贈送自由女神像給美國，不無要兩國婦女好好相處的意思。

一場唇槍舌劍，夾在中間的比利苦不堪言，而程風也被流彈波及，被兩個講究品味的女人要求陳述「客觀的」第三國人士意見。因此，假藉「要回校用功」的名義，一對新婚夫婦和程風在午餐後就急急告辭。

路開到一半，程風想到李後主的一句「最是倉皇辭廟日」，幾乎忍不住趴在方向盤上大笑。但顧及到後面的一對正在愁雲慘霧加上腥風血雨，而且一旦被發現，翻譯起來也很困難，只好強自忍住。

回程是一段辛苦的旅程，伊莎貝爾開始數落比利的父母，當然婆婆是主要對象，時而發飆，時而悲泣，搞得兩個大男人都很不自在。不時被伊莎貝爾拉為盟友或評論員，程風尤其恨不得立刻從人間蒸發。忽然間，他想起上次比利所做的爆炸手勢，不由怔怔出神，直到感覺有人用手肘推他。

「風，你怎麼不回答我？」比利問他，「你到底能不能幫我的忙？」

「什麼？」

原來在他出神的一瞬間，美國代表提出賠償方案，法美兩國重拾友誼。比利和伊莎貝爾打算要去法國度蜜月一陣子，需要程風幫他們頂　份工。程風這時才發現，富家子如比利者居然也要打工。

本來，這份由學校介紹的校外打工，按規定比利應向學校報備，請學校另行派人。但比利和伊莎貝爾貪圖這份家管的工作輕鬆而待遇優厚，想請程風代工一個月。程風的家境雖比不上比利，但在家時向來茶來伸手，飯來張口，還從來沒當過擦桌、掃地、洗廁所的清潔工，猶豫了半天，才拗不過比利而答應。

當比利帶程風到康納利大宅見工時，從入口的大門到大宅的主屋，光開車就花了近十分鐘。大宅是新英格蘭地區常見的褐石建築，充滿了殖民風格，而且，非常大。感覺上倒像個豪華旅店，而不太像是私人住宅。

大宅主人是康納利法官的遺孀，一名快八十歲的老婦人；她得了癌症，但又不願待在醫院等死，寧願一個人孤零零住在大宅中，以電動輪椅代步。

工作倒不累，一週一次，替老太太洗衣服、換床單、吸地毯、清理泳池，平時這工作由比利和伊莎貝爾一起做，而程風一人大概得花一個下午的時間。酬勞倒優厚，時薪二十五元，是法定最低工資的五倍。程風心裡想，怎麼這種優差從來就不會落在老中身上。

康納利老太太對程風沒意見。約好時間，示範過該做的事後，比利夫婦就去歐洲度蜜月，程風開始上工。其他倒還好，唯有老太太使用的廁所，因癌症加上行動不便，又髒又臭。當他跪在地上擦著廁所的瓷磚地時，竟不由興起唏噓一陣的淒涼——翩翩世家公子，堂堂名校的研究生，今日居然淪落到來洗廁所……但轉念一想，公子哥兒的比利都能吃苦耐勞，我有什麼好驕矜自貴；也許，這才是真正的美國精神吧！

康納利太太倒很親切，不時過來叫程風休息一下，不用太賣力，還主動替他倒了一杯可樂。當他接過那一杯巍巍顫顫的可樂時，心裡有一些感動，就陪著老太太話起家常來。老太太問他的話倒不多，許多時候都是她在自說自話。

她談起以前這座大宅的風光，在康納利法官在世時，這間豪宅常舉行各種派對，人聲笑語，充盈屋宇；這間房子也曾經充滿小孩子的歡笑追逐……只是，俱往矣，先生離開人世，子女離開家，只剩她一個人，拖著一身病……

看著屋子中到處擺放的照片，以及只有灰塵，沒有歡笑的房間，程風懂了，老太太想找人聊天，甚至不惜付錢……。他小口小口啜飲著可樂，聽著老婦人悼念著逝去的風華。

第一次工作，花了三個多小時，按理只要付七十五元，但老太太卻慷慨的付了一百元。當程風開著他的小金龜車駛上車道時，回頭看了看暮色中的豪宅。在夜色的籠罩下，燈光零星的大宅顯得更為黯淡而死氣沈沈，他想起如風中之燭的生命，心情不由沈重了起來。

比利夫婦蜜月歸來前，程風已經去康納利大宅工作了幾次，已經和老太太很熟了。但自從第一次和老太太聊天後，他有意無意地避免和老太太單獨話家常的機會。他總是藉口要整理游泳池等室外的工作，不讓兩人有太多單獨相處的機會。他還年輕，不想承擔太多沈重的東西。

老太太似乎也了解這個情況。她不為難他，依然叫他不要太累，依然慷慨的超付工錢，有時還會端來一杯可樂。

唯有一次，程風看到老太太床旁的小桌上，放了一樣他熟悉的東西——跳棋。只是這付跳棋比他幼時所用的塑膠棋子和一張繪著棋盤的棋具要豪華多了。半打開的紅色木盒有著溫潤的光澤，盒面上用金粉細細繪著騎士和戰馬的圖案，連石製的棋子都閃著不同顏色。他因此多看了一眼，老太太注意到了。

「以前我先生和小孩子，常常一起下跳棋。」她拿起一個棋子，摩挲著，說：「我先生老是說，跳棋是最富美國精神的遊戲了……」她彷彿又陷入了回憶。

程風靜靜地掩上了臥室的門。

九月初，開學前，比利夫婦從歐洲歸來，程風趕快把工作還給比利，專心去用功，就再沒有去康納利大宅。直到聖誕節前，他才想起來，問比利：「康納利太太現在情況如何？」想不到比利的回答是：「我也不知道。」從十月後，他就沒上康納利大宅打工了，「康納利太太的病越來越嚴重了，醫生診斷她不能待在家裡，必須住進醫院由醫護人員照料，我們也不用去了。」

「我們一起去看看，了解一下吧！」

對於程風的提議，比利聳聳肩，算是同意了。他們打電話去，沒人接電話。他們乾脆開車來到康納利大宅。

車子駛到康納利大宅的門口時，他們發現門旁貼了一張要進行公開拍賣的法院公告。他們打電話給公告上的負責官員，那位先生告訴他們，康納利老太太在感恩節時過世，身後雖然留下一座豪宅，但也留下大筆稅款帳務。所有的子女都宣布拋棄繼承權利，政府決定拍賣大宅來抵償稅款。

為何曾經貴為法官的遺孀，過著光鮮的生活，晚景卻如此淒涼？程風有些不解，但身為富家子弟的比利卻一點都不驚訝。他說：「這就是美國的制度。你努力賺錢，努力享受，但多半就是到你為止。到了下一代，一切再重新開始。」程風忽然有一些了解，這個靠著勇敢的移民打造的國家，並沒有忘記他們的原始精神——人人都要靠自己努力去改善自己的生活。

離開康納利大宅時，程風又回頭望了暮色中的房子一眼，深深的一眼，好把它記住。因為，他知道，他再也不會回來了。

八 看來像個百萬富翁

沈浸在往事中的程風，差點錯過了下高速公路的出口。還好一下交流道，就可以看到賈斯特岡商場的指示牌，路並不難找，交通情況也比較好，路上跑的車子和過往行人的穿著，都顯示著這一地區的生活水準，難怪那位「生涯規劃顧問」的白領麗人指示他要來這裡置辦行頭。

賈斯特岡商場位於一個小山的山腳下，看起來並不大，但是裡面的店都很精緻。程風找到一家專賣男士西服的「兄弟（Brothers）西服店」，一名花白頭髮，風度翩翩，穿著體面的老先生出來招呼。這家連鎖店是美國頗具知名度的男士西服連鎖店，店員多是有一點年紀，穿著精心剪裁手工西服的中、老年男士。他們不但了解自己的產品，對人生更有豐富的經驗。

他親切的招呼程風：「你好，今天我能為我們做些什麼嗎？」要不是程風早在課堂上學到，知道將「你」稱為「我們」是服務業的一種新趨勢，用來加強商家與顧客之間的聯繫，一定會誤會怎麼忽然多了一個美國歐吉桑朋友。

「我們需要幫助。」程風已經習慣老美的文化，不怕開口要求幫助，「我需要一套能夠去應徵工作的西裝，要三件式的。我們在哪裡可以找到？」

「先生，你放心，我會幫我們找到需要的西裝。我們有特別喜歡的顏色嗎？」

「我不知道，什麼顏色比較適合應徵工作？是暗色嗎？」

「暗色很適合，先生。」接下來的一個多小時，他拿了許多套西裝來讓程風試。程風的體型不錯，四十六號的西裝穿起來很合身，褲子只要摺到合適的長度收邊就好。他挑上了一套義大利製的手工西服，鐵灰色，穿在他身上真是一表人才。老先生也很滿意這一套，說：「這一套很適合你，先生。」

「那，這多少錢？」

「不貴，兩千八百元。先生，每一分錢都值得。」

程風愣住了，他是很喜歡這套西裝，但兩千八百元，折算當時的匯率，可要超過十萬台幣了，這樣的花費實在太奢侈，目前他實在負擔不起。心裡打著算盤時，他臉上不由露出為難的表情。

老先生果然通達人情，一看就知道這東方小伙子買不下手。「沒關係，先生，我會給你一個折扣，一個你會很滿意的折扣。」老先生破天荒的打了個八折，但還是兩千元以上。但人家又這麼客氣，周到地服務了那麼久，該怎麼辦？

想到上次和麥吉爾先生交談的經驗，他鼓起勇氣，不無窘迫地和老先生解釋了自己的情況。出乎意料的，老先生沒有一點兒不高興，反而熱心的提供解決之道：「沒關係，先生，我知道一個地方，可以滿足你的需要。」他拿了紙筆，寫下一個地址。「你到那裡，到這個貨倉去找一個名叫『老鼠』的胖子，就可以搞定了。」

這一次的路途可不近。他開了好長一段路，幾乎快到新罕布夏了，才找到那個貨倉。光看外表，這個貨倉就很大，進去裡面，更大，幾乎就像大賣場一樣大，而且產品只有一種——男士的西裝。

詢問了兩個人，他找到「老鼠」。老鼠果然很胖，而且看來就像一隻肥嘟嘟的大倉鼠一樣，那大概就是他得到這個外號的原因。當然，程風猜，另一個原因，就是他看起來很精明。

「這個牌子的西裝嘛，我來看看。」拿著老先生寫給程風的西服品牌、尺寸、顏色，老鼠鑽進西服堆裡，過了一下又鑽出來，手裡拿著一套西服。「抱歉，我沒有你要的尺寸。我有的只是這一套。」他把手中的西服遞給程風。顏色對了，他想，但是，似乎有點大，事實上，是太大了些。他一查尺寸，是六十二號，和他的尺寸差了十六號。

能穿得下這一套，程風想，自己大概不用再去應徵工作了。想不到，老鼠也有洞徹人心的本事，他笑了笑說：「放心，尺寸不是問題，我們有專人修改。」下面的保證讓程風稍微放心了一點。「你先不用付錢，拿去給希臘佬看，看能不能改，他如果說能改，一切就沒問題；如果不能改，再來想辦法。」

雖然程風想不出來如何把六十二號的西裝改成四十六號的西裝，但既來之則安之。而且，因為是零碼的衣服，這套西裝的價格太誘人，是上一件的十分之一而已。

為了搭配這套稱頭的西裝，他還陸續添購了由韓國製造的傳統風衣，及一雙被稱為「銀行家鞋」的黑色皮鞋，一樣是韓國製。

提著一套西裝，按照老鼠的指示，程風找到了希臘佬。他是個矮矮胖胖，留著落腮鬍子，禿頭的中年人，身上穿著工作圍裙，脖子上掛著皮尺。他的十根手指又胖又短，就像十個小蘿蔔，但偏偏卻靈巧無比。只見他拿著皮尺在程風身上東量西量，並在衣服上註記各種記號，忙得不可開交。

終於，他拍拍手掌，對程風說：「放心，我會讓你看起來像是一個百萬富翁！兩天後來拿。」

兩天後，程風回到了希臘佬的裁縫作坊。希臘佬拿出來一套鐵灰色的三件頭式西裝，「太神奇了！」他忍不住要對自己說出這句話，這根本就是他第一次看見的那套鐵灰色，帥到不行的西裝嘛！

他試了衣服，果然長短寬窄，無不合宜。穿著新西裝，他去照鏡子，簡直滿意極了，鏡中人神采翩翩，俐落的新髮型配上一身帥氣的三件頭西裝，此刻，他不像一個急著找事的倒楣鬼，反倒像一名意氣風發，準備迎接大好未來，充分表露自信和掌控一切的年輕專業人才。

看著自己的影像，忽然間，他懂得了「我會讓你看起來像個百萬富翁」這句話的意思。

於是，他高興地付了五十元的修改費。

九 不走另外一條路

程風又坐在琳達．威爾森的面前。

琳達正專心地看著手上的一份資料，光亮的指甲輕輕扣著桌面，發出輕微地「嘟、嘟」聲響。好一會兒，她才收起文件夾，抬起眼來看著程風。程風竟覺得她的眼光帶著一絲責備的意思，頭偏了偏，避過她的視線。

「程先生，我真的很驚訝，王安竟沒有意願要和你進行下一輪的面試？」

「也許他們需要的人才，不是我這一種。」這句話，程風說來有一些心虛。因為他知道，這件十拿九穩的事會搞砸，八成是因為自己表錯情。

王安電腦是琳達．威爾森替程風所安排的第一個工作面談。在八〇年代，IBM和微軟稱霸電腦硬、軟體市場之前，位於波士頓北部，由華裔王安博士所創立的王安電腦可說紅透半邊天，它不但是美國電腦市場的主力廠商之一，也是麻州最重要的大型企業之一，承包了許多公家機關的電腦工程，每年提供麻州許多雇用機會。當王安電腦在麻省各大學進行校園徵才活動時，往往是人氣最強的攤位之一。雖然市場上對於王安電腦的發展始終有疑慮，但也有許多人相信麻省理工學院畢業的王安博士將帶領王安電腦進入一個新紀元。

程風當然猜得出來琳達第一個面試就安排王安電腦的用意。既然王安博士是華人，他的黃皮膚一下從阻力變成助力，以前琳達推薦東方人到王安電腦求職，錄取率有八成以上；中國人、台灣人錄取的機率幾乎是百分之百。她沒想到，一表人才的程風居然連第二輪面試的機會都沒有，真是少有的事情。

「我想，他們是想找業務人才……」看琳達皺起眉，程風決定自我招供，「他們是有問我要不要做業務員，但我拒絕了。」

「為什麼？」琳達瞪大了眼睛，驚訝的問：「為什麼不要做業務員？你可以賺到很多錢！」

是啊！為什麼？程風忍不住苦笑，心裡卻冒出答案：「因為妳不是中國人！」

當自己坐在那名三十多歲的面試人員面前，而對方問自己未來的工作取向時，程風忽然發覺自己在面試前設想的工作性質——來做電腦程式員——似乎方向錯誤；而他替自己強灌的美國資本主義精神——是的，我就是要賺錢！我要成為有錢人！——也忽然消失，無影無蹤。

對方問：「你喜不喜歡做簡報？」（他不懂：電腦程式員也要做簡報嗎？）

程風吞吞吐吐地回答：「其實在計算和電腦程式方面，我比較在行；但我對簡報並不是太自在。」（言下之意：雖然我讀的是企業管理的學位，但我的數學和撰寫電腦程式能力可不差哦！）

看著對方有一絲錯愕的表情，程風也不是笨蛋，馬上就想起琳達．威爾森在他來之前的耳提面命：「要態度開放，聽聽對方會提供什麼樣的工作，配合對方的節拍來跳舞。」看來，他想，第一題就答錯了。

難道，程風想，他們想要的只是一個會簡報的業務員？想到這裡，心裡不禁升起一絲委屈。業務員，那不是高中畢業生就能做的工作嗎？自己要如何向父母解釋，他們一向寄予厚望的兒子，飄洋過海拿到美國大學的企管碩士，還唸了一年的博士後，結果卻找了一個「跑業務」的工作？即使歐陽天佑的開導，讓他有了茅塞頓開的領悟，但幾千年來沿襲下來的「萬般皆下品，唯有讀書高」的士大夫觀念，威力卻比他想像中來得大。

他想，如果父母知道他到美國成了「跑業務的」，大概沒辦法向同事或鄰居朋友說出口吧？不知是否看在他的華人背景上，對方還打算給他第二次機會。「你高中時喜歡做些什麼活動？」

程風想，自己果然沒有料錯，這根本就是給高中畢業生做的工作。但他還是老老實實地回答：「我在高中時，除了唸書準備考大學，幾乎沒做什麼工作。」這個答案雖然誠實，但對注重校外活動以評估未來工作表現的人力資源部門來說，力道未免太弱了一點。

在此之後，他又陸陸續續回答了一長串的問題，花了一下午的時間，見了一堆人。但結果卻是他坐在琳達・威爾森女士的面前，承認自己的能力不足。

「我想，」他對她說：「我還是適合學術一點的工作……」想起了上次應徵工作時的心情，突然覺得豪氣頓生。「我還想把我的博士唸完哪！」

她沒說話，只是看著他，輕輕地點了點頭。

威爾森女士果然不愧是專業的生涯顧問。三天後，程風接到新罕布夏州立大學人事處的電話，邀請他去面談。

這個工作果然像是為他量身打造的。他去了，穿著他的「百萬富翁」套裝，他覺得這次的希望很大。

新罕布夏州被稱為千湖之州，州內有許多美麗的湖泊。程風去學校進行面談時，正值秋天，途中只見滿山遍野如火般的楓樹、槭樹，倒映在平靜的湖水上，將藍色的湖面染得紅一塊，黃一塊，成了一塊大的調色盤。待他腳下踩著落葉，發出「沙、沙」的聲音，行走其間，程風覺得自己根本走在一幅古典圖畫中。

新的工作機會是大學行政辦公室的會計主任。負責進行面談的是學校的教務長，一位鶴髮童顏的老先生。他曾經參加韓戰，接觸過東方文化，對東方人很有好感，對東方文化所景仰的價值，更是持正面肯定的態度。

教務長詳細的說明了工作的性質，會計主任的主要工作，就是每週簽發全校教職員工的薪水支票，雖然細瑣，卻是很重要的工作。他還帶程風與會計室的其他職員見面，十幾位職員都是資深的美國歐巴桑，年齡幾乎都可以當程風的媽，對他熱情而親切。

教務長笑著對程風說：「放心！你來了以後，她們一定會把你當做兒子來對待。」一下子多了一堆美國媽媽，程風一方面很感動，另一方面卻很惶恐，親生母親雖然疼他，但對他向來放任，不太管他，如果一下子多了十多個媽，不知後果如何？

「我知道，這個位子對你是大才小用。」教務長很體貼，為他考慮得很詳細，「除了會計主任的工作外，你還可以在這裡繼續唸你的博士學位。」教務長繼續加碼，似乎唯恐他不來，「而且，你還可以兼教一、兩門課。」

教務長的態度清楚，程風知道，只要他點個頭，開口說「好！」這個位子就是他的了。

辭謝了教務長，他心情愉快地往校門的方向走，心情相當愉快。當然愉快，他心裡想，應該不會有更理想的結果了，有一份可以安穩且體面的工作，還可以完成博士學業，並且擔任教授。這不是絕大部分的台灣留學生千里迢迢來到異鄉所追求的目標？這豈不是會讓父母甚至師長引以為傲的工作……

想起被學生稱為「Professor Cheng」時，他的胸部不由挺了一下，嘴角微微上揚，帶著親切的笑意，看著經過身邊的青年學子。

這時，已經接近黃昏了。程風走到停車場，準備取車離去。離停車場幾步遠，是一個湖邊公園。他忽然站住了，欣賞絢麗的黃昏景色，滿山如火楓葉反映在藍綠色的湖水上，在夕照下竟然發出閃閃的金光。一個念頭忽然從程風腦海竄出：「這不是傳說中的金池塘嗎？」（註解：「金池塘」（On Golden Pond）是美國八十年代一部膾炙人口的電影，描述退休的老教授與老伴在新英倫湖畔的度假屋中度假，在平靜的日子裏卻面臨年老的各種危機。由著名的老演員亨利．方達和凱瑟琳．赫本主演，運鏡及劇中景色都很美。）

站在如畫般的風景中，程風彷彿被時間的魔法困住了。他想移動身子，竟不能舉步。似乎，連這個地方，這個風景，這裡的金色山水，都在邀請他留在這裡。

彷彿要打破什麼魔咒，一個聲音拚命地從腦海裡鑽出來：「難道，你真的想就此終老於斯嗎？」

另一個聲音卻替程風回應了：「這不正是我想要的嗎？」

「這真是你想要的嗎？」

………

歐尼斯教授那句——「你不是枯燥的人」，忽然像跳針的唱片一樣，開始在心中不斷重複、交疊——「你不是枯燥的人！」「你不是枯燥的人！」「你不枯燥……」「枯燥……」……忽然間，一首英詩的片段，毫無預警地躍入旋律中——「黃葉林裡分岔兩條路，而我——／我選擇了人跡較少的一條／使得一切多麼的不同。」

他想，難道我真要選擇一條「不同的路」？

程風坐進車子，發動了引擎。

十　推銷員之死

程風在唸研究所第一年時，有一個教授出了一個奇怪的課外作業——每一個人都要唸一本書：《推銷員之死》（Death of a Salesman）。

當教授提出此一規定時，台下馬上發起一片「哇！」的聲音。除了幾個還搞不清楚發生何事的外籍學生外，老美學生紛紛大譁：「我們又不是大學生！」「我們是MBA，看文學作品幹什麼？」「書都唸不完了……」即使眾聲喧譁，但台上的教授卻依然微笑堅持著己見。

剛開始準備這個「家庭作業」時，程風也覺得教授莫名其妙，商學院的學生去唸這種文學書籍幹什麼？不過，當他讀完一遍之後，卻恍然若有所悟。

《推銷員之死》是名劇作家亞瑟．米勒的劇本，演出後大獲好評，並贏得一九四九年普立茲獎、東尼獎等大獎，米勒也一舉成名，成為知名作家。「推」劇中的主人翁威利．羅曼（Willy Loman）也成為美國家喻戶曉的人物。而「推」劇之所以洛陽紙貴，轟動一時，就是因為它狠狠地鞭撻了美國社會所信奉的資本主義，以及所謂只要努力付出，就一定能實現夢想的「美國夢」。

威利．羅曼是一名旅行推銷員，深信資本主義的精神。他努力工作、誠懇待人，並且深信在辛苦的一生後，自己及家人可以享受富裕的物質生活。但隨著他工作技能逐漸降低，他發現自己一向信奉的資本主義卻回頭來啃食自己，而原來看似和樂完美的家庭也卸下拙劣的面具，露出不堪一擊的本質。到最後，在無法抵禦資本主義將他的美國夢侵蝕得千瘡百孔後，威利只好撞車自殺，換取最後一點的保險賠償金給家人。

教授讓這一批讀MBA的準精英分子讀這本書，就是要他們體會資本主義社會制度的冷酷面——這是一個弱肉強食的戰場，弱勢的一方所想像的美國夢，不過是水中月，鏡裡花，其實他們自己並無法掌握。

從歐陽天佑對他的當頭棒喝，到歐尼斯和威爾森女士分別從學術和求職兩個「現實」面向對他提出建議的三年中，程風已漸漸擺脫了傳統中國人「萬般皆下品，唯有讀書高」的象牙塔觀念。而康納利老太太的例子，更讓他深刻體驗了資本主義的冷峻無情。

但是，難道事情就得這樣子嗎？程風自問，資本主義非善類，弱肉強食，強凌弱，大欺小，然後我就服輸認小而逃開，逃到像新罕布夏大學這樣的新桃花源，既無風雨也無晴的隱居起來嗎？他想起《推》中一句有名的台詞：「……只要我能夠走到外頭，我就會變得有錢。」

金錢，是資本主義社會成王敗寇的標準。程風想，如果資本主義就是這樣的本質，而一向好強的自己，也不甘躲起來做一個邊緣人，唯一的一條路，就只好拚下去，想辦法成為資本主義這個競技場上的「神鬼戰士」，主宰自己的勝負。

他想清楚了：除此之外，別無他途。

坐在琳達．威爾森的對面，這樣複雜而深刻的心路歷程，其實也不過是一瞬之間。程風並不想和威爾森多做解釋，一方面牽涉到價值觀的話題向來溝通困難，至於自己要成為資本主義競技場上的「神鬼戰士」這種話，也最好放在心裡，說出來，做不到，徒留笑柄。

「程先生，這次的面試還順利嗎？」

「謝謝妳的安排，非常順利。」程風鼓起勇氣，「不過……我有一些其他的想法。」

琳達．威爾森睜大了咖啡色的美眸，看著程風。「呃……我想過了，我想找一個對亞洲市場有興趣，和國際貿易有關的工作。」這一次，程風想過自己的優勢及弱點。他想清楚了，自己打算拚搏，但也要找對方向。方向錯了，等於越做越錯，離成功越遠。

怎麼了？程風不禁疑惑，怎麼威爾森女士看起來有點高興的樣子。

「太巧了！」琳達笑著說：「剛好有一家英國貿易公司在找駐亞洲的代表，風，看起來這工作是為你量身訂做的。」

英國公司？亞洲代表？程風想，那豈不是離家反而更近了？

程風的直覺很準，這家英國公司提供的工作機會就是在台灣。這家英國貿易公司頗具規模，繼承了曾在亞洲四處建立殖民地以進行進出口的日不落帝國遺風，在亞洲各地尋求貿易機會。它在台灣設有採購辦公室，營業項目包括藥品、重機械、玩具、鞋類等。

琳達送出資料後不久，對方就有回音了。這家英國公司很顯然重視這個工作，公司大老闆親自從倫敦飛來波士頓和程風面談。他們約在旅館的大廳見面。

為了漂亮打好這一仗，程風刻意準備了許多話題，穿上百萬套裝。他想，這一次，總算可以讓他苦心揣摩的面談技巧閃閃發光。想不到，全不是這麼一回事兒。

英國人史賓瑟是個瘦高個兒的中年人，有點神經質，當程風運起炯炯發光的雙目盯著他的眼睛時，他的眼光躲閃得像受了驚嚇的兔子。他們在旅館大廳見面，相互握手後，對方邀他一起去喝茶。

「程先生，如果你沒有趕著……其他的事，能否和我一起喝杯茶？」

「當然好！」程風覺得有點兒莫名其妙——我不是來面試的嗎？會趕什麼其他的事？

英國人彆扭得緊，好像連話都說不流利，一句話常常說得結結巴巴，甚至還帶一點兒口吃，不時流露出似害羞又似畏縮的樣子，全不像好萊塢電影中美國商業大亨的意氣風發、果斷強悍。說實話，初次和英國人打交道，程風心裡有些看不起這些沒落帝國的遺族；直到多年後，他有了更多國際商業的經驗，吃了一些英國人悶虧後，才知道那一套害羞、口吃，都是一種作派，一種顯示低調、含蓄教養與風範的禮節。最好的例子，就是英國明星休葛蘭和查理王子。

總之，兩個人從喝茶開始談起，天南地北，娓娓道來，但三個多小時下來卻都還談不到程風心中的「重點」，一副「盡在不言中」的架勢，讓程風完全摸不清狀況和進度。到會面結束，程風都還不知道自己是否得到這份工作。

如同鳥類在求偶時，常得在異性面前重複跳舞的行為。類似的會面動作，進行了三、四次。終於，在最後一次會面中，大老闆說明了工作的性質，以及他們需要的人才，頭銜將是總經理，負責台灣的業務。

聽到可以回家，還可以扛個外商公司台灣總經理的頭銜，程風不免心動。

大老闆雖吐露歡迎程風加入之意，但到了最後，他又扭捏地提出一個關鍵性的問題。程風只見他嘴唇蠕動了半天，才吞吞吐吐地說：「這裡，我有一件難以啟口的事情……我想，彼此之間，應該有一個君子協定……就是……如果你去台灣當總經理……有一次，如果……你離開的時候，不能將客戶帶走。」說完話，他露出如釋重負的表情。

這算是什麼問題？程風心裡想，電視影集上不都有演，雙方找律師訂一份「不准……不准……不准……」的合約不就好了？當他提出此方法以平息英國人的疑慮時，對方卻連連揮手，表情更為窘迫，說：「不用，不用，不用……這是君子協定。」

事情總算塵埃落定了一大半，程風一掃近日找工作的壓力和陰霾，心情大好。他覺得事情很奇妙，自己的博士求學計畫被指導教授以「你不是那麼枯燥的人」而中斷，因此決定到現實世界一試身手；有機會到王安電腦打天下，卻因放不下學術身段而搞砸；而真有一個實現學術生涯的大學教職機會，居然在最後關頭看清了自己不是靜下心做學術工作的料而退卻。繞來繞去，繞了一大圈。

他打電話給久未見面的歐陽天佑。歐陽天佑連聲恭喜他，並稱：「做個高級買辦也好過在學校裡熬！」語氣中似乎有一絲隱隱的酸。

這時，程風才恍然大悟：「原來就是做個買辦！」新的工作機會雖然名義上是外商總經理，但骨子裡不就是一個買辦？一個超級業務員？

但他轉念一想，就算是一個買辦、一個業務員，甚至，一個推銷員，又怎麼樣呢？歐陽天佑、蘇珊、麥吉爾先生、康納利太太、歐尼斯教授、威爾森女士……的影子在腦海中轉來轉去。還有，替自己修改西裝的希臘裁縫，他說：「先生，你看起來就像個百萬富翁……」

他說服自己，在弱肉強食的現實社會，理想、清高、骨氣這些話，不過都是慰藉自己軟弱無能的藉口。「狠了心，老子就是要當一個買辦。」他想，一面賺洋人的錢，一面學洋人的優點、好處，不偷不搶，不坑不騙，有什麼不好？

當然，此時他是不會想到《推銷員之死》中的另一句對白——「在出事前，請你把那虛假的夢拿去燒掉，好嗎？」（Will you take that phony dream and burn it before something happens?）

雖說下定了決心，但程風也先留下退路。他打電話給歐尼斯教授，報告他自己即將返台擔任外商駐台辦公室總經理的工作。歐尼斯為他高興。程風也請求歐尼斯教授保留自己博士候選人的身分。「也許，哪一天我會回學校把博士讀完。」

程風聽見歐尼斯在電話那頭輕輕笑了起來。「好的，風，但是，學校規定只能保留七年喔！」

part2

學飛的日子

Money Game

面試的學問

程風打電話給歐尼斯教授，本來是準備預留一步退路。但時，他並沒想到，歐尼斯教授還替他多製造了一條退路。

「你這個工作聽起來不錯，但你要不要試試銀行的工作？」歐尼斯好心地提出邀請。「我有認識一些人，可以介紹你去宇通銀行面談，要不要試試看？」宇通銀行是當時全世界金融業首屈一指的銀行集團，在世界廣設分行，可與花旗銀行媲美。

程風雖然手裡已經有一隻鳥，但並不介意再多抓一隻鳥在手上，他連忙點頭稱好。

事情也巧，當程風和歐尼斯教授所介紹的朋友聯絡上時，那位仁兄問他：「我們這裡剛好正在招募人才，你想不想來參加考試？」「好啊！」

考試的時間是週五上午，地點在紐約曼哈頓的宇通銀行總行。程風以前去過紐約幾次，多是趁週末和同學搭火車進城玩。他本就打算趁回台灣前好好去紐約玩一趟，不如這次開車進城，先考試再觀光。他訂好計畫，週四晚上先住在郊區的汽車旅館，週五一大早再開車進城。

顯然他低估了紐約停車位的問題。當他在曼哈頓繞了好幾圈，才終於找到一個收費奇貴的停車場，再趕到宇通銀行的考場時，筆試已開始四十五分鐘了。

「你已經損失四十五分鐘，還要參加考試嗎？」坐在門口的行政助理，面無表情地問。

程風探頭一看，一個大房間，黑壓壓地全是人，鬥志油然而生，馬上回答：「當然！」

「那你的考試一樣是在十二點準時結束。」

「那當然！」

考題既多而雜，包括總體經濟、個體經濟、會計、金融……等，還有一些冷門的名詞解釋，例如：LIBOR是什麼名詞的縮寫？從未在銀行工作的程風想破了頭也想不出來，乾脆空下來。

埋頭狂寫了兩個多小時，他和大家一起在中午結束了考試。他覺得自己考得並不差，只是在付了十幾元的停車費後，覺得自己有點蠢——怎麼會想到開車遊紐約的主意？

他得到了面試的機會。

再進到宇通銀行時，程風面對的是坐在一排長條桌後的評審。主要負責問話的是一名壯碩的大塊頭男子。

對方問：「你覺得你的筆試成績如何？」

程風一愣，應該不錯吧？否則自己怎麼會坐在這裡。但聽說銀行都是些保守的傢伙，他還是謹慎以對。「我盡了我最大的努力。」

「那你這一題怎麼沒有寫？」大塊頭遞過來一張紙。程風接過來一看，是自己筆試考卷其中之一，在上面名詞解釋部分，那題沒答的「LIBOR」被人用紅筆畫了一個大問號。

程風聳聳肩，說了實話：「因為不會寫。」

大塊頭笑了起來。「很好，你很誠實。LIBOR是指倫敦銀行間的某一種拆債利率，這是銀行間來往常用的術語，許多地區的銀行也是用類似的縮寫。」

「喔？」程風不知道他為何要和自己講這些。

「說實話，你的筆試成績普通。」大塊頭頓了頓。「你能坐在這裡面試，就是因為你沒有寫這一道名詞解釋。」

程風有些被搞糊塗了，因為沒寫考題而獲得機會？「啊？」

大塊頭似乎看出他的疑惑，逕自解釋起來。「這一題，除非有銀行行員的經驗，一般的研究生不容易知道。你沒在銀行工作過吧？」

程風搖搖頭。「沒有！」

程風後來才知道，那次的筆試，那個冷門的名詞解釋是一個故意安排的「品格陷阱」。凡是「不知為不知」的應試考生，一般都能得到面試的機會，而「不知為知之」而亂寫蒙混者則一律不予錄取。因為銀行牽涉到大量的金錢進出，行員的品德和謹慎很重要，不知道的事情就是不知道，如果亂猜亂搞反而帶來銀行的困擾，這和學校考試時不一樣。

「沒想到銀行不但很保守，還得很奸詐。」聽了他們的解釋，程風總算對金融業的本質，有了初步的認識。而他更沒想到，自己能夠通過第一關，是因為自己沒有心存僥倖。

但在同時，程風心裡不免對於宇通銀行的用人風格起了一絲敬佩之心。這家銀行能夠站在全世界金融業的頂端，果然有它的道理。在選拔基層行員時，居然優先考慮到對象的「品格」。能想出這樣的測試標準，果然有它厲害的地方。

宇通銀行確實是相當挑剔的銀行，錄取新人的程序，像極了電腦遊戲的過關升級，關卡多達五、六道，每過一層，就換一名較高階者把關。到第六趟前往宇通銀行面試時，連脾氣算不錯的程風都有點不悅了，錄不錄取，只想快點有個結果。這次把關的人是所有面試中層級最高的，是亞太地區的資深副總裁，重量級的人士。

但是，他的第一個問題就讓程風心裡很不爽。他說：「你對宇通銀行的看法為何？」

程風笑了起來，平靜的說：「目前，我無法回答你這個問題。」

看著對方驚訝的神情，程風慢條斯理而清晰地解釋：「我來這裡這麼多次，不過是想試著從這裡謀一份差事。如果我無法從你這裡得到　份工作，我真的不在乎我對宇通銀行有什麼看法或認知。」頓了頓，他繼續往下說：「但如果你能給我一份工作，那我當然會告訴你，我從心裡深深愛著宇通銀行，我很關心宇通銀行的利益和發展。」

這麼直率的說法，可能是對面這位資深副總裁首次聽到吧？程風只見對方的臉嚴肅地緊繃起來，但卻未有什麼怒斥或責罵，反而努力完成了這次的面談。

說實話，已經被一次接一次的面談搞得不勝其煩的程風，已經抱定了破釜沈舟的決心。反正，他想，自己還有一個回台灣去當外商貿易公司總經理的工作等在那裡。

不過，不久後，程風就接到了宇通銀行的錄取及新人訓練的通知。但他並未因為受到如此的賞賜而欣然加入宇通銀行的行列。此時，他已經決定先回台灣做一做外商公司的總經理。畢竟，唸MBA，不就是為了訓練自己怎麼來當一家公司企業的總經理嗎？

但程風也不想平白放過這個難得的機會，「狡兔三窟」的成語可是從小就耳熟能詳。於是，他以「家中有事」為由，申請將新人訓練展期一年。宇通銀行人事部門的回答卻是：「展期不能超過一年，最多只能八個月。」

「八個月就八個月吧！」手裡有一顆定心丸，程風也不太在意。

數年後，程風終於進了宇通銀行，成為宇通銀行冀望甚殷的菁英幹部時，一些高級主管聽到他的名字，會露出「喔！你就是程風啊！」的表情，他才知道，那位當年面試他的資深高級主管，曾經大力保薦他。

他這麼形容程風：「這個傢伙很帶種，我敢打包票，他以後一定會升到副總裁的位子！」也是在他的堅持下，宇通銀行才錄取了程風，並且吸收他成為菁英班的一員。

聽到這樣的說法，程風聳聳肩，沒說什麼。早在和比利的父親麥吉爾先生談話時，他就學到了一件事情——有些時候，說出心裡的真話，反而會贏得別人的尊敬。直通通的一記直拳，往往勝過許多華而不實的花招。

真的要回台灣了。他心裡正忙著盤算，有一個月的時間來處理自己的車子，還可以安排去拜訪一些在美國的朋友。當然，一定要記得通知房東太太那猶太婆子，他想：「誰知道她還會出什麼花招？」

打點好一切，程風就要回家了！

二　與猶太人過招

來美國一趟，程風並未覺得碰上過特別難搞的人，即使是氣勢凌人的銀行主考官，他也並不覺得特別難以應付。

若有一個例外，就是他的房東太太——金士堡女士（Mrs. Kingsburg），就是常讓他恨得牙癢癢的「猶太婆子」。

當程風決定暫停中西部大學博士的學業，並且離開中西部小城，考慮在真實的商業世界殺出一條生路時，他決定先回到初來美國時的原點——波士頓，再尋找發展的機會。在波士頓郊區尋覓了一陣子後，他租了金士堡太太的房子。

金士堡太太是一名有錢的富孀。她已過世的丈夫是一名勤奮而精明的商人。因此，當金士堡先生因為心臟病猝發而去世後，留給太太五、六個加油站、一大筆財產，以及在波士頓北區貝蒙特岡的一棟四臥住宅。雖然她絕對不缺錢用，但金士堡太太還是決定把一個房間出租。

貝蒙特岡位於波士頓北部的高級住宅區，前美國國務卿季辛吉（他也是猶太人）也曾住過此地。本來這一帶的租屋行情很俏，附近名校的學生都喜歡來此租屋。但此次由於她出租的時間並非租屋旺季，剛好讓程風碰上了。月租兩百元，雖然有點貴，但這已經是急著找地方落腳的程風所能找到最便宜的房子。

金士堡太太的房子很漂亮，是一幢紅磚造的兩層樓房。程風可以從他位於二樓的房間直接走到陽台，這是當時吸引他租下房間的原因之一。而另一個原因，卻連程風自己都沒料到，是一盤跳棋。

他來租房子那一天，看到起居室的桌上，放著一盤跳棋的殘棋。這盤跳棋雖沒有康納利老太太家的那付跳棋那麼精緻，但看得出來是手工製造，非常堅實牢靠的樣子，連用來當做棋子的小圓球，都不知道是哪裡找來的各色小石子加工打磨而成。

金士堡太太見到程風望向桌上的跳棋，解釋道：「這是我先生以前做給我小孩玩的玩具。」她並且進一步地借題發揮。「我先生說，跳棋是最符合猶太人精神的一種遊戲。」

程風疑惑了。不是聽康納利太太說過，跳棋是最富美國精神的遊戲嗎？怎麼這一回又變成最符合猶太人精神的遊戲了？

金士堡太太完全沒注意到程風的驚訝之情，自顧自地往下說：「約翰說，跳棋最符合人性，變化最多，可以一個人玩，也可以六個人玩，而且和猶太人最合的地方，就是下棋的人可以互相對抗，但也可以相互幫忙，可以阻擋，也可以借道……」她終於看到程風的眼睛越瞪越大，停了下來，說：「你們大概不玩這種棋戲吧？」

金士堡太太的解釋，讓程風對於猶太人的好奇更增一層。因此，他迅速地付了訂金，搬了進來。他以為，這樣就有機會可以接觸平常耳熟能詳，但從未有機會深入了解的一個民族——猶太人。

當時，他不明白，猶太人之所以為猶太人的第一條鐵律是：如果他沒有佔到你的便宜，他就會覺得自己吃虧了。

金士堡太太的規矩既多又苛，包括：不准用洗衣機、一週只能用廚房一次、車子不能停在房子前面，必須要停遠一點（她的理由是：怕被鄰居看到我將房子租出去）……而程風的算盤是：盡快找到事情，就可以搬家了。

洗衣機不能用房東的，他只好上自助洗衣店。一週只能用一次廚房，他只好每週滷一鍋菜，裡面雞翅、雞腿、牛腱、牛肚……都有，到了晚上時就挖一些到電鍋中，和飯一起蒸熱食用。即便如此，每當他一滷完菜，金士堡太太都會忙不迭地跑到廚房裡來檢查，此時嘴裡還會叨唸些「不能在廚房裡留下味道……」的話語。但是，他同時也發現，金士堡太太對他滷的菜很好奇，他常常發覺放在冰箱裡的滷菜會神祕失蹤一小部分，有時滷凍上也會被挖了一個一個的小洞。

但車子不能停在房前就比較麻煩了。尤其初冬下過第一場雪後，波士頓就正式進入了冬季。平常散步十分鐘是一種令人愉快的娛樂活動，但在淹沒腳踝的積雪中拔著腳前進可就沒那麼令人愉快了。程風恨恨地想，而這一切，只不過是為了她那莫名其妙的虛榮心。

有一次，波士頓地區大風雪，積雪已經淹到小腿肚子了，程風好不容易辛苦跋涉到家，推開大門，卻見兩大包垃圾就放在門口。再探頭一看，只見溫暖如春的客廳中，金士堡太太正舒服地坐在壁爐前的搖椅上打毛線，而她正在讀大一的兒子大衛和女友珍奈特也趴在壁爐前的地毯上下棋，不時細聲地說笑。

程風想，好一幅親子圖，但那兩大袋垃圾是怎麼一回事？

才想到這裡，金士堡太太發話了：「風，你介意幫忙將垃圾拿到外面去嗎？」

正為了必須踏雪回家而一肚子火的程風發飆了。他衝到金士堡太太面前，衝著她那驚愕的臉大吼：「妳他媽的以為我是誰？是妳的奴隸嗎？大衛和他的女朋友正在下棋，妳怎不叫他去？我才從大風雪中回來，妳卻叫我去？」

看到程風兇了起來，金士堡太太反而變得客氣了一點，解釋道：「就因為你才剛從外面回來，就省得換衣服了嘛！」

「我付妳房租，並不表示我要幫妳倒垃圾！」

「好嘛！你不需要那麼兇的。」

相處日久，程風也逐漸發現，金士堡太太的個性就像台灣人說的「軟土深掘」，你讓她一尺，她一定毫不猶豫地再進逼一尺；而她能佔的便宜，她絕對不會放過。但如果碰上強悍的對手，她也很識時務，處事有彈性，好商量，善於協商，並不會意氣用事。

有五千年文化的智慧為底蘊，即使面對歷史悠久的猶太民族，程風慢慢也發展了因應的最佳方法——「以子之矛，攻子之盾」再加上「明修棧道，暗渡陳倉」的兩手策略。

例如，一個週五晚上，正在燈下讀書的程風忽然聽到屋內傳來「喀啦．喀啦……」的細微聲音，連續響個不停。他知道，前兩天金士堡太太就在向他炫耀，這一天晚上要和男朋友去紐約聽歌劇，晚上住在紐約不回來了；而大衛也在學校，這個房子只有他一個人。他心裡覺得毛毛的，放下書，循聲一路找到地下室。

原來那是一件被遺忘在烘乾機裡的牛仔褲。金士堡太太一定忘了關烘乾機或設定自動停止烘衣的時間，牛仔褲上的銅扣，在旋轉時不斷刮著烘乾機內槽，發出細瑣而不停止的噪音。程風想了想，什麼也沒做，就回到自己的房間。

第三天，金士堡太太志得意滿地回到家。不到十分鐘，地下室傳出一聲尖叫，不到兩分鐘，怒氣沖沖的金士堡太太手上拿著烘到變形的牛仔褲，出現在程風的門口。

「風，你怎麼可以讓烘乾機開了三天而不管？」

「金士堡太太，妳應該記得，妳根本不准我使用洗衣機等設備。」程風說：「我甚至連機器在哪裡都不知道，妳要我怎麼關？」金士堡太太嘴巴扭動了兩、三下，自知理虧，悻悻然掉頭而去。

但程風也向她學到了不少和猶太人打交道的訣竅，日後受益無窮。例如，有時程風看書看得很晚，金士堡太太跑來問他，是不是以後晚上都得開燈開得很晚？很浪費電。他知道，金士堡太太是變著方法要漲房租，於是信口搪塞：「我最近在忙一個計畫，所以忙到比較晚。」

「那大概要忙到何時？」

「大概要到下個月中吧！」

「到那時你就用不著這麼亮的燈泡了，對不對？」

「對。」

本來程風以為這件事說過就算，想不到卻被金士堡太太記在心裡。過了約一個月，有一天，程風回到家中，忽然發現房間的燈泡被換成小瓦數的燈泡。本想找金士堡太太理論，但想到一個月前的對話，自知理虧，也就算了。但他從此一行為知道，猶太人很重契約，即使是口頭的一樣有效。他們行事不會魯莽，會照約履行。

金士堡太太的舉動，剛開始讓程風生氣。「怎麼會如此不通人情？」但他逐漸發現，「人情」並不是猶太人最重視的特質，而是「規矩」，也就是一切訴諸於秩序、條理的準則，例如法律、契約、族規、宗教的義理等。也許這是猶太人幾千年來在世界各地流離遷徙所得出的生存法則，甚至內化發展為猶太人的第二天性。即使他們要要詐、佔便宜，似乎也得有所本。

相對之下，講究法天自然，重視義理人情的中華文化，雖常常不免陷入人情的和稀泥當中，但它能撐過五千多年，並且數度成為世界矚目的中心重鎮，當然亦有其獨到之處。

有三分頑童個性的程風，雖無意發揚光大中華文化餘緒，但二十多年的自然薰陶，久入芝蘭（鮑魚）之室（肆），無事尚且惹得一身香（臭），和金士堡太太的小鬥小鬧，無意間竟似乎成了兩種文化的代理人戰爭。最有趣的一次，莫過於程風和金士堡太太為了暖氣一事而鬥法。

波士頓冬季漫長寒冷，一般家庭的暖氣設備都很好，但如果整棟房子暖氣全開，費用可不小。於是，為了省電費，金士堡太太在冬天把暖氣溫度調得低低的，只是維持不讓水管因結冰而爆開的溫度。她自己當然有辦法——水床加溫，加上電毯、暖爐，把自己的房間搞得暖烘烘的。她還告訴程風：「由於房子大，暖氣開得小；如果你會冷，我有暖爐讓你用。」

對房東太太的好意，程風敬謝不敏。他知道，冷固是事實，但房東太太主動借電爐的提議卻非基於善意，而是趁機漲房租的手段。而唯一的對付方法，就是從根掐掉她的計謀——不要拿她的暖爐。他有禮貌地向金士堡太太婉謝：「謝謝，我不需要，我不怕冷。」

來自亞熱帶的程風，說不怕冷是騙人的，但他自有「冰來醬（這樣子）擋」的妙計應付。他把從台灣帶來的，那一種使用鋼絲線圈，用來燒水、煮飯、吃火鍋都好用的小電熱爐，放在床底下，溫度開得低低的（太高可是會把床單床墊都燒起來），一開整晚，倒也像個小太陽一樣熱力四射，房間裡亦是溫暖如春。白天要出門時，他會把小電爐和電線拆下，藏到衣櫥裡，免得讓金士堡太太發現。

金士堡太太本來以為程風撐不了幾天，想不到這來自熱帶地方的小伙子還真耐寒。她心裡充滿了好奇，像電視「探索」（Discovery）頻道中老想解開自然之謎的科學家一樣，想要一探究竟。

「雪下這麼大，你睡覺不會冷嗎？」

「我年輕，不怕冷，睡覺時多穿幾件衣服就暖和了。」

直到電費帳單來了，房東太太才發覺不對。她發現電費居然高得嚇人（那種靠傳統線圈發熱的小電爐很費電），但唯一的房客程風卻並未使用暖爐，於是判斷是電力公司漏電，叫電力公司查了好幾次，都沒有結果。

從這次事件，程風發覺「君子可以欺之以方」這句中國諺語可以勉強地套在猶太人身上（雖然他並不承認金士堡太太等於君子），長期浸淫在規矩和條理之中的人，在對待超出自己經驗範圍的事務，總是少了幾分彈性和想像力。金十堡太太從沒想到過，來自落後地方的炊具，打敗了她精心佈置的「寒天攻勢」。

那自己呢？程風想想，不由笑了，應該勉強可以算做魯迅筆下主人翁阿Q的「精神勝利」吧！而在相互鬥爭的過程中，程風也對金士堡太太的能屈能伸的柔軟態度不無讚賞。同樣是大風雪天，金宅的汽車道積滿了雪，金士堡太太第二天要出門，而屆時一定無法開車出去，於是把腦筋動到了程風的身上。

一天晚上，金士堡太太來敲門，面容和語氣都出奇的和善：「風，你明天要不要出門？」

一看到這個笑容，程風腦袋中的警報器自動開啟——無端示好，非奸即詐。他不客氣地先把她嘴堵上。「我走路，我的車子已經死了。」

金士堡太太豈是輕易放棄的人，說：「那你要不要幫忙鏟雪？」

兩人間一片沈默……程風在心裡想——妳付我錢，我也不幹。

金士堡太太換了一個方式。「風，如果你幫我鏟雪，你可以到我房間，看彩色電視的超級盃轉播。」她深深知道超級盃對於男人的吸引程度，有時甚至超越種族或性別上的歧見。見程風陷入考慮，金士堡太太加碼跟進。「這一次超級盃，新英格蘭愛國者隊得勝的希望頗大的喔！」

想到房裡的黑白小電視，程風想，這次讓金士堡太太一回合，就當做是向猶太人學了一課的學費。當晚，程風與金士堡太太同坐在房間裡看超級盃。

兩個偉大種族的代理人戰爭甚至一直持續到最後一刻。

當程風按規定在一個月前向金士堡太太提出搬走的通知時，她的眼中閃出了光亮。程風馬上就辨別出來，那絕不是不捨的淚光，而是腦子在高速運轉時散發的光芒。他想，該不會要算計我什麼吧？

果然，當程風提出要在搬出時索還兩個月的房租押金時，金士堡太太卻現出為難的表情。「風，我不能在你搬出時把錢給你，我必須詳細檢查，你是否對這房子造成什麼損傷，還有，一些帳單也必須扣繳……」話沒講完，程風知道不好，以他對她的了解，要把錢從她的口袋中拿出來，無異從老虎的嘴巴裡搶下食物。

程風心裡「咯登」一聲。「這筆錢拿不回來了！」但對方的理由，表面上看起來也算正當，無可辯駁。但他清楚，待自己回到台灣，天高皇帝遠，金士堡太太不想辦法把這筆錢扣下才怪。無可奈何，他也只好閉嘴。

從那天開始，向來很少打長途電話給親戚朋友的程風忽然闊了起來，貴得要死的國際長途電話、國內長途電話，他是信手拈來，滔滔不絕；不但遠在台灣的父母感受到兒子殷勤的問候，連一些久未聯絡的朋友，也感受到程風的友誼。許多人放下電話，不禁為程風花這麼大一筆電話費和自己聯絡感情而有些感動。

「程風，電話費很貴，不要再聊了……」

「沒關係，不要擔心，機會難得，我都快回台灣了……」雙方又繼續聊下去。

不過，程風很小心，打長途電話時，多選在金士堡太太出門的時刻，而且也都在自己房間裡進行，免得引起對方「不必要」的警覺。一直到他算算，這筆電話費和押金也差不多相抵了，才停止了以電話向諸親友聯絡感情的行動。

程風當然仔細計算過，在他遷出後，電話費帳單才會寄到金士堡太太的家。

三 洋狗與土犬

墨西哥阿卡波可是中美洲著名的海濱度假勝地，許多有錢、有名的美國人都在此處購置了豪華而隱蔽的別墅，做為休閒的基地。阿卡波可最有名的觀光景點之一，是LA QUEBRADA的高空懸崖跳水。一群當地的男孩，站在十多層高的懸崖上，縱身一躍，一道優美的弧線從港灣峭壁間面積狹小的水域落下。在這一小塊的藍綠色海水旁邊，更多的是林立如刀劍般鋒利的尖石。

每一跳，都是在生與死之間的鋼索上走一遭。只要身子稍微一歪，脆弱的肉體就會化為尖石的血肉祭品。雖然意外常常發生，但是卻從來無法阻止有勇氣的年輕人來此大顯身手。

程風是在一個電視旅遊節目上看到這個令他覺得觸目驚心的表演。他不懂，那個從高處看下去的小海灣，就像一只盛著一汪青綠海水的小碗。他的心裡有許多疑問：那些十多歲的孩子為什麼敢冒那些險？當他們站在懸崖上時，心裡想著什麼？是否有恐懼？

現在，站在總經理辦公室大窗子前的程風，望著腳下熙來攘往的車流，他覺得自己可以揣摩阿卡波可年輕的跳水手站上懸崖邊的感覺一二——盼望、對未知的恐懼、興奮，以及腎上腺激素亂竄的衝動。

他也是新來的跳水手，鼓起勇氣，從懸崖上縱身一跳。

離家三年，再回到台灣，程風注意到台北市和離家前有很大的不同。幼時常和小玩伴一起騎腳踏車漫遊的敦化南路，現在成了台北市發展快速的「東區」，車子越來越多，路旁的稻田和菜園也消失得不少。取而代之的是一棟棟公寓住宅及商業大樓。

英德貿易公司位於台北市最美麗、最具有殖民風味的中山北路上。它所在的大樓，也充分見證了台灣依附於商業殖民帝國，以創造經濟奇蹟的過程。這棟大樓裡，幾乎全都是外商貿易公司設立的台灣辦公室；這些「洋人」和手下的「買辦」，為台灣的經濟，起了推波助瀾的功效，也迫使台灣走上國際化的道路。

一九八三年，正是台灣經濟起飛，積極拓展對外貿易的年代。全島都為了發展經濟而拚上全力，景氣一片欣欣向榮。

英德公司所在大樓的位置很好，旁邊就是專賣舶來品的晴光市場，附近很多洋味十足的咖啡廳。總經理室尤其寬敞，大窗子佔了臨街一面牆的一半。大概因為他的前任是倫敦來的英國人，裝潢是十足典雅的英國風味，坐在裡面，不往街上看，幾乎讓人感受不到這裡是北台灣的一個角落。

事實上，台灣也沒那麼遙遠，隔著一道結實的桃花心木大門，就是百分之百的台灣風──擁擠而狹窄的開放式辦公面積、鐵皮製的辦公家具、雜亂的公文、此起彼落的電話，以及到處走動的人群，完全就是台灣公司企業常見的景象。一道門，隔開了帝國買辦及商業殖民地子民的世界。

雖然程風已經下定決心，做好心理準備，要扮演好買辦的角色，但還是看不慣對比如此強烈的風格。於是，他上任的第一件事，就是把厚實的桃花心木門拆了，換成不具隱私的透明玻璃隔間。英式的低調及隱祕，一下成了爽朗明快的美式風格。

這是他在美國課堂上學到的理論——開放的辦公室代表開放的管理，而開放的管理較具效率。雖然他失去了隱私，但卻得到了監控的權力。

和台灣的員工比起來，他算是相當的年輕，幾個經理都比他年長一截。為了使自己顯得較為老成，也突顯自己的專業性（他始終記得生涯顧問威爾森女士的提醒），從第一天上班起，他一律穿西裝、打領帶，和穿短袖襯衫打領帶的業務員做出了明顯的區隔。不過，為了表達親和力，他又想到一招——故意不把領帶拉到頂，鬆鬆地落在領口，刻意流露出滿不在意的瀟灑。

年輕總經理「獨樹一幟」的怪異風格，果然贏得全體員工的「注目」。程風很快就發現，員工們不時以一種奇怪的眼光瞧著他。程風有時候覺得，那樣的眼光，與其說是崇敬，倒不如說是羨慕、防備、氣憤、鄙視……種種情緒的混合體。甚至，程風忍不住覺得，自己就像一隻衣冠楚楚的猴子，被放在玻璃做的籠子裡，供遊客觀賞。

其實，對於這名新來的年輕總經理，員工的態度，與其說是歡迎，不如說是不平和好奇。在這家公司的員工中，不乏跑業務出身，三、四十歲的資深幹部。他們雖然不見得唸過《史記》，但對這名年僅二十五歲的新總經理，卻充滿了當年劉邦見項羽，「彼可取而代也」的忿忿不平之情。

本來嘛！如果今天派來的新上司是個老外，再年輕也認了，誰叫這個公司是老外開的。而現在，一個從台灣出去，在美國唸了幾年洋書的毛頭小伙子竟毀掉了他們更上一層樓的機會與夢想，這傢伙何德何能？竟壓在他們的頭上，就因為他去美國唸了個MBA，會講幾句英文嗎？哼！他們想，英文唸好，就會做生意嗎？

事情並非毫無蛛絲馬跡，事實上，有人甚至是在故意嗆聲。程風絕非遲鈍的人，在進出辦公室時，難免會有一些難聽的話順風飄到耳裡；而在和一些所謂的「老臣」溝通時，也很容易從對方的態度中看出一些端倪。

英德企業的大老闆史賓瑟先生在和程風的多次面試中，有一次曾向程風談到台灣辦公室發生的問題。歷任的英國籍總經理被派到台灣後，像被分封到殖民地的帝國官員，每天過著養尊處優的愉快日子，也不去了解台灣的文化，一切事情都交給手下的本地人去辦，而他根本搞不清楚台灣辦公室的實際運作。

這家外商公司的台灣辦公室主要項目是採購。當總公司接下訂單後，會通知全球所有的分公司，尋求報價，由價優者得標。根據總公司的估計，台灣生產的商品質優而價廉，應該有很大的發揮空間，可以為母企業創造利潤。但由於程風的前任都將事情交給台籍屬下去辦，而這些人的英文不夠好，常常連總公司下來的訂單都看不懂，更別說去搶業績，平白錯失了許多商機。

鑑於這些問題，史賓瑟先生才決定改弦易轍，不再從英國外派人手，改為徵召英語溝通無礙的本地人才。程風是他採行新政策的第一砲，他十分重視，要確定這一砲能一鳴驚人，所以他才會以董事長之尊，從英國到美國對程風進行面試。程風走馬上任後不久，他還特別從英國趕來台灣，親自為他介紹公司的情況及幾家主要合作的供貨商。

這段時間中，跟著老闆到處跑，看到了一些人、一些事，也讓程風想起一些舊事，並對世情有了一個新的觀察角度。

程風小時住的村子，有些人家養了幾隻狗。這些狗多是土洋雜交的雜種土狗，平時就成群結隊地躺在村前的廣場曬太陽。這些土狗一般膽子不大，尤其是在那個「把狗當做狗」的年代，若大人做出一個踢腳或丟擲石頭的動作，這些狗馬上就壓低了身子、夾緊了尾巴，耳朵貼在腦後，做出逃跑的樣子。

但是，如果對方是幼小的孩子或力弱的小動物，那這群土狗可兇了，不但吠聲兇惡，而且往往齜牙咧嘴，眼露兇光，做出一副擇肥而噬的樣子。常常有小小孩被這些雜種狗嚇得嚎啕大哭。

說來奇怪，最能震懾住這些雜種狗的人，是一位嬌滴滴的妙齡小姐。她慣常於每天傍晚時牽著一條貴賓狗出來蹓躂。那條貴賓狗可是標準的「洋狗」，被主人精心打扮，毛髮也經過仔細修剪；到了冬天時，主人還會替牠穿上狗衣服。每次那群土狗一看到這洋裡洋氣的一人一狗，好像也知道自慚形穢，馬上垂下耳朵，低頭夾尾，躲到角落或姍姍走開。當時程父還笑這些狗是標準的「狗眼看人低」……

而在看到了這些同事的表現後，程風有一種「似曾相識」的感覺。

那些油頭粉面，會「落」兩句英文，一手一個會發出清脆聲響的都彭打火機的經理、副理，平常在小廠商面前是威風八面的看門狗，沒事就露牙齒發惡聲的嚇人；但到了英國大老闆面前，卻是卑躬屈膝，脅肩諂笑，拚命想取悅老闆，好好的人，卻紛紛做出寵物犬或看門狗的模樣。

還有一些低階的員工，雖然在「外商」公司做事，英語開不了口，對國際事務亦是一無所知。他們一看到洋老闆，不是低首垂目，面色惶然，就是急忙走避，避免接觸，頗有幾分喪家之犬的倉皇感覺。

想到這裡，程風不免想到，「那麼，在他們的眼裡，我又是一隻什麼樣的狗呢？」低頭看看自己一身光鮮的裝束，加上流利的英語，再想到周遭一群虎視眈眈的土狗，不由苦笑。「多半，他們會把我當做洋主人牽著的貴賓狗吧！」

四　微生物的貢獻

小時候，媽媽常喜歡和小程風玩一種問答的遊戲。

「小風吃大魚，那大魚吃什麼？」

「大魚吃小魚。」

「那小魚吃什麼？」

「吃蝦子。」

「那蝦子吃什麼？」

「吃……泥巴。泥巴……嘻嘻嘻……」

上學了，程風知道了這個關係叫做「生物鏈」，高階的掠食者以低階的生物為食物，就像被蝦吃的泥土中，其實有很多是肉眼看不見的微生物。

如果將生物鏈的概念應用在商業世界，程風想，這家小外商企業大概屬於「小魚、小蝦」類，而那些和英德企業有往來關係的小廠商，理所當然就是屬於微生物類了。當然，那些下單的客戶或掌握關鍵材料或技術的上游廠商，就屬於生物鏈的「高層」了。

有趣的是，雖然小廠商像微生物一樣地卑微，但其實卻佔了整個生物鏈最重要的地位。他們可是全體生物鏈的基礎，他們的好壞，事實上影響了整個生物鏈的健康。程風是在親自接觸了幾個小廠商之後，才有了此一體驗，並對自己這個「買辦」的角色，有了更深刻的認知。

英國大老闆來台灣一個禮拜，指點了一些報表及作業流程，並介紹了幾個重要的供貨商後，拍拍屁股就回英國去了。臨行前，他並沒有太多的叮囑、交代，只是對來送機的程風說了句：「呃……這些……全都是你的了。」就入關上飛機走了。程風當然知道，大老闆不是將公司送給他，而是將台灣分公司的成敗責任交在他的手上。

而且，他也知道，旁邊的那些「土狗」幹部，可並沒有要來輔助、幫忙的意思，當貴賓狗隨著主人出場時，當然沒有人敢貿然採取行動，但當貴賓狗落單時就難說了。他們看著程風的神色裡都帶著一種幸災樂禍，「看你能搞出個屁」的眼神。程風知道，自己得做出些他們做不到的事情，才能讓這些年紀和經驗都高他一截的同事服氣。

為了證明自己不是只會坐在辦公室裡的貴賓狗，程風有意地在眾土犬的陪伴下，參觀了幾個有來往的小廠商。他也見到台灣以出口貿易為主導的亮麗外表下，小廠商和社會底層付出的辛酸與血汗。當然，這其中還包括了各級「買辦」的剝削。

這些小廠商，看到外商公司的總經理居然親自前來拜訪，無不竭誠展現歡迎的姿態，但總帶有一種屬下應付上級長官的惶恐與小心翼翼。程風不習慣這種對待的方式，但看看同去的同事，卻是一副理所當然、受之無愧的樣子，說起話來甚至還有一種頤指氣使、高高在上的味道。

程風一下子忽然了解了書上「買辦」這個名詞的實際意義——打著洋人的招牌，肆意盡情地挑剔、剝削，難怪「買辦」這一個名詞會被當做一種負面的形容詞。

台灣的中小企業，為了爭取國外訂單，對他們這些「買辦」極其巴結。有時甚至還不惜血本去爭取。以英德企業為例，它的主要業務包括玩具、藥品、鞋類、重機械、雜項。如果今天英德想要做銅製傘架，接受委託的廠商開生產線之前，必須先開模，而這筆費用理應由英德承受。但廠商為了巴結英德，常常就自動吃下此筆費用，「開模，免費！」

這些小工廠、小公司的老闆固然對於英德企業這樣的「買辦」畢恭畢敬，但在談論到競爭對手時，卻仍免不了趁機爾虞我詐，進一番讒言或耳語詆毀。程風就親耳聽到「聽說ＸＸＸ不太穩哦！」「ＸＸＸ好像前一陣子倒了一筆……」「啊！ＸＸ那批貨後來聽說出了些問題……」

剛開始，程風還信以為真，要手下的經理去查查真偽，結果卻發覺老經驗的員工總是愛理不理，一問之下，才知道這是做生意競爭的「人性之常」。

這些在台灣外銷貿易中扮演微生物角色的小廠商中，亦是良莠不齊，有辛苦打拚賺取薄利者，亦不乏偷工減料者。後者常為了爭取訂單而不惜成本，甚至不計成本，等真的拿到了訂單，只好偷工減料，或者祭出各種旁門左道的手段，包括買通負責監督的「買辦」手下，在驗貨時上下其手，以次級、劣貨冒充的事情亦是時有所聞。

史賓瑟就曾告訴他。有一次，小廠商勾結了公司的驗貨員，在運往海外的貨櫃中塞進不合格的商品，甚至廢料，待運到目的地，買主驗貨不合格後再打回來，已經是好幾個月後的事了。雖然驗貨員因此而被開除，但損失的其實是英德的成本和商譽。

程風知道，除了採購業務外，英國老闆也希望台灣辦公室能夠更獨立，爭取訂單，開發能夠出口的商品，銷往歐美，賺取利潤。於是，程風開始狂寫英文開發信，並且利用各種管道將開發信發往歐美；同時也利用各種能利用的管道，將英德企業的名字廣告出去。寫開發信是生意手段之一，但成功率不高，千分之一就算是好成績了。

不知道在發出第幾千封開發信後，第一個機會出現了。

來信詢問的是美國新罕布夏州的州警。他們打算在最近更換警徽，正在尋求能接受委託的廠商。對方寄了一個樣品來，要求英德如果能夠照樣製作，就進行報價。這可是個好消息，程風下決心要把這筆訂單拿到手。但他仔細研究過對方的要求和製程後，卻發覺情況並不像自己想的那麼簡單。

美國各級執法人員所使用的警徽都很漂亮，是在閃閃發亮的銅板上燒上鮮豔美麗的景泰藍而製成。景泰藍是天然礦物質，在不同的溫度下會產生不同的顏色，並不容易控制。美國製造商在製造過程中使用電爐，要加熱到四千多度，常容易發生受熱不勻而造成顏色不如理想，其淘汰率甚至有高達百分之四十者，故價格也是居高不下。

正因如此，新罕布夏州州警局才動起腦筋，向亞洲尋求價廉物美的製造商。

雖然有困難，但程風在管理學的課堂中，讀過成千上百的案例，其中許多掌握了「轉機就是商機」的機會而成功的例子。他在心裡下定決心，這是英德企業台灣分公司第一筆不按循公司舊路線而拓展的新事業，而且事關他的聲譽，第一砲一定得打響。

程風先找了一堆參考書，了解了製造景泰藍的過程。再親自出馬，尋找能生產此商品的製造商。風聲放出去，有嚼著檳榔上門的廠商，大包大攬，一再拍胸保證：「沒問題！」果然，當他提出一些製作景泰藍上的問題時，對方卻說：「這不要緊啦！」「放心啦！」但他實在無法放心。也有一些比較慎重的廠商，看了樣品之後，知道這件事情的難度高，小心翼翼，沈吟半晌，不敢輕易答應。

程風的另一個問題卡在時間很趕，而且樣品只有一個，他只能選出一名廠商。程風只能憑直覺做出最佳選擇。

他看中一對夫婦檔的小廠商。這對夫婦都是由國立藝專畢業，藝術氣息濃厚，丈夫唸設計，一頭鬈髮；太太皮膚白皙，挺著一個大肚子。小倆口帶著一塊沈重的銅板從三重騎摩托車到中山北路公司，向程風解釋景泰藍警徽的製程。他們保證可以做到和樣品相同的品質，態度也很誠懇。

程風心一橫，對他們說：「我也不比價了，這件工作就包給你們。但你們要在時限前趕出來。」

為了了解進度，有一天，他想了解實際生產情況，吩咐司機按照工廠地址找上門。以往公司要去看工廠，都會事先通知廠商，工廠也會配合先把環境和狀況整理一下。但沒有經驗的程風不懂這套，除了司機，誰也沒通知。

司機七彎八拐，總算在三重一處破舊的老式四樓公寓前停下車。工廠的地址登記在公寓四樓，但其實是在頂樓上搭的一處鐵皮屋。這一天本來就熱，西裝筆挺的他爬了四樓，再一看到屋頂工廠的熱，頓時就覺得襯衫裡的汗水如小河般地在身體上流動。

美國人製造這種警徽，是將一大塊鍍上景泰藍的銅板放在電爐裡烤。而這對夫婦卻完全使用土法煉鋼的手工藝方式製作。他只見師傅以一個烤肉夾子夾住警徽，再用氫氧吹管雕琢景泰藍，利用前後的移動來調整顏色變化，一個一個製作，完全手工。而老闆人就緊緊地貼在師傅後面，注意觀察顏色的變化，不時出言指點操作的師傅。

程風被這場面嚇住了，這完全不是他心目中的生產方式，反而接近參考書中美國印地安人的手工藝。這樣的幹法，當然淘汰率很低，而且成品很美觀；只是，太辛苦了。

且不提這令人心浮氣躁的熱。氫氧吹管燃燒時產生的廢氣及強光對人體的傷害（沒戴護目鏡的老闆紅著一雙眼，而老闆娘也挺著肚子在幫忙）、製程中產生的有毒廢棄物對生態造成的影響，及潛在的危險……但這群忙著趕工的人，哪有餘力顧及這些「不重要」的事情。

小夫婦對於程風突然的現身，有些手足無措，趕快支使師傅暫時放下手邊的工作，去街上買一些涼的飲料來招待客人，並試圖在堆滿材料和設備等亂七八糟的頂樓中清一塊宜人的場地來招待客人。

「總經理，你看這個！」好不容易在臨時找來的椅子落座，老闆娘遞過來一塊已經完工的警徽，似乎想要彌補不甚理想的待客環境。

程風翻來覆去地端詳著手上這枚警徽，「真美麗呵！」他不由在心裡讚嘆，黃澄澄的銅板上是鮮豔的景泰藍，隱約就是一小幅風景圖案。似乎深怕程風對於成品不滿意，不太愛講話的老闆也插上一句，「現在這銅板還沒有擦亮，如果擦亮會更漂亮！」

程風點點頭，指著放在地上的氬氣吹管和小火爐，「你們就是用這些工具搞啊？」

年輕的老闆臉上露出羞澀的笑容，解釋道：「這樣做，比較好控制溫度，成功率比較高。」

「這樣不會太辛苦嗎？」話才說出口，程風就曉得自己失言了。如果不是因為考慮成本和利潤，誰願意用這種苦方法來掙錢。何況，一個買辦，做出一個可憐人的姿態，也十分不相宜。難怪小夫妻倆聽了這句話，只有對看了一下，然後學西方人一樣地聳聳肩，好像在問：「不然勒？」

當他從四樓公寓一層一層走下來時，程風的步履有一點兒沈重。他想到，原來許多人的光鮮外表，甚至這個國家優厚的外匯存底，就是靠著無數這樣的小工廠以汗水和辛勞一點一滴累積而成。

他想著，自己在其中，到底扮演了什麼樣的角色呢？

五　台灣？泰國？

程風的景泰藍警徽處女作，獲利相當不錯，買方也很滿意，打響了第一砲。憑著這個成功的經驗，程風打蛇隨棍上，將開發信寫得更加文情並茂，再附上專門拍攝的圖片，拉到了美國不少執法部門的生意。有好一陣子，英德貿易公司台灣辦公室簡直成了聯邦調查局及各州、市、縣警局的警徽展示室。

除了承包小廠商的優異表現外，另一個重要的獲利因素，得算上程風的溝通能力一功，這正是以往英德所缺乏而史賓瑟先生期望改善之處。從寫開發信開始，只要成為英德企業的客戶，他都會定期向客戶報告進度，使客戶產生了很大的信心。

不僅對客戶如此，從開始工作的第一天，程風就會定期，通常是一週一次，向總公司報告目前工作的進度。

史賓瑟在和程風面試時，就提過台灣辦公室最令他頭痛的地方，就是不知道台灣辦公室到底在幹什麼。英國籍的總經理既不懂中文，也不懂中國的文化，什麼事情都容易被屬下蒙蔽，不知道事情真正的進展。而台灣的員工，雖然能說幾句應酬式的英文，但卻無法寫成清晰可讀、易懂的報告。

乖巧的程風當然聽得懂老闆的弦外之音。上任之後，他就開始向史賓瑟先生寫報告。同時，也慢慢將這個作業習慣用在客戶身上。

在MBA課程中，雖然會強調「溝通」的技巧，卻並未提到「總經理要定期對董事長提出報告」，但這個作業上的小技巧，卻是他以「同理心」推理出來的。

他記得在美國唸書時，每當介紹自己來自台灣，總有幾個對世界地理及國際情勢不熟的老美，把台灣和泰國混為一談：「哦！台灣，我知道，在越南附近。有很多大象，對不對？」

剛開始，程風還會覺得又好笑又好氣，以「老美就是笨！」來安慰自己有些受創的心情。有一次，他向比利以開玩笑的方式講起此事，想不到比利卻毫不客氣的回擊：「那你知道千里達（Trinidad）和坦尚尼亞（Tanzania）有什麼不同呢？」看著程風面紅耳赤的答不出來，比利解釋：「美國人看台灣和泰國，就像你看千里達和坦尚尼亞一樣，都不太了解，只是發音有些接近罷了。」

這些遠自歐美而來的買主、客戶，如果並不了解台灣和泰國之間的差異，他下了單，就如同向大海拋出一根帶魚餌的釣線，可能會帶回來一隻大魚，也可能空空如也。他憑什麼要相信你會把工作做好？能準時出貨？品質會不會有問題？程風想，自己有時訂一個商品，心裡都會擔心，何況是動輒牽涉到千、萬元的生意。將心比心，他定期將進度告訴客戶，保持對話，讓客戶安心的作法，得到了相當正面的回應。

就像景泰藍這回事，當程風了解其製造過程及可能出現的高淘汰率後，他就會在和客戶報告進度的過程中，將「良率／不良率」這件事情提出來，而得到對方在價格上的進一步讓步，讓公司平白又多賺了一筆。雖然數目不大，但對程風而言，卻有很大的激勵作用。

而對付那些來台灣下單的歐美客戶，程風展開玲瓏手段，應付得越來越順手。

剛開始時，他看不慣老是要把老外帶到林森北路的酒吧或夜總會胡天胡地的傳統招數，而鬧過一次笑話。有一次，他告訴負責招待客戶的經理：

「呃，不要老是這樣做生意嘛！試試看，換一種比較高尚的嘛！」

那名經理臉上露出一個奇怪的表情。接著，他拱了拱手：「程總，我比較俗，不太懂高尚的節目，不然你來安排好了！」

程風早就胸有成竹，於是親自安排一名看起來頗為紳士的美國客戶去聽音樂演奏。事前，他還特地詢問了這名美國客戶：「XXX先生，不知道你有沒有興趣聽一場古典音樂演奏會？」

這位客戶一聽是音樂會，馬上說：「沒問題，我喜歡聽音樂演奏會。」

既然如此，程風去訂了最好的位子，買了票，親自作陪。想不到，當演奏會開始不到十分鐘，這位老兄已經開始頻頻點頭，接著發出輕微鼾聲。鼾聲起初微不可聞，但很快就隨著音樂演奏而越來越大聲，引起了附近聽眾的側目，程風糗得不得了，只好輕輕地將客戶推醒，客戶也十分尷尬，連連點頭道歉。同樣的情形重複發生了三次後，他們只好狼狽地逃出演奏廳。看看錶，才待了十五分鐘，客戶致歉：「一定是時差的關係。」

但當他們走出演奏廳的大門時，只見那名經理正好整以暇地等在門口。「喬治！」客戶一見經理就熱情招呼，「今天晚上我們要去哪裡喝酒？」剛才因時差而顯現的疲倦早就一掃而空。經理一面回應客戶，一面斜眼看著程風，露出似笑非笑、不無得意的表情，好像在笑他：「你看，你的高水準節目完全不合時宜！」他只好無可奈何地搖了搖頭，又婉拒了其他兩人假裝熱情的邀約，讓喬治來接手負責招待客戶。

他一面開車回家，一面想：「原來，這些在自己國家道貌岸然，在社區做出一副文化人士教養嘴臉的老外，到了台灣或其他東南亞地區，就完全是另一回事。」他們把台灣（或者，泰國？）當做度假的勝地，縱慾尋歡的樂園，可以恣意放肆的蘇絲黃世界。既然如此，一點放縱、一點刺激、一點香豔……是那麼理所當然。

看清了「天下烏鴉一般黑」這一點後，程風也發展出一套寬嚴並濟的操縱手法。他會在第一天卯足全勁，將來台下單的買主全天的行程全部安排好，不管是故宮、陽明山、北海一周到中山北路、林森北路、北投的燈紅酒綠……全都一手包，目的就是不讓對方接觸到其他的貿易商，再以自己的英語優勢先聲奪人，但絕對不談生意。

第二天，故意把客人晾在酒店，找理由故意不睬不理。如果過了中午，這個客戶還沒有主動打電話來找，表示他自有別的通路；如果客戶耐不住，打電話來聯絡，幾乎都是跑不掉的客戶。

就憑這一手，英德公司的業績節節上升。

但程風並不因此而懈怠，依然勤奮的寫報告、寫開發信、撰寫在外貿刊物上登出的英文廣告詞……很快地，台灣辦公室就在英德集團活躍了起來，一些當初不看好史賓瑟進用當地人才策略的人也不禁佩服大老闆慧眼獨具。

台灣辦公室一些同事對程風的快速走紅十分吃味，也十分不服氣。他們偷偷將程風寫的英文商業書信，交給在南陽街開英文補習班授課的老師看，希望能挑到他的毛病。結果，補習班的老闆反而親自登門求教，邀請他在南陽街開班授課，專教英文商業書信。他欣然答應，一教就教了許多年。

擔任外商貿易公司總經理的職務一年多，肯學、肯用心的程風學到了很多，包括在商品製程和驗貨、裝貨過程中的許多弊端和竅門。但是，當年促使他決定棄學（術）從商的人生大哉問又再一次浮現出來：「難道，這就是我要的生活嗎？」

產生自我疑問的原因當然不少。但一個屈辱的經驗和一個場景，卻逼他不得不重新檢視人生的目標，以及自己的專業生涯。

英德公司接了一個印度買主的訂單，數量很大，但商品很平常，是掛在牆上的月曆。而買主堅持並載入合約的一點，就是每個月曆上要安置一個由日本精工牌原廠出產的石英電子小鐘。買方還特別在合約上註明，必須要出具原廠證明。程風並沒有把這當成什麼大不了的事情，雙方簽下合約。

結果，電子鐘這個小東西卻成了大麻煩。精工錶的日本原廠早就不生產這種本小利薄的電子鐘，全世界只有台灣精工能出貨。但合約上已經載明要日本原廠生產，買主當然不肯。幾經協調，最後買方勉強同意接受由日本精工派出日本督導，現場監視台灣精工生產線，並簽具品質保證書。否則，英德就得照約賠償。

日本來的督導，讓程風想起了二次大戰時如屠夫般在中國肆虐，一路又殺又姦的日本軍人。而且，這傢伙趾高氣揚、氣焰囂張，下巴往上抬了四十五度，好像手握生殺大權的帝國長官來到殖民地巡邏。即使對主動上前來示好的程風等人都視若無睹，理都不理。

一下子，大家都傻眼了。打聽了半天，才知道這傢伙寡人有疾，最喜破處女身子。無奈之下，程風只好叫手下的員工去安排。

到了晚上再見面時，這個日本人懷裡已經摟著一個像雛雞似的少女，開心地痛喝狂飲，對程風等人的臉色也好了很多。在這一局晚餐中，程風坐不安席，席上的佳餚像死蒼蠅般的膩味。他數度想衝出酒店，胸口更像是悶了一口氣，但卻怎麼也吐不出來。終於，他再也忍不住，在終席前就找了個理由先行告退。

「做買辦難道要做到帶日本人來幹自己女同胞的地步嗎？」他難過地想，「難道這真是我想做的事情嗎？」

六　拉上領帶

白天在貿易公司上班，晚上到補習班教書的日子過了一年多。程風想起自己還有一個延了又延的宇通銀行工作機會。

從做出口貿易開始，程風雖然一律西裝筆挺，但領帶卻老是不打上去，吊在領口下。他那當了一輩子工程師，個性一絲不苟的父親實在看不慣，唸了好幾次：「你這領帶怎麼不打上去？」他笑了笑，推託了過去。

剛開始時，他認為自己這麼做，是為了對自己角色的認同，他有一次這麼對朋友說：「在台灣搞貿易得有一點江湖氣。」但隨著日子一天天過去，他越來越懷疑，這個始終不拉上去的領帶，不過是自己心情的對應——上不上，下不下。

還是，他始終不願意對這份工作認同的一種心理投射。

現在的工作並非不好，甚至還可說相當不錯。二十五歲就當上了外商貿易公司的總經理，有臨街的單間辦公室，有司機、有車，還有一份可以安慰自己知識良心的「教職」兼差。一年多來，業務越來越上手，工作受到老闆賞識，有機會出差時更是吃香喝辣，燈紅酒綠。看在別人眼裡，正是少年春風得意，他還有什麼不滿足？

進出口貿易常需要去銀行押匯，一般這都交給經理去辦。有一次，金額特別大，他必須親自到南京東路的外商銀行辦手續。當他坐在銀行的沙發中，吹著超強的冷氣，看著那些衣著光鮮的銀行行員，在光亮整潔的櫃台後俐落的動作，空氣中偶爾傳來幾陣低聲交談的聲音……一股好奇的感覺忽然從心裡升起：這本來也可能是我的生活，不是嗎？

想起逐漸失去稜角，越過越模糊的日子，又想起在日本屠夫懷裡抖瑟的少女……那天晚上的問題，他忍不住再問自己一次：「難道，這真的是我想做的事情嗎？」

當天晚上，他打電話到宇通銀行總行人力資源科，問問自己的「任用資格」是否依然有效。對方查閱了一下，說：「你打來的時間剛好，兩個月後，我們有一個訓練班開課，你趕得上嗎？」

「我可以！」

當他向史賓瑟提出辭呈時，英國老闆似乎並不意外。他在電話裡沈默了一下，說：「能留你做了一年多，已經很不錯了。」再沈吟了一下，「打算去哪裡？」「可能去宇通銀行，從基層做起。」

程風到達宇通銀行報到時，才知道宇通銀行這一期的訓練班，是被稱之為「皇家級待遇」的精英訓練班，所有的學員，都被視為宇通銀行的明日之星。整個訓練時間長達兩年。前一年半是在銀行的基層工作，學習所有的基本知識與技巧。最後半年才是真正坐在課堂裡，由宇通銀行的資深人員上課。而這批受訓的學員，拿的可是經理級的待遇，可見銀行冀望之殷。

從來只曾在學校裡學知識，外貿公司是靠著程風的英文加上街頭智慧來對付，像這樣參加正式訓練，按部就班地從基礎學起，還是頭一遭。

而他非常喜歡。

他們被分派到宇通銀行各個不同部門，學習櫃台、傳票、匯兌……等標準作業程序（SOP），包括訓練如何用手又快又正確的數鈔票。每個部門的負責人對這批「天之驕子」的態度不一，有人熱情招呼，但也有人冷淡應付。

經歷過紅塵繁華的程風卻不在乎。從小到大，他從來沒有那麼想要學習一項新知識。他知道，只有這些知識，是自己的、誰也奪不去的資本。

他忽然想起，這些知識，就像是跳棋中那些做為基石的棋子，讓同伴的棋子可以踩在頭上飛過去。「英文」算是他的第一顆「基石」，「溝通」是第二顆，而他還需要第三顆、第四顆……才能盡快將自己全部的棋子搬到下一個基地。

因此，即使是一些看來極無聊的小事情，程風都做得很認真，並且努力以開放的心胸來面對、接受。

有一次，他前往實習的一個部門主管簡單講解了該部門的工作後，看他沒事，竟丟了一本手冊要程風自己去影印。程風並沒有生氣對方把自己當做影印小弟，反而開始研究影印機的性能。他甚至開始研讀從沒有人翻過的影印機手冊，試圖找出該如何使用影印機，才最有效率……延伸下去，他並且開始研究，影印機是該租賃或買斷，何者比較合乎經濟效益。

才不過一週的時間，他已經成為影印機專家。這一個禮拜所學到的知識，他以後一直都用得上。

在這段訓練的過程中，他學到兩件最重要的事：一、沒有什麼工作是沒有意義的。只是有時候，你得自己找出它的意義；二、標準作業程序很重要。

據說標準作業程序之興起，是因應戰爭的需要而來。美國在越戰時的國防部長麥克馬拉因為官兵死傷太大，而新的補充兵源來不及訓練，故編寫了標準作業程序，要官兵們許多事情可以「照書做」。影響所及，遍及各行各業，標準作業程序成為工作的底線標準，照著做，可能彈性不夠，但至少不會錯。

而標準作業程序應用在銀行業務上，亦有異曲同工之妙。由美國著名豪門家族羅可家族所創立的宇通銀行，奉行「在全世界插旗」的擴張策略，即是積極在全世界開設分行，稱其為「銀行帝國主義」亦不為過。因此，銀行也必須顧慮到，開設在第三世界國家的銀行，如碰上罷工或銀行所在地出現戰爭或動亂時，銀行必須臨時從外面徵調人手來作業，這時再訓練也來不及。

銀行的作業繁複，但如果有標準作業程序在手，即使是從未曾在銀行工作過的人，也可以照著標準作業程序一步一步來。

由於這個特質，撰寫標準作業程序手冊的標準，就是必須讓一個外行人也能看得懂，因此要深入淺出，簡單易懂。曾有人開玩笑說：「好的標準作業程序可以讓一個白痴都能看得懂。」從某方面來看，標準作業程序就如同以電腦語言撰寫程式，一步一步按照步驟來，不能讓人隨興越過其中某一步驟。

標準作業程序也可以用來檢查小至一個作業流程，大至整個組織的可能疏失。但它的兩難之處在於——太熟的人不注重它，（既然他都會了，不是嗎？）而搞不清楚的人也根本無法撰寫標準作業程序。

標準作業程序要求一個真正了解作業程序環節的人，坐下來，不用看參考書，細心思考作業環境及每一個作業環節，再把這些環節串成真正有效的作業動作。許多組織的作業程式都是抄來的，不但寫的人本身都不清楚，看的人更是有看沒有懂。至於作業環境，當然更無法列入考慮。

雖然許多同事討厭標準作業程序，他們寧願參與和銀行客戶的互動，而不願花時間坐在那裡寫標準作業程序。但經歷過貿易公司那一段華而不實的生活的程風卻喜愛極了。他性格中重視知識的這一部分特質，經過打壓後反而更見旺盛，特別渴望這種扎實的基本功。

在不斷研究與琢磨的過程中，程風逐漸領略了一個勢力分佈全球的銀行帝國是如何建立起一套放諸四海皆準的機制；他也從其控管要求中窺見宇通所累積的管理經驗。他想，這才是跨國的外商銀行最值得重視的核心價值，而不是靠著一塊洋招牌及一副光鮮的門面，就自以為可以征戰天下，無往不利。

例如，在宇通銀行的標準作業程序中，就禁止銀行貸款給醫院、教會、菸草公司及軍火商等客戶。後兩者當然是基於道德因素，不願意助紂為虐，但前兩者卻看出了銀行驚人的務實。

「為什麼我們銀行不能借錢給教會和醫院？」

當程風在上課時提出這個問題時，同學們也紛紛點頭，但講師的回答很簡明扼要：「如果他們不還錢，你要拿這些抵押品怎麼辦？難道銀行要代替醫院或教會執行他們的工作？」全體學員聽了都哈哈大笑。

「但是，」講師看著笑成一團的學員，「並不是沒有變通之道。而且，也在標準作業程序裡。」經過查核，標準作業程序雖禁止銀行直接借錢給教會或醫院，但對方卻可透過第三者，如代理商，以房地產向銀行進行質押借款。

為了保持彈性，因應時代及環境的變化，標準作業程序也必須定時修正，而這種兼顧原則及彈性的智力挑戰，從此也成為程風最喜愛的專業娛樂之一。

而自從進入宇通銀行後，程風都記得將領帶拉到領口，彷彿這件事也成了程風的標準作業程序的一環。

七 腳要站在地上

經過為期一年半的「精英班」第一段基本實務訓練後，四、五十名學員經過口試篩選，剩下二十名學員進入理論班「深造」。他們包括來自美、歐、日、東南亞國家的菁英，程風也是其中一名。

第二段的上課地點在香港，由宇通銀行的第二號人物擔任導師，可見宇通銀行對這一批人才的期望之深。這一班有二十人，除了經理級薪水外，銀行還提供香港最好的伊利莎白公寓供住宿。此外，每人每天還有一百美元的零用錢。

但是，標準也是嚴格的。比起第一階段，第二階段的訓練更為綿密、嚴格，光是訓練如何做簡報，就動用了當時先進的錄影設備，把每個人的簡報實況錄下來，再針對每個人的優缺點進行指正與講評，或者由導師傳授一些小技巧，讓大家都獲益匪淺。

例如，利用投影機進行簡報時，許多人都喜歡用手或雷射筆做為輔助教具，但容易發抖，給人緊張的印象，不妨用筆來代替。或者，在公開演講或簡報時，可在手掌心裡握著一根迴紋針，消除緊張。

宇通銀行密切注意著這二十人的表現，有人跟不上，就馬上刷掉，改分配到分行工作。但通常這些人到了分行後，第一件事就是辭職。大家心裡都很清楚——不成功就離開。自然，能夠順利結業的人，尾巴都快翹上天了。

完成訓練，程風回到台北宇通銀行，先在放款部門擔任副理。他和許多人都知道，這個工作對他來說，只是暫時性的，他的目標當然是放在總經理的職位。他的大老闆洋人維克特是當時台北宇通銀行的第二號人物，一路從宇通銀行最基層的工作打拚上來，當然看不慣程風的毛躁和張揚。

有一天，他問程風：「你真的覺得自己什麼都懂了嗎？」程風當然連稱不敢，但那副心口不一的樣子，維克特可是一目了然。「那麼，讓我問你一個問題，你知道，銀行的櫃台行員，是不是銀行最簡單的工作？」

一聽這麼簡單的問題，程風馬上將兩年來學到的知識，著實賣弄了一番。但接下來的問題卻讓他傻眼，「那櫃台行員的最後一道防線又在哪裡？」

櫃員的最後一道防線？他不確定，於是從稽核、會計室、電腦……一路猜下去。結果，全不對。

「我還以為你什麼都知道哪！」維克特露出一臉失望的表情。程風信心大受打擊，有如鬥敗的公雞。

維克特自己揭開了謎底。「是客人。」他說：「銀行風險的最後一道防線，就在客人身上。」

原來，這是一宗曾經真實發生過的案例。曾經有過一名行員，用線鋸在桌子上鋸了一道細縫。

他會當著客人的面前數鈔票，而在將鈔票交給客人前，趁對方不注意，悄悄將一張鈔票滑進細縫，掉到自己抽屜裡。一般客人看到行員當面數過鈔票數目後，多半也不會當場再算一遍，而發覺少了一張鈔票。

這名行員並不貪心，一天經手的上百位客人中，只選兩、三個人下手。但日積月累下來，積沙成塔。事情敗露前，他已經從客戶身上污走了一筆不小的財富。

一開始銀行並未察覺到異狀，因為他污的是顧客的錢，而非銀行的錢。但久而久之，顧客注意到錢會莫名其妙少了一、兩張的現象。於是，有人開始向銀行反映。剛開始時，銀行並未重視，但類似的抱怨陸續出現，銀行發現情形不對，開始進行檢查，才發現了那名櫃員桌上的細縫。

「所以，」維克特說：「銀行這才會有對帳單、月結單這種東西，告訴客人他們在這個月提了多少錢、存了多少錢、轉帳多少……讓客人自己來查對。如果客人不看，那銀行就失去了最後的防線。」

聽到這裡，程風恍然大悟，自己在接到銀行的月帳單時，雖然會核對一下項目，但從來沒想到這是銀行防止內神通外鬼的一道重要機制。難怪在進行在職訓練時，有一個客人因為私人理由，要求銀行不要寄帳單到家裡去，宇通銀行不但要求經理特批，並要求客戶親自到銀行來簽字，還規定三個月後還是要把所有的對帳單寄給他。

「你們銀行真是太囉嗦了！」程風記得，當時那名客人滿臉不耐煩的表情，而經理只是笑著回答：「我們這也是在保護你的戶頭。」當時，他還覺得這不過是一句推託的話，但想不到其中卻有這麼深的涵義。

在學習知識的過程中，程風向來很討厭許多中國人愛擺出一種「要學真功夫，馬步先蹲三年」，或「你先做，慢慢悟」的莫測高深作派。在他的經驗裡，這種人不是故作深沈，就是不願意指點。反而是老外，秉持著柏拉圖、亞里斯多德以降的哲人精神，不怕你去挑戰他，只怕你問不出來或不會問，反而還頗有孔老夫子「扣之小者以小鳴，扣之大者則大鳴」的中國古風。

像維克特，一個郵差的兒子，從基層幹起，爬到現在的高位，大可不用理會像程風這種「非我族類」。但他卻肯花精神，以民主的方式挑戰、點化一個台灣人屬下，讓他明白，要注重基本功夫的嚴謹，不要好高騖遠。

就像他對程風所說的——要把你的腳放在地上。

經過維克特的點化，程風知道自己不懂的地方還很多，收起了輕慢之心，人也沈穩了起來，少了幾分前兩年的飛揚浮躁之氣，甚至已經有了些銀行家穩重的樣子。

把腳放在地上，讓程風更能看見事情的本質，此事甚至也反映在他處理業務的決定上。

有一次，有一名掛著環保博士的中年人來到宇通銀行，想要貸一筆款項，好在台灣中部一個縣興建一個焚化爐。當時正是台灣環保意識開始抬頭的時期，新聞上也常可看到環保團體跑去焚化爐拉布條抗議的畫面。

由於數目不小，身為放款經理的程風親自接待。因此，他提出心裡的疑問：「X博士，蓋焚化爐的要求很高，又會遭到環保團體的抗爭，似乎……」

「放心好了！」對面的中年人顯現出信心滿滿的樣子，「環境評估根本是我們自己人做的，一定沒問題的。」

「可是，抗議民眾……」

「哦！你是擔心那個，那根本不是問題，」X博士笑了起來，身子往前傾，稍微壓低了聲音，「那些都是講好的啦，到時來吵一下，扯幾片布條來抗議叫罵一陣，讓媒體拍，然後就領錢回家了。」他身子往後一靠，雙手抱在胸前，說：「程經理，做一個焚化爐，至少都要好幾百萬，不全部打點好，怎麼能夠做？你放心啦！」

這樣的案子，可能以前的程風不會想放過，但現在的程風，雖然對方滿口的「沒問題……」但他不願意去承擔任何無謂且難以預測的風險。他技巧地以技術原因而婉拒了。

維克特和程風產生了良好的互動，程風希望能夠得到維克特更多的點化。經過仔細思考，程風想出了一套「求教」之道。他注意到，每逢週五，大家下班回家後，維克特都還會待上一陣了，處理公事或和紐約總部聯絡。此時很少人會留在辦公室。他想，這是求教的好時機。

於是，到了七點鐘左右，看到維克特比較空下來的時候，程風會先敲敲維克特的門，禮貌的問是不是能耽誤他幾分鐘時間，請教他業務上的一些疑問。維克特見他上進，通常也都很樂意和他談談。於是，他拿出早就準備好的筆記。筆記上是他平常對業務的疑問、看法、建議或新的想法。

既然翌日是週末，辦公室沒有其他人，又沒有電話的干擾，他們兩個人可以盡情討論而不受打擾。維克特從基層一路上來，見多識廣，就像一本活金融字典。而且他從不講大道理，總是拿身邊常見的事物或一些小故事，深入淺出的闡明一些大道理，讓程風獲益匪淺。

有時兩人講得興起，往往就打開話匣子，海闊天空，聊了起來，常常就超出了程風自我設限的半個小時。在週五夜車水馬龍的台北市中心，如果能透過玻璃帷幕外牆，可以看到這一老一少，時坐時立，指手劃腳的快樂樣子，甚至超過了在馬路上準備去狂歡的男男女女。

八　謝謝你對我不好

在宇通銀行工作兩年後，有人來挖程風跳槽。

已經在宇通銀行擔任放款部門經理的程風，被挖角不是第一次了。但這次前來挖角的本國銀行，提供了一個看來不錯的機會。談到最後一關，是該銀行的高級主管。

看來架子很大的一個人，開口的第一個問題，卻讓程風傻眼。「你是哪裡人？」「江蘇人。」「那不適合。」

他理都不理程風驚異的表情，自顧自地說：「我們本地銀行，和你們那些外商銀行是不一樣的。我們銀行出去的人，要能喝酒，能嚼檳榔、打麻將……」此時，他才抬眼看著程風，說：「銀行是要吸客人血，吃客人肉，啃客人骨頭的……你這樣文質彬彬的，幹得了嗎？」

聽著這些帶著輕視的狂妄語言，程風差點按捺不住自己的脾氣。一般同事可能是先進銀行再燈紅酒綠，殊不知自己卻是先燈紅酒綠後再進銀行。喝酒？吃檳榔？打麻將……這些應酬把戲，他在做貿易公司時根本就是家常便飯。

照這個老小子的說法，喝酒、應酬就能搞好銀行業務，那台灣的幾家銀行不早就應該爬到世界上花旗、大通銀行、渣打銀行的地位了嗎？

程風自然知道，在台灣做生意，不管是銀行或貿易商，每個人好像都約好了似的，談生意都得在燈紅酒綠的環境中行禮如儀。雖然真實的效果如何令人懷疑，但確實多了許多讓中間人上下其手的空間。許多人藉著「商場如戰場」的藉口而在外面花天酒地，其實不過是滿足自己的慾望罷了。

但他決定不客氣地給予反擊。

「照你所說，那在火車站前為野雞車拉客的人，也可以充當貴銀行的行銷人才了！」他語氣冰冷的說：「每個人的外表和表現形式都不同，強悍不一定要放在外表。你用不著如此。」他站起來，轉身離去。留下那個高級主管愣在那裡。

程風願意和挖角者談話，部分原因也是覺得壓抑，想看看其他的可能性。

在當時台灣的外商銀行中，幾乎全都是由洋人當家，但他下面幾乎都會有一名華人的副總經理坐鎮。正如同買辦之於洋主子，洋主子雖然是名義上的主人，但對當地的狀況其實無法完全掌握，而不得不受制於通曉本地事務文化的買辦。而這名買辦為了保全他的地位和優勢，當然對任何可能造成威脅的人又打又踩。

而在洋名叫做彼得的副總眼裡，好出頭、不聽話的程風就是這類的人，他把程風當做第一號心腹大患，明裡暗裡打壓著程風。開會時，只要程風發表什麼意見或提出建議，彼得總是酸溜溜地以：「我們都知道程經理能力很強……」為開頭語，冷嘲熱諷一番。他和手下那幫人，把程風打成了「愛表現」、「討好洋人」的「洋奴買辦」。

身經百戰都已經成精了的維克特，其實把這一切情況看在眼裡。他雖然欣賞程風的積極上進，但他也不會忽視彼得的業績能力和人脈。何況，手下的台灣人主管分成兩派對立，對他未必不好。在程風沒有明顯的戰功前，維克特決定保持現狀，不插手台灣職員的內鬥。

程風並非不知道此一狀況，但他知道自己要什麼，根本不理會打算對付他的暗潮洶湧。他還是老規矩，十分注意組織內的溝通。只要看到任何和放款業務或銀行發展相關的資訊，包括新聞、報告，甚至業界的傳聞、耳語，他都會以英文書寫備忘錄、日報告或週報告，照會管理階層，當然還包括那些苦於資訊不足的老外。

通常，他會說明資訊的內容，再提出自己的想法，並邀請其他人回應他的想法。他常在報告最前面的說明中，用上這一句英文：「我把我的想法丟在桌子上，等待大家的檢驗及回饋。（I throw my thoughts on the table for review and feedback.）」公司的老外從來沒見過這樣的老中，也覺得有意思，於是回應也相當熱烈，你提一個意見，我提一個看法，使得看法更成熟、完備，甚至發展為成功的經營策略。

有時候，程風也不見得同意老外的看法，於是據理力爭，大打筆仗的事情也屢有發生。有時候，當位於香港的地區主管或新加坡分行下達指令或策略給台灣分行時，如果覺得不適合，程風也會在維克特的默許下，和對方打起筆仗，駁回不適合台灣發展的策略。而維克特他們，當然還是樂得袖手旁觀，閒坐觀看華人屬下間的戰爭；必要的時候，他們還會一搭一唱，一致對外，說服對方接受他們的觀點。

對程風而言，這樣的過程是快樂的。在這個過程中，他不但英文越練越流利，熱切的討論和腦力激盪過程，使他學到更多的東西。他彷彿再一次經歷了在美國唸MBA時的經驗，只是求知的欲望更為熱切，光是了解書上的知識已無法滿足他，他還努力地培養自己的想法和視界。

眼看程風越來越受到老外上司的重視，一個和他職務平行，但卻屬重要職務的進出口部門經理的職位，即將成為他的下一個囊中物，彼得迅速從本國銀行找來一名經驗豐富的老手——法蘭克．陳，擔任進出口部門經理一職。

以台灣人而言，法蘭克長得魁梧而體面，但就像許多大個子一樣，他其實個性十分溫和，對眾多同事也相當和善。只是，每次他見到程風時，眼神都怪怪的，神情也不熱絡。程風大概猜得出來原因，但他並未特別去解釋。

有一天早上，他見到法蘭克，被他的樣子嚇了一跳。一向臉色紅潤的法蘭克這會兒臉發白，原有的血色竟全都跑到眼睛裡去了，神色疲累到像熬夜打了三天的麻將。「你怎麼了？」程風關心的問，想不到卻遭到法蘭克的白眼相向，「還不是被你害的！」

「什麼？」程風有點傻了，這和他有何關係？法蘭克很快揭開謎底，「來到這裡後，壓力太大了。你洋洋灑灑的寫英文，把大家都累死了。」

「哦！」法蘭克的英文水準普通，這是大家本來就知道的事。程風靈機一動，提出建議：「要不然這樣好了，你用中文寫，我來替你翻譯。」

法蘭克瞪大了眼，似乎沒想到他會這麼說，遲疑了一下，點點頭。「那以後麻煩你了。」

從此，程風固定幫助法蘭克以英文寫報告。剛開始，法蘭克還會先寫好中文，再由程風翻成英文；後來，乾脆中文報告也不用寫了，法蘭克口述要報告的內容，程風替他寫成英文。最後，法蘭克根本直接叫手下的員工向程風報告，再由程風撰寫。法蘭克本來就嫻熟進出口業務，排除了溝通上的障礙後，能力也得到上面的肯定。

由於幫法蘭克撰寫英文報告，反而使程風有機會去了解原來被彼得嚴密把關的進出口部門業務。加上英文是個重視邏輯的語言系統，為了使報告清楚明白，程風更必須深入了解後，再以西方思維整理出來，一進一出，讓他對業務的認識更深刻。而程風幫法蘭克的事，進出口部門的員工看在眼裡，也對程風比以前和善許多。

幫了半年多的忙，法蘭克和程風已變成好友。有一天，法蘭克頗為感慨地對他說：「奇怪！老闆說你是個渾蛋，要防著你。我看你人很好啊！」程風當然知道他在說什麼，苦笑了笑，什麼也沒說。

但過了沒多久，噩運卻降臨到法蘭克的身上。上面要彼得精簡人事，彼得第一個下手的對象就是當初自己大力挖角來的法蘭克．陳。程風和法蘭克交好的情況，他早就看在眼裡，自己找來的幫手和心目中的敵人居然好成一堆，他忍不下這口氣。

聽到這個消息，程風第一個動作就是衝去找維克特。他向維克特抱怨：「為何要讓法蘭克走？他可沒做錯什麼！」維克特的回答很絕：「可是他也沒做對什麼！何況，這個名單是彼得建議的。」程風才恍然大悟，法蘭克英文不夠好固然是重要因素，但導火線還是因為他和自己走在一起。

他只是替法蘭克不值。本來他在本國銀行做得好好，因為彼得的邀請而跳槽到外商公司，本以為是事業上的提升，想不到反成了中年失業。而挖他來的人，不但不保護他，反而還是第一個拿刀來殺的人。

對法蘭克，程風頗有「我不殺伯仁，伯仁因我而死」的歉意。

多年後，他在電視上看到因演出「梁山伯與祝英台」黃梅調電影而紅透半邊天的凌波，談到對她很壞的養母的種種惡劣行徑，不但不怨恨痛罵，反而神態平和的說：「謝謝她對我這麼不好，以後人家對我稍微好一點，我都心存感激。而且，讓我更加努力。」

看到此處，程風心有所感，想到法蘭克離職後，自己就被派接任重要的進出口部門經理職務。他想，也許他也應該對彼得說：「謝謝你對我不好。」

九　將軍不怕沒仗打

對許多人愛談的「生涯規劃」，程風向來不願談，有人問起，他也只淡淡的回應：「我向來沒什麼生涯規劃。」

他想，人的一生，有太多不可測的因素；成功與否，可不是個人的努力或意向可以左右。就像法蘭克，當初他從本國銀行被挖到外商銀行時，可曾「規劃」到會成為辦公室惡鬥下的祭品，中年失業後，被迫轉往中國尋找商機。而且，在背後捅刀子的人，正是提拔他的人。

在不可測知的命運風暴中掙扎前進的每一個人，如果想要「成功」，程風認為，唯一能做的「生涯規劃」，就是在被賦予任何工作或任務時，都能滿心歡愉，心存感激的努力去做、去學習。他自己就是這樣的。

有一天，洋人大老闆問他，是否願意接手已宣告失敗的系統自動化專案計畫？這完全不是他「規劃」中會出現的東西。據他所知，負責此一專案的兩名老外，忙了兩年多，卻一事無成，已經在最近淒慘地被趕回美國，等候發落。

「這個專案不是已經失敗了嗎？」他有些好奇，不知道大老闆是何用意。

大老闆卻回答得很爽快，說：「就是因為這樣，才派你來起死回生。」

程風心中一陣狂喜。他忽然體會到漢初韓信在被問到「能帶多少兵？」的問題時，回答「多多益善」的心情。他此刻的心情，就像在戰爭時的將軍，不怕打仗，只怕不派自己出馬。而且，眼前這場仗，擺明了穩賺不賠。打敗了，不是自己的錯；打贏了，那可是起死回生的大功勞一件。

想到這兒，程風熱血沸騰，但他還是努力按下躍躍欲試的心情，小心不要在臉上露出熱切的表情，平靜的對維克特說：「可否容我考慮一下，再回報是否要接受此一任務？」「可以。」

一結束談話，程風第一件事就找到參與自動化專案的本地職員，問問他們到底這個專案是如何失敗的。想不到，一個參與最深的傢伙居然笑了起來，說：「唉，沒有失敗啦！老外搞不清楚，其實已經快要成功了，跟他講也聽不懂……」

原來老外想得太簡單，以為自動化就是減少及簡化現有的流程，殊不知情況剛好相反，系統自動化建立資料庫後，固然在搜尋資料方面很方便，但在建資料庫的階段卻是千頭萬緒，充滿了細節及繁瑣的工作。兩個老外眼見自己的「目標」不但未達到，反而搞成了尾大不掉，趕快自承失敗，成了「為山九仞，功虧一簣」的活教材。而了解內情的本地職員，本就看不慣老外「外行領導內行」的瞎指揮，溝通起來又是雞同鴨講，不做了，正好休息。

問清楚這件事，程風心才定下來，像自動化這種事，最重要的是要建立一套標準作業程序，將所有的流程規劃出來，才有綱舉而目張的效果。而這些老外連基本的概念都付之闕如，來台灣卻不會說華語，不認識一個中文，要怎麼來寫標準作業程序？

想了一晚，第二天一上班，程風就去見大老闆。雖然他心裡早就做好接下這個爛攤子的打算，但能敲的竹槓不敲，豈不是對不起自己。

「我願意接下來。」他一臉嚴肅的坐在維克特面前，提出自己的條件，「但是必須在幾個前提之下。」維克特早就知道程風不是好糊弄的角色，一點都不驚訝：「你說說看。」

程風不慌不忙，提出了三個條件：一、專案小組完全聽他指揮，這點在人事派令上要特別說清楚；二、擁有完全的控制權；三、資訊人員向他報告。條件開得很強勢，但他們心裡都清楚，在內鬥嚴重的辦公室，這也是把這件事辦好的必然條件。

「好！」維克特點頭。雙方達到共識。

人事命令一公布，程風的聲勢馬上水漲船高，一片大好，許多以往見面冷淡的同事一下親熱許多，而他手下的職員也走路有風。就連踩他、防他不遺餘力的彼得，也對他客氣了好幾分。

和相關的人員仔細談過，並研判了情勢後，程風發現，情況也沒有當初想的那麼簡單與樂觀。為了讓此計畫能確實執行，他做了一個重要的決定：只在現有基礎上進行修改，不進行進一步的升級，並且將資料的範圍明定出界線，免得搜集資料的範圍毫無限制。

他並且設定了目標：六個月後自動化系統正式上線運作。依照這個目標，設定了每個階段的預定完成日期。然後，一聲令下，專案小組就風風火火地幹了起來。在這六個月的時間中，專案小組可說賭上了聲譽和面子，上下一心，奮力挺進。他們按著預設的進度，一塊一塊填充著系統自動化的內容。

程風除了每天忙得昏天暗地、鞠躬盡瘁外，也始終進行著自己最專擅的項目之一：溝通。

他每一週都會撰寫英文的週進度報告，將系統自動化過程中所碰到的所有狀況，出現的問題，自己的想法及建議，全都寫在報告裡。報告通常長達數十頁，詳細的討論每個發生的狀況及建議解決之道。這份報告常常要花費他好幾個小時來親自撰寫，更常常佔用了他下班的閒暇時間。但程風清楚這份報告的重要性，半年二十六週，他從來沒有因為懶惰或其他事情耽誤了進度報告。

除了領導專案小組外，他的下面還管著放款和進出口兩大部門的業務。他常趁著週六、日的下午或晚上，還來辦公室處理公文，再將公文放在同事的桌上。很快的，「程風是個工作狂」的說法就流傳全辦公室了。

漸漸的，發到宇通銀行總部及亞洲區總部的專案進度報告引起了大家的關注，全世界的宇通銀行分行都知道台灣分行正在進行該銀行史上第一次的系統自動化。它吸引了大家的注意，正應了「全世界都在看」這句話。於是，程風碰到的狀況或問題，常常得到其他宇通銀行員工的回饋或引起討論。他的名字，也為越來越多的人所熟悉。

程風的心眼可不只一個。他有把握，知道如此一來，不但打響了自己名號，更替自己奠下不敗的基礎。他每次都在進度報告中提出問題，邀請大家動腦及提出建議，如果這樣還出問題，那已經是全宇通銀行的問題，而非單單他程風本人的一個問題了。這就如同在前線作戰的將軍，不斷向總部反映戰況，請求總部的支援。如果他依然打了敗仗，責任可不能全算在他身上。

當然，程風也很聰明的把許多的功勞歸於頂頭上司維克特的身上，這除了讓維克特龍心大悅外，也堅定地和自己站在同一陣線。

六個月後，宇通銀行的自動化系統順利上線。嚴格來說，這只能稱之為半自動化，因為在前端的部分作業，仍得靠人工完成。但這系統在當時全世界的金融體系中亦是一項創舉，可說轟動一時，宇通銀行在同業中揚眉吐氣，程風也在金融業打出名號。

程風和他的專案小組成功了。論功行賞的時機到了！

維克特對程風慷慨的提出：「你要什麼？不要客氣。」

多年和老美打交道，他早就知道老美的脾氣，現在可不是搞中國那套「溫、良、恭、儉、讓」功夫的時候。何況，曾經和猶太房東太太鬥法的程風，無形中也受到那套「不佔便宜就算吃虧」的薰陶。

機會來了就要好好把握。他爽快地向維克特提出三項要求：一、升協理；二、帶進出口部門；三、去紐約受六個月的「將官班」訓練。

維克特一聽，睜大了眼，說：「什麼？三項全都要？」即使深知道程風胃口大，維克特也嚇了一跳。

這三項條件，隨便一項都是極大的優遇。程風才升經理沒多久，和他同期同梯的學員，大部分還在當副理。而進出口部門可說是銀行最重要、最有實力的部門。至於被戲稱為「將官班」的密集訓練，可是精英中的精英人才培訓課程，通常得幹了三至五年的經理職務，表現優異者才能得到受訓機會。

對任何一項都被視為大好機會的選擇，程風居然要得理直氣壯。在和金士堡太太接觸的過程中，他受到啟發，深諳「漫天要價，就地還錢」的道理——我可以盡量開價，你也可以合理還價，磋商談判下，大家努力達到共識。而且，大家不用動氣或傷和氣。程風想，與其因為自己要不夠而在日後懊悔，不如現在多要一些。

擺出「我可以強討，你也可以拒絕」態勢的程風沒想到，維克特倒很爽快，居然一口應承，統統答應了。

他不知道，維克特在答應他的要求時，心裡可是想著那名當初面談程風的資深副總裁的話：

「這小子膽子夠大，將來一定會升到副總裁的位置。」

part3

風光在險峰

Money Game

一　花別人的錢

一九八五年春天，新出爐不久的程風協理滿面春風地搭機來到紐約，接受為期半年的「將官班」訓練。

「將官班」當然是程風自己替這個訓練課程取的名稱，他常聽人形容血統純正的出身為「黃埔正期」，更高一級就是「戰爭學院」，再高的層級就是「將官班」了。而他現在接受的訓練，正是現任宇通銀行總裁接受過的訓練，當然屬於「將官班」級。

報到了之後，他才發現這期的「將官班」只有二十人。除了來自德、法、義、台灣的四個外國人外，其他全是美國人。除了「血統純正」的宇通銀行人外，還有一些是在專業生涯中途加入宇通銀行行列的銀行家。

訓練中心的主任的姓很有趣，叫做貝利（Belly），翻成中文是「肚皮」的意思，而他也真的有一個驚人的大肚皮，得用吊帶托著，才不會讓褲子掉下來。貝利擔任宇通銀行訓練中心主任一職已三十年，連總裁也是他的學生。

但這位「國師」卻一點沒有道貌岸然的樣子，平時菸不離手，講起課來更是極盡冷嘲熱諷及尖酸刻薄之能事，尤其是講到他最熟悉的放款業務時，更是如此。即使那些身經百戰的銀行家，碰到貝利時，也常常是被損得無地自容。

「風，你來說說。」上課是採行案例研究的方式，就一些案例來研究銀行因應的策略和對策，「這個鋼鐵企業向你借兩百萬元擴建工廠，你是借？還是不借？」

臨時被點名的程風，趕緊再匆匆讀一遍手上這家鋼鐵企業的一疊財務報表、資產負債表……等資料。

「風，大家都在等著你決定要不要借錢……」

「呃，我會借他。」

「為什麼？」

「這家公司看起來的獲利能力不錯，連著四季的獲利率都在兩位數，而且，呃，他們的信用也不錯。他們如果能夠擴建工廠……」

貝利打斷他：「看來似乎是聰明的決定，但是，你難道沒感到奇怪嗎？為什麼這家企業的工廠固定資產只佔總資產的百分之二十四？」

「呃……我們國家的鋼鐵工廠也常常是這樣……」程風在台灣進行放款業務時，剛好也經手辦過鋼鐵廠的案子。

「一個鋼鐵企業的固定資產應該是很大的，身為銀行的放款人員，你難道放心把錢借給連工廠這些固定資產都用租賃的企業嗎？」

「……？？？」

「該不該放款？這是一件見仁見智的事情。」貝利也重複了他常常說的一句話，然後再將大肚皮對著程風，說：「但是，你們永遠要前思後想，永遠要抱持著懷疑的態度。」頓了頓，他再一次強調重點：「因為，你們是在花別人的錢。」

這就是貝利教給程風最重要的一課：銀行家花的是別人的錢，不是花自己的錢，因此必須更小心，更謹慎；因此，所有有疑慮的地方，都必須再三複查。

在眾多不同的案例研究中，他們接觸到五花八門的產業——重工業、旅館、房地產、製造業、服務業……經過深入的討論及反覆的研究，他們對所有產業應有的模式都建立了概念。

例如，曾讓程風有一些無地自容的鋼鐵業或製造業，理應要有自己的工廠、廠房、煉鋼爐、倉庫……等固定資產，以降低生產的成本，如果他們的生產設施都是租賃而來，結構就非常不合理。

又例如，屬於商業不動產一種的旅館。除了其不動產的成本外，其收益應多屬短期的現金交易。如果它的財務報告上有三年期的應收帳款，情況就非常可疑，是財務報告有假？還是其中隱藏了看不見的細節？銀行在進行放款作業時，對此都應該產生合理的懷疑。

在貝利的教導下，將官班的學員們都練就了一項本事——能把財務報表當做體檢表，逐項檢視求貸企業的體質。他們尤其擅長從細微處見真章，從小地方質疑財務報表等檔案文件的真實程度。換句話說，這套功夫就好比中醫師強調的「望、聞、問、切」功夫。

後來，當程風回到台灣時，利用這套學來的「望、聞、問、切」功夫，展示了訓練的成果。

在電腦顯示器仍以十五吋為主流時，一位台灣知名的光電業者宣稱，因將目光放在國際市場，打算增產推出十七吋的顯示器，已開始試工，但需要向銀行申請融資並公開募集資金。負責放款業務的程風，在台北市美輪美奐的酒店聽完該廠商的說明會後，一出會場，帶了手下的職員，立刻驅車前往該廠商位在桃園的工廠。

他們不費事就找到了工廠。費了一番唇舌，工廠門口的警衛才肯讓他們進去。但工廠的主要幹部都跑到台北去開說明會了，生產線也沒有開工，工廠看來冷冷清清的。工廠好不容易找來一名只會說英語，不會說中文的菲律賓領班。

程風用英語和他攀談起來。這名菲籍領班難得碰到有人會講流利的英語，話匣子打開了，該說的說，不該說的也說了。他們才知道，工廠的三條生產線，在最盛況時也不過開兩條，而且都是生產十五吋的顯示器。他並沒聽說工廠有生產十七吋顯示器的事情。

然後，程風又發現，該工廠雖然宣稱已加工製造新產品，但奇怪的是使用的電費及原物料的進貨量全無增加，從而判斷那些全是廠商為了向銀行借錢而編造的藉口。他沒有借錢給那家廠商。因為，他記得，這些全是別人的錢，只是委託給他而已。他要慎重以對。

這是他從宇通銀行學到最重要的一件事情。

二　華爾街學到的事

程風不是沒有來過華爾街，以前在宇通銀行受基礎訓練時，就常常在華爾街的高樓大廈間穿梭來去，在這世界首屈一指的金融區留下了許多腳印。

在這次的「將官班」受訓過程中，程風有機會和來自全世界（美國）的銀行家共聚一堂，學習資本主義中最具代表性的象徵——私人銀行在全世界跨國運作的精華。而在幾個親身經歷的例子中，他看到了資本主義唯金錢是尚的特質，並且了解了他們對於台灣的看法。

同在「將官班」受訓的一些本地銀行家，他們所接觸的對象中，許多是財大氣粗的企業家或有錢人。因此，他們在進行案例研究時，對資本主義的特性和精神的闡釋及說明，讓程風對資本主義的了解更為通透。

一位原在邁阿密從事私人理財多年的學員鮑伯告訴程風，他的顧客中包括五百大企業的高級主管，許多人都擁有私人商用飛機及遊艇。但是，他告訴程風：「沒有一個企業主管有養一架商用客機的必要，即使是比爾．蓋茲也一樣。」

這一點和程風的認知有差距。因此，程風問他：「那為什麼許多企業主管都擁有一架神氣的商用客機呢？」

「因為那是花股東的錢，而不是花他自己的錢。」頓了頓，鮑伯苦笑說：「不過，這種誘惑是很難抵擋的。」原來，即使明知浪費，但身處金錢洪流中的鮑伯也無法倖免。他替一堆企業高級主管買飛機和遊艇，到最後，自己也忍不住出手買了一艘遊艇。

遊艇做為資本主義的象徵，最妙的地方在它的反噬效果。像大部分有遊艇的有錢人一樣，鮑伯這艘遊艇難得出過幾次海，多半只是偶爾用來和朋友聚會、喝啤酒……有一天，鮑伯接到碼頭經理的電話，通知他「你的船正在下沈！」他放下電話，迅速驅車趕到碼頭，但已是兩個小時後。他的船只剩一根桅杆浮在水面上。

遊艇下沈的原因其實很簡單，只是因為污水艙的抽水馬達沒電了，而造成污水艙開始進水，進而使整艘遊艇下沈。這樣的情形，其實碼頭經理可以輕易想出辦法來解救。但是，由於他平常付泊船費、保管費……已經頗為心疼，就沒有想到做未雨綢繆的準備，付碼頭經理一點小錢來打點照顧。

結果，碼頭經理眼睜睜見死不救，使他的愛船滅頂一事，使他大徹大悟。待花了大錢將船撈起來，並且整理好之後，他在第一時間就將遊艇脫手求售，脫離了這一種有錢人追逐豪奢玩意兒的遊戲。鮑伯不無感慨地對程風說：「一旦加入了這種金錢遊戲，你就很難收手，會一直玩下去，雖然你不知道這麼做有什麼好玩。」

他說，除了第一天買遊艇外，大概只有賣出遊艇的那一天最快樂。

另一件讓程風感受深刻的是維克特的遭遇。維克特在程風到紐約來受訓前，就被調回紐約總部。程風對維克特的栽培一直很感念，雖然他立下的汗馬功勞全是自己親自領軍衝鋒陷陣的結果，但沒有維克特的支援和維持尚稱公正的辦公室，他也不會有此成績。來至紐約後，他一直很想去探望維克特。

想不到，當他打電話給維克特，表明要前往總行探望時，維克特卻拒絕了。他甚至還委婉拒絕程風「趁中午休息時間在曼哈頓找一家餐廳共進午餐」的提議。略有一些師徒情誼的兩個人，只好在電話上「你好、我好」幾句就收線。

但程風對此事卻無法釋懷。和維克特相處的時間夠長，他聽得出來，在維克特鎮定、若無其事，甚至故作輕鬆的外表下，其實卻有一些緊張、退縮及不自在。

趁著一次到總行的機會，他未經事先通告，就跑上八樓到維克特的辦公室。他想不到，在台灣，一個人佔了一間大辦公室的維克特，現在居然連一個邊間的小辦公室都沒有，還得和其他一些人分享開放式辦公室的一小格空間。

程風覺得尷尬極了，他現在知道，為何他提議要拜訪維克特的辦公室時，對方老是支吾其詞，沒有爽快答應。還好，維克特並沒有出來會面，一名女祕書出來通知他，維克特人不在辦公室。程風如獲大赦，一溜煙似地逃開。

但這件事帶給他的震撼卻久久不散。維克特在台灣也立下不少汗馬功勞，為何並未得到總行的重視？看來其待遇甚至連一個中級經理人都比不上。他向總行一位熟識的朋友打聽這件事，以釋心中之疑時，想不到對方卻露出「你怎麼連這個都不知道」的表情。

「在外面的大將軍，回到這裡，」他指了指身後的大辦公室，「不過是一個小兵而已。」他再將手往下一指曼哈頓區熙來攘往的人群，說：「這裡才是真正的核心。」

程風將他的話琢磨了好久，總算慢慢懂得了他的想法。在這些美國銀行家的心目中，「華爾街」才是金融界的麥加聖地。至於你這個人在台灣或泰國，幹過什麼豐功偉業，在他們的眼裡不過是小菜一碟，其利潤和銀行從華爾街所獲得的利益相比，不過九牛一毛。所謂的「台灣經驗」，他們根本不重視，而派遣到台灣的人才，也不過是紐約鬥爭後的輸家流放之地。既然如此，從台灣調回來的地區負責人，又何必浪費一間辦公室給他？

想到這裡，程風不禁悚然而驚，如此說來，自己即使如當初錄用他的那位資深主管所預言，以最快的速度當上台灣地區的副總裁。那又算什麼呢？

而對像他這樣來自台灣的華人，他想，雖然大家對他的態度在表面上很友善，但心理上又何嘗真的看重自己的潛能。程風想起和自己一樣以「外國人」身分參加此次「將官班」的其他四個人，雖然平常大家住在同一家旅館裡，同進同出，好像感情很不錯，但他們也不見得多瞧得起自己。

別的不說，光是大家約好每週六相聚打牙祭一事，就可看出一些端倪。他們已經嘗試過法國、德國、義大利餐廳，但每當他提議要嚐一嚐中餐時，來自法國，有著一雙碧藍眸子的美女薇若妮卡卻都做出一副怪樣子，連連搖手，說：「不要，不要，中國菜不好吃，酒更差。」其他兩名來自德國和義大利的年輕男士，只好聳聳肩，向程風投以抱歉的眼神。吃中餐的提議，就這樣被否決了。

到了受訓末期，程風又提出一起進中餐的提議時，德國來的漢克，對正要發言反對的薇若妮卡說：「我覺得我們這樣對程風並不公平，既然我們都試過來自我們國家的料理，程風也應該有這個機會。」義大利帥哥也點頭同意，法國美女也只好服從多數的意見。

在預定聚餐的前一天，程風特地往蘇活區跑了一趟。左相右相，他看上了一家看起來頗為乾淨的中國餐館。他推門而入，直接找上餐廳的經理，說明來意。同是來自台灣的經理一聽，這一餐是要為中國人爭面子，忙不迭地答應鼎力相助。程風點了糖醋排骨、乾煸四季豆、清蒸魚、炸春卷……等老外愛吃的中國菜，並拿出早就準備好的美酒數瓶，先存在櫃上。

他還特別吩咐經理：「明天的餐桌上，請你再鋪上一條白桌巾，務必務必！」經理也點頭答應。

那一次的中餐聚會，大出其他三個老外的意料。不但精美的菜餚令他們大呼過癮，看到桌上的美酒，薇若妮卡甚至高興地鼓起掌來。這一頓飯，大家吃得是賓主盡歡，連呼過癮。當四個人踩著略帶蹣跚的步子，走出中餐館時，薇若妮卡向程風道歉：「對不起，風，我以前不知道中國菜這麼棒。」

「沒關係！」程風擺擺手。經過行銷手法包裝，突顯產品的優點，本來就應該是看家本領。

看著到了夜晚仍然燈光燦爛的曼哈頓，他想著，「總有一天，我一定要回到華爾街，佔它一席之地。」

三 黃皮督察

程風回到台灣宇通銀行，職務卻依舊，繼續負責進出口業務。不過，經過「將官班」的洗禮，老同事感受到程風變了，雖然依舊是埋首工作的工作狂，但原本飛揚跋扈的風格卻有所改變。整個人沈穩多了，連眼神都變了。

這些變化，他的頂頭洋人上司威爾生都看在眼裡。

早在前兩年，威爾生見到老對手花旗銀行在消費金融業務上斬獲甚多，也動了心想要跟進。但是，消費金融業務向來不是宇通的強項。因此，當他向頂頭上司反映時，這名亞太地區的負責人卻以「台灣沒有一個可以綜觀全局的人才來擔負起這個工作」為由，拒絕了威爾生的請求。程風自美返台後，威爾生觀察了他一年，然後向上司重提舊議。

威爾生在電話向上級報告：「我們找到那個人了！」他推薦程風來負責擔任籌備、策劃和執行的工作。

不知道是程風曾經成功推動系統自動化專案的名聲在外，或者只是一種緩兵之計，亞太區的負責人懷特初步同意了威爾生的計畫。但是，他要求程風必須先到香港的地區總部接受訓練，並且巡迴考察東南亞國家的宇通銀行分行，一方面汲取各地經驗以為籌劃之需，另一方面則評估調查各地的營運效率。

和懷特進行細部討論後，程風發現，這段懷特口中所聲稱的「在職學習」時間居然長達一年半，必須分別前往泰國曼谷、馬來西亞吉隆坡，及印尼雅加達三地分行進行監督，每地各待六個月。他並且很驚訝地得知，這是宇通銀行有史以來，首次在東南亞地區派出黃皮膚的督察。

在以企業金融為主流的宇通銀行發展消費金融，無異在以遊牧為主的民族中引進農業耕作的方式，程風視此為極大的一個挑戰。毫不遲疑，他馬上就答應了。

程風第一站到了泰國的宇通銀行分行。當他從燠熱的氣候走進冷氣強勁的銀行時，忍不住精神一振；而當他看到一長排大理石櫃台後全是穿著光鮮的銀行行員，大廳中一大堆手裡拿著薪水支票的駐泰美軍眷屬，以及她們的泰籍保姆和小孩時，腦海中幾乎馬上浮出了「帝國主義」這個名詞。

泰國的宇通銀行總經理克拉克倒真的是一副殖民地總督的派頭。他和程風才聊了幾句，就開始大談在泰國「薩伐旅」（safari）打獵活動的經驗。從談話之中，程風才發現，在他抵達曼谷的前幾天，克拉克人還在泰北森林中騎大象，他可是因為要和程風見面才特地趕回來。

聽到此處，程風不由覺得既好氣又好笑。不管是在美國或台灣，宇通銀行的每一分子至少在表面上都是兢兢業業，倒沒想到有人在泰國過著白人殖民地總督的癮頭。而且，日子過得美滋滋地，一點兒都不擔心其他人知道。

後來程風才知道，克拉克本來在亞洲地區總部負責人事訓練，人緣很好，於是有機會被派來泰國擔任總經理。他不諳泰文，更對泰國文化一無所知，對金融業務亦不在行，於是將所有的業務都下放給部屬，自己樂得成天在泰國尋幽訪勝，悠遊度日。

程風不禁好奇。「如果他不是白人，他能得到這個位子嗎？」

程風也應邀去過克拉克的家，感覺中像來到了電影「國王與我」中的場景──僅僅是那扇巨大的，有著繁華雕飾的大門，就讓程風夠驚訝了，再從門裡走進去，一路是參天的古木，路徑的盡頭是一棟華麗的屋宇。派對就在屋後的游泳池畔舉行，甚至還有身著傳統泰國服飾的女子跳著傳統泰國舞蹈娛賓。

泰國宇通銀行的雇員習慣了白人老闆，反而對程風這名黃皮膚的督察頗有手足無措、不知如何應付的感覺。他們知道程風來到這裡是為了精簡人事和使作業流程更具效率，他的一言一行可能會危害到自己這份讓親友豔羨的工作。他們更想不透，為什麼要賦予一名黃種人那麼大的權力？這不該是白種主子才能做的事嗎？

狀況不明加上猜忌，使得大部分的職員對程風帶著一絲敵意。因此，當他要求因主子出外遊樂而閒閒無事的總經理祕書幫他做一些文書工作時，這位向來自視高人一等的泰籍女祕書居然拒絕了，並且趾高氣揚地對程風說：「我是總經理祕書，我去找別人替你做事。」原來即使在祕書當中，也是有階級之分，白人總經理的祕書怎麼能替黃皮的督察做事。

察覺到銀行中存在的封建思想，為了壓服這批泰國雇員，程風的對應政策也很簡單──保持專業，只講英文。他先詳細觀察銀行的作業流程，再和每個雇員——訪談，了解對方的工作情況。由於他口操流利的英語，書寫標準的英文，使得英語能力普遍不佳的泰籍員工在氣勢上馬上就矮了一截，本來的一絲不服氣，在語言的弱勢下也化為烏有。

程風很快就發現，曼谷宇通銀行的最大問題，是太多冗員、太多不必要的流程和煩冗的手續。這些弊病，當然可以依照標準化作業流程來精簡人事，並使流程更具效能，銀行的獲利更佳。但是，他也知道，每個在宇通銀行工作的泰籍員工，都把這份工作當做一份榮耀，一個可以驕其親友的職業，因此，即使他們在銀行做的是無啥重要的工作，但依然勤勤懇懇地依照宇通銀行的現行程序工作。

花了六個月，他心情沈重地交出了一份厚厚的報告，裡面分析了曼谷宇通銀行的人力運用情況及精簡人事的對策、作業流程的弊病及標準作業流程的建議，其中甚至包括了新的動線規劃。

最後一場簡報，亞洲區大老闆懷特特地從香港趕來出席，本來在外「薩伐旅」的克拉克，還特別提前幾天趕回來坐鎮，並做出全程參與的樣子。而程風也不得不對他的「指導」及「協助」致意一番。

這一場簡報讓許多人動容，其中包括了懷特和克拉克，他們對程風能夠找出這麼多的弊病來，真是驚心動魄，但在表面上仍努力維持著波瀾不起的從容樣子。

程風交出了報告，做好簡報，他盡到了他的責任。至於看來有些動容的高層長官會採用多少，他就不得而知了。

結束了泰國的考察。他收拾行囊，飛到了馬來西亞的吉隆坡，準備進行下一階段的考察。

四　各種的表裡不一

在曼谷待的六個月中，讓程風首次有機會以一個台灣人的眼光，好好觀察這個名字常被外國人和台灣搞混的國家。

事實上，程風覺得，在某些地方，尤其是表裡不一這回事，其實泰國和台灣頗有相似之處——都是受了深厚中華文化的影響。

讓他感受最深的，就是這個崇信佛教如此虔誠的國家，色情竟如此猖獗，根本已達氾濫的地步。就連五星級酒店的員工，逮著機會都會暗示程風，可以替他安排「美麗的小姐」。泰國宇通銀行的員工，表面上看起來溫文儒雅，但卻有其蠻橫的一面，而其勾心鬥角的情形，更是他所見過的外商企業中情況最嚴重者。

泰國在歷史上雖然受到中華文化影響極深，近代卻一直在極力排除其影響，連街上也不見中文商招，但程風卻覺得，在看似平靜的外表下，泰國和台灣一樣，隱隱有一股洶湧的暗潮，似乎隨時會爆發開來。

和泰國相比，經過英國殖民統治的馬來西亞，給程風的感覺就「文明多了」。不但基礎建設如街道等井井有條，人民也很有守法的精神，即使在炎熱的氣候，摩托車騎士也規規矩矩的戴著安全帽。而且，程風發現，由於英語是馬來西亞的通用語言，馬國人民的英文程度普遍要比台灣或泰國好很多。

但是，在這看似文明、井井有條的表面，馬來人和華人的種族緊張關係也帶來另一種的暗潮洶湧。

從八〇年代開始，自認為太陽子民的馬來人，不甘心經濟命脈被源出中國的華人所把持，排華、辱華事件時有所聞。而前馬國總理馬哈迪在多年的執政中更是刻意打壓華人的機會和地位，包括馬來大學對華裔學生的設限，讓優秀的華人子弟不得不負笈他鄉；獎勵要馬華事業合夥，否則課以高額稅金，以壓制華人經濟優勢的企圖……等。這些作法，事實上使兩個種族之間的關係更為緊張，裂縫也越拉越大。

程風一到吉隆坡的宇通銀行，馬上就察覺到為何馬來人如此仇視華人。華人看不起馬來人的懶散和樸實，而馬來人更把華人當成吃人不吐骨頭喧賓奪主的惡客。吉隆坡宇通銀行的職員，幾乎清一色是華人。他們對來自台灣的程風，雖然不免半防半猜疑，但基本上還維持一定程度的親切。

程風在吉隆坡宇通銀行的考察作業，要比上一個任務輕鬆許多。雖然大老闆一樣是不管事的白人總經理，但幾個執事的高級華人職員卻都是心思深沈，一個銅錢打三個結的厲害角色，對於他們熟悉的金融業務更是駕輕就熟，銀行整體的效能也不錯，人力資源分配合理而有效，沒有泰國分行那種五個人做一個人事情的冗贅。

在程風眼中看來，這個銀行最大的管理問題，就是幾個華人高級主管之間的相互角力與鬥爭，使得整體的戰鬥能力打了一些折扣。但他想了想，辦公室政治間的傾軋鬥爭，中外一體，古今皆然，說了也沒用，也沒什麼好多說的。

馬來西亞的考察工作，比他想像中輕鬆，讓程風有時間在馬來西亞四處逛逛。他曾經跑到檳城，發現當地華僑刻意努力維護中國文化傳統的程度，甚至超過台灣。他到了華僑的義山，發現那些殘破的墓碑上布滿了「河西堂」、「福建」、「廣東」等中國地名和堂號。他想，過了好幾代，華人還是忘不了自己的根源，難怪被馬來人恨得牙癢癢。

第三站在印尼雅加達待的六個月，是一年半考察行程中讓程風最不自在的一段經歷。

到雅加達第二天，他就鬧了個笑話。他住在首都雅加達一家一流的五星級酒店。一大早，就聽到飯店前面的公園發出「嗚……嗚……」的聲音，這聲音他從沒聽過，起先還以為是野狗類的動物嚎叫聲，但他也沒多管。

次日，正逢週末，他本想好好補一覺。哪知昨天的怪聲音又出現了，他氣壞了，穿著睡袍就衝到酒店大廳，抱怨飯店的服務品質——怎麼不把野狗管一管，打擾了酒店客人的寧靜……大廳的客人漸漸注意到這名穿著睡袍，口操流利英語，在大廳罵人的黃種人。

正當他罵得過癮時，卻發覺酒店的荷蘭籍經理輕輕地拉了拉他的睡袍，並且示意他到旁邊的小辦公室。

經理關上門後，客氣地向程風陳述理由：「程先生，那聲音不是野狗在叫。」

「哦？那是什麼？」程風很好奇。

「那是清真寺唸經的聲音，以高音喇叭放送出來，召喚信徒去清真寺……」

不用這經理提醒，程風也知道印尼的回教徒十分虔誠，自己差點就構成了「侮辱宗教」的罪名，那可以是一個大麻煩。他馬上閉嘴。

但很快地，他又鬧了第二個笑話。

住在酒店，程風閒來無事，想看電視消遣。打開電視，轉到電影頻道，卻全是好萊塢黑白電影時代的老片，如「十誡」、「賓漢」、「日正當中」……等。他想，可能碰上懷舊週，才會全是這些老片子。

到了下一週，再打開電視，情況仍是一模一樣。程風氣極了，想不到五星級的旅館卻只放老片子給住客，一氣之下，乾脆搬到希爾頓酒店去。結果到了希爾頓酒店，情況是一模一樣，他忍不住當場發飆，又在酒店大廳裡大聲指責酒店服務水準太差，只放黑白舊片云云……

忽然，他覺得有人輕輕碰著他的手臂。低頭一看，是希爾頓酒店的瑞士籍經理，只見對方輕聲說：「程先生，請到我辦公室來，我有話想和你說。」

跟著經理進了辦公室，他看到經理謹慎的關上門，小心翼翼的態度使他怒氣稍歇，想不到對方說：「程先生，請你不要在公開場合批評電影。」頓了頓，他似乎有些遲疑，但在程風的眼神下，才不得已補充道：「呃……雅加達──其實全印尼的電影和電影院，都是由蘇哈托家族所控制，只能進三十年前的電影……你的批評，如果被人報告上去，可能會替你帶來一些不便……」程風這才知道自己又差點惹到不必要的麻煩。從此，他學會閉上了嘴。

後來，他還聽過許多類似的說法，如印尼香菸中的丁香，也是由蘇哈托家族控制……

待得久了，程風才恍然大悟。他曾經聽銀行的同事說，政府辦事效率奇差，家裡申請裝電話，不但要經過煩人的程序和達到一些標準，還要等上一年的時間。但他卻想不到，印尼的政治竟然腐敗如斯，難怪這個擁有豐富資源的國家，大部分的居民卻一貧如洗。

程風不由想起每天從旅館坐車到銀行，在路上都可以見到一名六、七歲的小孩子頂著毒辣的太陽，趁著車子停在紅綠燈前的短暫空檔，向過往車輛兜售手上的報紙。他幾乎每天都會向這些小孩買一份報紙。這情景常讓他想起台灣街頭有人在賣玉蘭花，而紐約街頭有人在幫人擦車窗，但這些小孩不是應該坐在學校課堂上嗎？結果，卻得在街上討生活。

印尼曾經是荷蘭人的殖民地，殖民者掠奪了豐富的資源而去，但並未留下文明的制度或法律，反而，至今殖民主義者仍以另一種形式進行侵略。有一天，他在報紙上看到一張照片，佔了頭版的半版，是一名中年的西方死者，他五官上的孔竅，塞滿了棉花，死狀十分猙獰。

他仔細地閱讀了全文，忍不住發出一聲嘆息，但心中卻充滿憤怒。原來這名荷蘭人是一個同性戀，本來住在峇里島，後來他在荷蘭驗出得了愛滋病。這個人渣得知此事，不思留下治療，竟然立即回到峇里島，每天狂歡，瘋狂濫交。據報載，他死前曾和四百個男孩發生性關係，在死前一天，仍在大開性愛派對。因此，當他因愛滋病發而喪生的事情傳開之後，立刻在這個小島上引起一陣恐慌。

報紙上並稱，許多荷蘭人到印尼的鄉下尋找年幼的俊俏男孩，聲稱帶回雅加達做辦公室小弟，鄉下人自然千恩萬謝，事實上這些男孩從此變成這些有戀童癖或同性戀荷蘭人的性奴隸。常常，當這些男孩長到十多歲時，就會被那些人渣「淘汰」。他們已經回不了家鄉，於是聚在公園裡，成了男妓。許多知道門路的歐洲人都會到公園裡找這些年輕男妓尋歡作樂。

程風恍然大悟。他住的五星級飯店前，就有一個大公園。有時他出外散步，走在公園裡，常常看到三兩成群的年輕男孩，也有一些歐洲人和他們在一起，有一些年輕人也會上來和他搭訕。想到此處，他不由冒出一陣冷汗，還好自己向來沒有「寡人有疾」的毛病，他從未嘗試。

印尼的排華風氣比馬來西亞更囂張，而印尼人對於華人的敵視更明顯，更不加掩飾。不過，在印尼的夜市裡，卻處處可以聽到鄧麗君的歌聲。但最令程風厭惡的，還是上行下效的貪腐風氣。

在雅加達的最後一個週末，程風和印尼華人同事一起去看電影。才離開旅館沒多久，就碰上了警察臨檢。程風並未將護照帶在身上，他的同事於是下車向警察解釋。他坐在車上，看到交涉進行了好一陣子，警察的態度蠻橫，正當他準備自己來解說時，卻引起印尼警察的激烈反應，對他大吼大叫，還作勢要拔槍。一旁的朋友告訴他，「警察要你趕快坐回車子，否則他一槍打死你」。

警察後來過來看他，見他雖是華人，卻口操流利英語，也不敢太兇。程風覺得這事好解決，旅館不過在兩百公尺外，回去拿證件不就好了。但員警卻不肯放行，也不准任何人離開。一堆人僵在當場，最後還是一名本地同事去了解情況。他和警察去交涉，回來後，他說：「他們要十萬盧布。」十萬盧布不過十元美金，但程風卻氣不過。「給他關！」

一名耳尖的警察走過來，向他朋友說：「今天是週五，你的朋友要在拘留所關三天，無法保證會發生什麼事。」經過再次磋商，結果雙方同意以五元美金賄賂了六名印尼警察。程風算了算，一名警察還分不到一元美金。

車子離開時，程風忍不住「呸！」地向窗外吐了一口口水。

五 變動之際

程風覺得，要看出一個人，或一個民族的個性，在變動之際最容易看出來。一個古老、有文化的民族，通常也是一個驕傲的民族，就像中華民族，曾經是世界的中心，有過地球上最高度發展的文明。「普天之下，莫非王土」的心態下，難怪她的子民會有高人一等的心態。但是，這樣的一個民族卻是多災多難、多戰禍、飽經憂患，使得他們的子民機敏奸詐，通權達變；為了生存下去，他們會不擇手段，碰到天災人禍，隱藏在基因中的逃難因子更催促著他們的腳步。

在東南亞國家時，他看到華人雖能成功地掌握僑居國的經濟命脈和商業利益，但自尊、自大的心理又使他們很難放下身段，和當地人打成一片……種種的原因，使得華僑常成為僑居國家的邊緣人，東南亞本地民族的眼中釘、砧上肉。「排華」不但成了情感上的發洩，也是攫取華人財富的機會。他自己在被印尼的警察勒索時，就有這種「人為刀俎，我為魚肉」的深刻感覺。

華僑的自我設限，使得跨國企業在尋找這個國家的頭號人物時，顧慮種族及政治立場，也多半不會考慮華人，華人最多只能成為跨國公司中的二號人物。

從一九八六年至一九八七年間的一年半在職訓練過程中，程風也對華人的逃難心態感受甚深。

他每一次回到香港的地區總部述職時，都會見到辦公室的空位又多了幾個。不少資深的香港宇通銀行職員，為了躲避數年後的香港九七大限，不惜放棄待遇優厚的工作，舉家移民到加拿大、美國、英國……

初看到那些零零落落的空椅子，就像看到牙床上缺牙般地不自在，但久了，空位子越來越多，他反倒見怪不怪地平常心起來。反正，離離合合，也就是那麼一回事。

在那段人心惶惶的時間中，程風的「台灣人」身分，引起許多香港同事的豔羨——「你好啊，不用攜家帶小去逃難……」他不知道該如何安慰他們，只好自我打趣，「誰知道，也許哪天，我也得逃命……」難堪地，大家聽了沒有「哈哈哈」，反而沈默了下來。

程風講到這句話時，其實並沒有想到，有一天，這種事情真的會發生在他身上。這個時候，正是他躊躇滿志，準備大展雄圖，領兵征戰台灣的消費金融市場的時候。前程如驕陽烈日，而他正炙手可熱。

為了和在消費金融市場已站穩腳步的同行競爭，程風飛往港、台兩地，對市場進行各種研究及測試，並且殫智竭力，將所有學習及實務的經驗，包括在曼谷、吉隆坡、雅加達的考察心得融合，寫出一份份的評估研究報告及計畫。

每次回到台灣時，他也感受到風向的不同——他越來越受歡迎了。以前他在擔任協理工作時，當然有人對他表示親近，但也有很多人故意不理會他。但自從他將要負責籌組宇通銀行台灣地區消費金融業務的消息傳出後，幾乎每個人都對他另眼相看。當然，宇通銀行雖然在企業金融的傳統業務上表現不錯，但已人滿為患。當一塊新的大餅出現時，誰不想分得一塊？

本來就不是戒慎恐懼、低調行事風格的程風現在更意氣風發了。他對手上正要發展的計畫深具信心。持續二十幾年的經濟大幅成長及政治環境越趨開放，台灣人民所得大幅提升，而社會面正張開雙手，準備擁抱資本主義。在此風氣下，消費金融產品——信用卡、股票、衍生性金融產品、個人信用貸款……在他看來，情勢一片大好。

擺在他面前的，是一張美麗的藍圖，而且是他親手所繪，親自打造；一磚一瓦也都是他親手挑選，每一個配置的人員也都由他精挑細選，務求兵精將猛。有長達半年的時間，他活在對未來的極度激情及美好幻想中。

但是，事情碰上了障礙。

台灣政府雖然有先進的工業發展政策，但財經政策卻十分落後，許多的政策仍是沿用南京時代的過時思維，而依這些重「防弊」，輕「興利」思維所制定的金融法規，自是遠遠落在世界思維之後。在這種財經思維下，對於外商銀行就是「防範」而非「輔導」。

其中最讓外商銀行手腳無法施展的，就是對於外商銀行開設分行的限制。一般而言，財政部對於外商開設分行限制嚴格，最多就是一分行加上一個辦事處。多年來，各外商銀行一直爭取開放分行設置，但都被保守的財經官員阻擋下來，後來，除了花旗銀行藉著併購本地的第一信託而爭取開了十家分行外，其他外商銀行依然苦於施展不開。

而從事消費金融業務，如果據點不夠多，地利上就輸了一截。為了這一點，程風雖然曾經多次親自跑去和主管業務的官員交涉，但在上面政策未開放的情況下，收穫並不大。常常，交涉完畢後，都會氣得他在辦公室裡大罵政府和過時的法律。

分行據點不夠多，雖然很困擾程風，但他也準備了因應之道。真正讓他忐忑不安的，是上面長官的態度。

一手提拔他，並推薦他負責開辦台灣消費金融業務的白人總經理威爾生，因為表現不錯，被升職調到新加坡，既管不了，也無意願插手；新任的總經理由菲律賓調來，對這項前人「開發」的計畫也表現出無可無不可的態度。

態度最曖昧的，就是香港的亞太區頭頭了。這名亞洲地區的大老闆懷特是一名黑人，他從一開始就對在台灣開展消費金融業務抱著懷疑的態度，先藉口台灣無此人才，結果冒出了一個程風。他又花了一年半的時間，讓程風周遊各國，以為可以打消他的執念。他沒想到，程風反而越做越起勁。最後，他只好想別的辦法。

經過詳細的精算，程風在半年後提出了台灣地區開辦消費金融業務的第一份預算。這份預算估計消費金融業務在開辦兩年後就可以收支平衡，開始獲利。結果，這份預算被打回來了。懷特的理由是：「第一年如果沒有賺到一百萬美金，計畫就不可行。」

一百萬美金？程風心裡想，這豈非故意刁難？企業金融事業部已進行多年，一年下來的獲利也不過才上千萬元，怎麼會對一個新部門提出如此嚴苛的要求？而且，開辦第一年，許多的基礎建設和系統也都要錢，從沒聽過任何行業提出如此苛刻的條件。他想，就連在消費金融市場深耕多年的花旗銀行，也做不到啊！

難道，他想，宇通銀行根本就不再支持這項計畫了嗎？

那一天晚上，他破例提早下班。他信步走在人潮熙來攘往的忠孝東路，一時之間，竟然不知道該往哪裡去。

六 池魚之殃

在企業工作的人都知道，除非你準備走人，基本上你沒有向上司說「不」的權利。即使你做到了人們口中的「打工皇帝」，你還是在打別人的工，只不過級別高一些罷了。

為了達到上級「第一年要賺一百萬元」的指標，程風又絞盡腦汁，想辦法將一部分的成本分給企業金融部門承擔，然後再加強促銷的力道，勉強達到了要求。於是，他提出了經過修正的預算版本。

他沒想到的是，當你在計算人家時，人家也正在計算你。當他提出讓企業金融部門分攤部分成本的預算時，該部門新上任的一個年輕氣盛的白人小伙子，也提出要讓新成立的消費金融事業部門分擔該部門一半營運費用的意見。

為了這件事，雙方甚至吵到總經理面前，但也沒有結果。程風想，這倒好，新的事業部門還沒有開始，倒先就負債了。至此，他大夢初醒了，這個計畫看來是做不起來了。他彷彿被人搶去玩具的孩子，看著空空的雙手，說不出的失望和難過。

不過，壓垮駱駝的最後一根稻草，卻是來自一件誰都想不到的事。

宇通銀行當時已經在台灣營運了十年時間，雖然沒有什麼暴利，但也都是穩定獲利，平均一年的收益也都有上千萬元。但是，一件內神勾結外鬼的弊案，成為報上喧騰一時的醜聞，也使宇通銀行十年努力在台灣打下的基礎和獲利，在一夕之間付諸流水。

出問題的是在新主管領導下的企業金融事業部門。本來，因為文化的隔閡，外商銀行以前不和台北迪化街的傳統生意人打交道，但隨著銀行本地員工的增加，生意的觸角也逐漸伸展到以傳統商業為主的迪化街。

出事的商家是一對從事乾貨和藥材進出口生意的兄弟檔。哥哥待在韓國，號稱已取得韓國人參出口專賣的特許權利，而弟弟則在台灣負責進口人參，再轉賣給中小盤的批發商或中藥店。

宇通銀行介入其中的角色，就是開立信用狀讓弟弟從韓國購入人參，然後取得儲放人參的倉單。而中小盤商或中藥店開出的六至十二個月不等的期票，也押在銀行裡，做為沖抵貸款的本金及利息之用。一般來說，中藥行及盤商所開的支票信用都很好，有「鐵票」之譽。整個流程清楚而漂亮，銀行也可從中賺到可觀的利息和手續費。

但是問題出在銀行無法判別人參的真正價值，一條上好人參可以喊價一百萬，或一百五十萬，銀行無法分辨，只好完全聽這對兄弟喊價。於是，人參價格被灌水。而這對兄弟又以一人五百萬元的代價（當年在台北國父紀念館旁的一棟公寓房子也不過兩百萬元）買通了銀行裡的三名經手人員，以芭樂票將中藥店的鐵票以偷天換日的手法換了出來。

到宇通銀行發覺事情不對而爆發時，已經被這夥人以五鬼搬運法搬走了一億多台幣。

這件事情在當時的銀行界可稱是喧騰一時，新聞媒體冠以「人參案」。經手其事且參與弊案的兩名台灣職員也被抓，其中一名已調到新加坡的經理，還被誘回台灣並在機場被逮捕。保險公司也賠償了銀行百分之九十的損失。

但是，由於這件案子，使得宇通銀行高層對於台灣十分失望，甚至對台灣市場露出了放棄之意。他們認為，缺乏道德戒律的專業金融人才，不過是另一種手法高明的雞鳴狗盜之輩。

受賄的三名台灣職員，都是有很大放款權力的經理級人物，也都是台灣籍職員中的精英分子和資深人物，其中一個在案發時已高升到新加坡任新職。他們的出事，壞了台灣人的信用。從此，宇通銀行再也不信任台灣本地人，寧願繼續派對台灣文化和市場根本不了解的老外來擔任主管。

其實，此一弊案早有跡象。早在事發之前，這些人就在銀行內部囂張得不得了，常常在辦公室裡就大談和客戶去喝花酒、上北投洗溫泉等事，在公司的聖誕舞會上和帶來的女朋友大跳三貼舞……老外為了開發本地市場而用了一些資深的中國人，卻造成他們自認高人一等，進而得意忘形、利欲薰心，最後濫用權力、誤用職務，做出超出自己範圍之事。

其中被員警從新加坡騙回台灣逮捕的那一位，不過比程風大兩歲，曾是銀行炙手可熱的人物。程風在初進宇通銀行時，也曾虛心向其請教，卻得到「這答案是YES也是NO」的狗屁答案，以後對他更是正眼都懶得看一眼。想不到這次卻栽得如此慘。

對於他，程風並沒有幸災樂禍的心情，只是一種兔死狐悲的同情和一種殃及池魚的感覺籠罩著他。企業金融事業部門出了這樣的大事，消費金融部門的計畫還有希望嗎？兩年多來一直在做的一個大夢，似乎漸漸要醒了過來，但他卻心有不甘。

這個時候，發生了一件事，讓程風又重燃希望。宇通銀行的統治者，羅可家族的最後一任國王大衛・羅可要來台巡訪領土。程風想，只要他說一句話，絕對有力挽狂瀾的力量。希望再度被燃起。

由羅可家族創辦的宇通銀行，在八〇年代末期和九〇年代初期奉行「到第三世界插旗」的策略，在印度、巴基斯坦、智利、東南亞等地設分行，其勢力和花旗銀行不相上下。而羅可家族挾其金融帝國之勢，也表現出皇室家庭的威勢。

他們每到一地，待遇比照王室。私人飛機進出，有國家元首級的安全防護，以及拜會當地的政治領袖……總之，都是元首級的待遇。而這一切，讓負責接待作業的程風忙得昏頭轉向，跑所有的公文，安排油料、食物、機師和空服員的食宿安排……甚至，先期的保全措施及分行的安全演練，幾乎達到滴水不漏的地步。

金融皇帝的尊趾終於落在台灣的領土上了，但羅可先生的心思似乎完全不在銀行的業務上，他快若旋風地會見了台灣的政治領袖後即匆匆離去，對消費金融業務的計畫未置一詞。

等到程風再聽說，升任新加坡總經理的原台灣總經理威爾生在新加坡鬧出家變，越南籍的妻子因他迷戀在台灣認識的酒家女而割腕自殺時，就知道消費金融事業部的最後一絲希望也沒了。

程風的這位堅定支持者，是一位越戰退伍軍人。威爾生在宇通銀行的西貢分行服務時，只是一名經理，但他自願留守至最後一刻，才搭著最後一架直升機逃出烽火連天的西貢。因為他的英勇事蹟和忠心，他被宇通銀行重用，一路晉升為新加坡分行總經理。

結果，程風想，他的英勇能助他安然度過激烈的戰火，卻逃不脫台灣酒家女的泥淖。這一次，他想，真的成了一隻被連累的池魚了。

七 貴人現身

不只程風，他身邊的人似乎也同樣嗅到風向逐漸在變化的氣息。在外商企業工作的人，除非是底層的員工，一般嗅覺都很敏銳。於是，圍在他身邊的人變少了，本來親熱巴結的人開始變得不理人了，甚至一些本來和他要親熱結盟的傢伙，現在卻緊張的盯著他，像怕被人從盆子裡搶走食物的狗，守護著自己的食物和地盤。

他很想抓住這些人，對著他們的臉大吼：「誰要和你們搶這一口飯！」這類話。但他畢竟不能。

當美信銀行的人打電話找上他時，程風正坐困愁城。「你是不是程風啊？」一個低沈的、略帶一些甜蜜味道的女聲在電話那端說話。「有權勢的聲音，」程風想，「但沒什麼禮貌，大概是哪一個財大氣粗的客戶老婆。」但他還是規規矩矩地回答：「是啊，我就是。」

「我是美信銀行的金艷姿，想和你聊一聊。」一聽到這個名字，程風坐直身子，真是想不到，居然是金艷姿。

他連忙應：「好啊！」

美信銀行和宇通銀行類似，也是一個跨國性的金融集團，但以投資銀行為主力，總部設在紐約，但在倫敦、東京、香港、瑞士等世界金融中心都設有分行或辦事處。美信銀行規模雖非最大，但作風積極，手段大膽而狠辣，在美國被稱為「牛仔銀行」；而在台灣的外商銀行圈子當中，有同行甚至因為它的作風而戲稱美信銀行為「沒心銀行」。而目前美信銀行在台灣的掌舵者，就是這位帶著一些神祕色彩的金艷姿。

程風也曾和美信銀行有過接觸。在完成了東南亞三國的考察作業，於香港進行開辦台灣消費金融業務的規劃工作時，曾應當時台灣美信銀行的總經理之邀，進行了一次面談。那位總經理是一個台灣人，對程風的自我推銷技巧印象深刻。雖然那次並未談成，但他的檔案卻留在美信。新上任的總經理金艷姿，在檔案中看到程風的資料，找上了他。

程風永遠記得和金艷姿見面的那一天。

他們約在週六碰面，地點就在離程風家不遠的福華飯店。穿著一套亞曼尼西服的程風，坐在咖啡廳入口處，向外張望，注意看是否有一個符合「外商總經理」氣勢的女士出現。

正在他等得有點心焦但仍故作鎮靜時，忽然有一個人靠近他。他本以為對方是福華飯店掃地的歐巴桑，想要讓開身子，讓對方進行清潔的工作。沒想到，對方停在他的面前，居然笑了笑，問：「你就是程風吧？我是金艷姿。」

聽到這句話，他差點從椅子上跳了起來，看著面前這個人，心裡的驚奇更大了，心中幾乎狂喊：「不會吧！」這個人他剛剛就見到了，但她「樸實」的穿著和外貌，不但讓他完全沒想到她可能就是他等待的對象；在一剎那間，他甚至懷疑她的父母是不是喜歡戲謔而不惜拿自己女兒開刀的那種人。

他仔細地盯著她看，腦海裡浮出一個名叫「菜頭」男藝人扮成女裝的樣子——矮個子，卻有一個又圓又大頭顱，大波浪的鬈髮跌宕有致，闊口獅鼻，環眼凸睛，粗短的脖子上倒是掛了一串光滑圓潤的珍珠項鍊，和略帶黧黑的皮膚不太相襯，看起來倒像地攤上一抓一大把一百元的塑膠珠鍊。

她的身材倒是前凸後翹，只是本應該配上一百七、八十公分的身高，必定顯得英姿颯爽。如今卻硬生生地被壓縮進一百五十幾公分高、近七十公斤的個子裡，壯實地駭人。對！她不胖，矮墩墩地，但感覺上全身充滿了肌肉和力量。程風忽然想起了廟門口的石獅子。他想，難道，這隻活石獅就是那神祕的金艷姿嗎？

金艷姿來到美信銀行的時間並不長，但她一連串的佈局，包括向同業展開的高薪挖角行動，已引起金融業界的注意耳語。但是，每當有人詢問美信銀行的人，或那些曾經見過金艷姿的少數人時，他們多半是神祕的笑笑，帶著一種「你看了就知道」的默契。就連程風都不免對她有一些好奇。

雖然程風小時聽過「男人女相，女人男相的異相，不為大富大貴，即為巨凶大惡」的說法，但是，他真的很難想像，像金艷姿這個樣子，居然會是外商銀行的負責人。嗯，長相不怪她，但她的穿著……

她的穿著令程風心裡涼了半截。這位大姐穿著一條七分褲，上身一件網眼衫，看起來不像是要來面談重要工作職位的外商銀行高階主管，倒像是約了人一起去跳土風舞的歐巴桑，這令一向注重穿著儀表的程風忍不住皺起眉頭。但金艷姿卻不理會他的怪樣子，大剌剌地對他說：「不好意思，我想和你聊一下，但我還要等一個朋友，所以，我會注意著門外，你不要介意……」

看此情形，程風也免除了客套和虛禮。兩個人坐在咖啡座裡，迅速切入核心，談起了條件。程風這時才發現，此人外表看似粗豪，頭腦倒十分清楚，反應很快心思細膩。以後，他對金艷姿相處日久，了解越深，才知道此人心思靈動細膩，才智之高，反應之快，萬中無一，幾次暗中較勁，他才對她心悅誠服。

金艷姿答應給程風副總經理的頭銜和令他滿意的待遇。過了兩天，金艷姿又打電話來，說：「老外不肯給你副總。」

程風的態度也很強硬，他平靜的說：「妳不用為難，但我是非副總經理不當。」

結果，程風當上台灣美信銀行的副總經理時，還不到三十歲，是當時台北所有外商銀行中最年輕的副總經理。

進入美信銀行，他聽說，美信銀行本來想關閉台灣分行，但金艷姿決定來台灣看看，所以台灣分行才得以繼續開設。聽到這個說法，程風對金艷姿更好奇了。

金艷姿一口流利的英語，但話語間偶爾會露出一絲奇異的口音。程風一直以為金艷姿是來自東南亞新加坡一帶的華人，因為，「從小接受英語教育，自然能講那麼漂亮的英語」，而一絲兒鄉音正代表了海外華人的冥頑。後來，他慢慢才知道，金艷姿果然是來自高棉的華僑。只是，事情全不如他所想。

金艷姿的老家在高棉的首府金邊，在華人聚集的唐人街開了家不大不小的金飾舖。金艷姿高中畢業就在家幫忙做生意，展現了商業的天賦，鎖定新消費族群——來中南半島打仗的美國大兵和他們的「女伴」，重新設計帶有「異國風味」的金飾，大作宣傳。家中老人原本嗤之以鼻，但在金艷姿軟硬兼施的手法下答應讓她放手一試，結果火紅的生意跌落了一地的老花眼鏡，傳統的保守小金舖成了唐人街第一金品店，十分賺錢。

正因為如此，當緊鄰的越南赤焰燒過了邊界時，金家的金店成了第一波的「革命目標」，一夥似強盜又像游擊隊的持步槍匪徒洗劫了唐人街幾家殷實商家，金家也赫然在列。金邊被波布的游擊隊攻陷前，在家中長輩的堅持下，她揣了幾根金條，搭小船到香港，成了政治難民，被送往難民營。在香港難民營待了幾個月，看情勢不對，她拿出藏在身上的金條和中華民國護照，搭漁船偷渡到了高雄。

在船上，她就想好了接下來該做的事。

到了高雄後，她未多做停留，立刻直奔火車站，買了一張火車平快車票，顛了一夜，坐到了台北。在台北車站下了車，第一件事直奔南陽街，報名補習。高中畢業已三年的金艷姿，雜在一堆台灣高中生和重考生中苦K四個月。放榜後，考進了台大經濟系。金艷姿在台大時並非風雲人物，但有一次，她在經濟學的課時提了一個問題，卻令老師大為讚嘆：「這是我這一輩子教書所聽過最聰明的問題。」

金艷姿在大四時回到香港，以一年的時間取得香港大學的哲學碩士。又以托福和GMAT的滿分成績進了哈佛，三年半時間拿了一個財務博士及包括數學在內的兩個碩士。據聞她的博士論文才不到二十頁，專門討論債券價格換算的數學公式，得到當年美國大學的論文獎。一畢業，她就應聘到柏克萊加大任教。

一九七九年中美建交時，美方承諾在中國設管理學院，訓練管理人才。中方希望能找到通曉華語的教師，美國國務院於是找上了金艷姿，承諾她一連串優厚待遇，希望她到中國執教。她好像早就看出中國未來的經濟潛力，一口答應，遠赴「祖國」。她在中國教出來的一批批學生，後來成為主管中國經濟宏觀調控的那批經濟核心骨幹及多位一級地方首長。

大概生命中有許多的「金」，三年後，金艷姿加入美信銀行的行列，大展身手，完成幾件眾所矚目的國家級大案子，被選為美信「最有價值的行員」。她這次來台灣，主要是為了陪台灣夫婿回家鄉度假一陣子，剛好台灣分行的總經理出缺，被總行拉來做救火隊，負責銀行業務，算是過渡性質，意外地卻成了程風生命中的貴人。

雖然金艷姿對程風有一種老大姐待小老弟的栽培心態，而她也對自己親自雇用的程風有信心，相信程風有能力，但不測試一下是不可能的。正在金艷姿思考該如何進行時，很快就有人自己自動送上門來當練拳的靶子。

美信銀行台灣分行有一名資深的財務協理，在金艷姿上任後，一直以為自己可以坐上副總經理寶座，想不到新的一波人事佈局中，卻被年輕的程風捷足先登，資深的老人卻成了小伙子的屬下，自己還得向他報告，氣得牙癢癢，一直想找機會讓程風難堪。

有一天，金艷姿忽然找程風，問他：「你為什麼都不盤點庫房？」

一聽這話，程風心裡就明白，有人把自己告上了。他知道金艷姿對於銀行實務並不十分熟悉，能問到這麼細微的點上，表示有人在下小鞋給他穿。他並未生氣，好聲好氣地向大姐頭解釋：「不知道妳要盤點些什麼？除了現金是銀行每天都必須盤點外，不變現的票證，如權狀、本票等文件，一季盤點一次就可以了。」

金艷姿沒說什麼，點點頭，從鼻子裡「唔」了一聲，表示知道。

從程風一踏出總經理室大門，心裡的憤怒就火山爆發，怒氣直接破表。他心裡當然清楚是誰在背後搞鬼，直接就走到財務協理的桌前。好死不死，她正好在寫ｅ－ｍａｉｌ給金艷姿。他用力將手掌往她桌上一拍，大吼一聲：「又在打小報告嗎？」接著就是一連串粗口和髒話劈哩啪啦脫口而出，聲音之大，全辦公室都清楚聽到了。不但那名當事人，其他聽到的人莫不傻眼，有人倉皇逃離現場，有人根本就將頭埋在公文堆中，暫時扮一回鴕鳥。全辦公室只聽見程風嘹亮的粗鄙罵聲轟轟響著。

在外商銀行工作的人講究衣履光鮮，儀表整潔，談吐有禮。平常他們看程風也是儀表堂堂，風流瀟灑，幾曾看過這種宛如街頭流氓潑皮的作風？尤其是處於言語風暴中的女協理不知是嚇傻了，還是怕了，不知所措呆立當場，任程風一頓臭罵，始終也沒有回口。

程風當然不是因一時不悅而做出如此出格的事，他雖然生氣被人擺一道，但一切的動作卻全都是有意而為。這是一場戲，是一場做給金豔姿看的戲，罵的雖是打小報告的女協理，其實卻是在告訴金豔姿：「妳有懷疑，可以直接來問我，我可以解釋，妳不用遽下結論。」

他這招「打狗給主人看」也表明了立場——我不是沒有脾氣的人，妳雖是我老闆，但我有我的底線，不要來「借刀殺人」這一套。

金豔姿畢竟是聰明人，自始至終，她一言未發，想必是聽懂了。

八 合夥從拆夥開始

沒過多久，程風就知道金艷姿為何要雇用自己。

美信銀行的主要業務之一，就是投資銀行，選擇有獲利潛力的金融商品，為客戶進行投資及理財規劃。美信銀行在投資銀行的業務上極具經驗，並以「狂野、兇悍」的作風而得到「牛仔銀行」的「美稱」，而與另一著名的投資銀行J. P.摩根齊名。

但即使是牛仔，在台灣這塊沃土卻揮灑不開。因為，當時台灣並未開放外商銀行的投資銀行業務。於是，美信銀行想到一招——成立證券經銷商，也就是台灣證券業界俗稱的「號子」，而實地操作投資銀行的業務。金艷姿對程風說：「我們一定要開券商，才能走到投資銀行的業務領域。」她看著程風：「這件事交給你負責。」

美信銀行如能在台灣成立券商，這將是外資銀行在台灣成立券商的第一家，也是美信銀行在全球營運陣營的首例。這讓程風想起了在宇通銀行時研發自動化系統的「初體驗」，熱血沸騰了起來。

但情況並沒有那麼簡單。外商銀行可以成立券商，但按中華民國法律規定，外商銀行必須與本國廠商合作，而且持股不能超過百分之四十。這個合作夥伴怎麼找？找誰？都是問題。合作夥伴不能找金融業，否則美信銀行的金融投資專業將受到束縛而礙手礙腳；而且，為了掌握主控權，美信銀行必須在「實質上」擁有超過半數以上的股權。

合作的對象既然不找金融業，就轉向製造業動腦筋。台灣具有規模和實力的製造商不在少數，經過精挑細選，他們選定了南部一家以鋼鐵業起家的金宏豐集團。

這家金宏豐鋼鐵是從一家小鐵工廠起家，第一代的創辦人趙宏豐出身黑手，在台灣成為「亞洲四小龍」的經濟起飛年代，見到高雄的拆船生意正方興未艾，從家族兄弟中募到一筆小錢，毅然投身於拆船業，五年就賺得風生水起。於是將賺來的資金再投入鋼鐵事業，果然讓他趕上了時機，前幾年台灣全力建設，鋼鐵需求甚殷，他們賺到了鉅額的利潤，於是將原來的企業名稱加上一個「金」字。

金宏豐這兩年來挾著豐沛的財力，進軍營建業、房地產業……都有不錯的收穫，正是自信滿滿，並且有意將投資觸角伸往股票市場。程風代表美信銀行與金宏豐集團接觸，探詢對方的合作意願，雙方一拍即合，意願十足。

所有的計畫必須經過總部的核准才能開始進行。程風使出看家本領，文情並茂地寫了一大篇營業計畫。想不到，金艷姿只看了一眼，就把這本皇皇鉅著丟還給程風，說：「不用這麼多，一頁提要報告就好。」叫他回去修改。

寫慣了長篇大論，動輒千言萬語，程風都毫不吃力，但這一頁報告卻寫得程風雙手發抖；因為，這一頁紙事關五億元的投資，換算一下，一個字就值好幾萬元。

寫好報告，程風再交給金艷姿，金艷姿卻不接，說：「你自己發給董事長就好。」程風忍不住再問清楚：「用我自己的名字發嗎？」「沒錯！」

程風有一些感動，也有一些興奮。按照「行政倫理」——有好處，上級吃肉，下面能喝喝湯、啃啃骨頭就不錯了。像這麼大的功勞，即使金艷姿要伸手拿走，他也只能幹在心裡，誰叫一直以來大家都是這麼幹；何況，金艷姿還是一手提拔他的「貴人」。想不到，金艷姿居然連名都不掛。此時，程風不禁開始懷疑，以金艷姿的聰明，成功絕對漏不了她，這麼做該不是先規避責任吧？

一頁報告傳到紐約總部，不到二十四小時，董事長的傳真回覆就來了。只有一個字：「Approved（同意）」。

美信銀行總部在同意後採取的第一個步驟，很令程風驚訝。總部從香港派來一名林姓華人律師，專門教程風如何和別人合夥。剛開始，程風有點失望，他本以為總部會從紐約派一名華爾街的大律師來指導這一重要的嘗試。但他很快就發現，自己錯得有多厲害。

這名畢業於哈佛法學院的林大律師教程風的第一句話，就讓他大為嘆服。

當程風和林大律師見了面，在會議室坐下，他所說的第一句話就是：「任何合夥事業計畫的第一步，要從拆夥開始。」接著，還加了一個不見得很恰當的比喻，「就像結婚要先從決定如何離婚開始一樣。」在他眼裡看來，兩個企業的合夥關係，就和兩個名人的婚姻差不多，在結婚前要先簽好離婚協議書。至於婚禮等儀式，只不過是不重要的細枝末節。

花了一週時間，程風沒做其他事情，每天和林律師關在會議室裡，一條一條地研究合夥協議法律條文內容。林律師以英語反覆地從各種角度向程風解釋「風險合夥」（Joint Venture）協議上的每一條條文，使他務必清楚了解。一待他確定程風全盤了解後，就立刻離開台灣。

針對兩個合夥企業「離婚」後如何交換股權的設計，規定任何一方如有意脫手股權，另一方有優先承購的權利。賣方可以依照合理的市場價格出價三次，如果買方都不同意，賣方就可以尋找買方同意的第三者承購。找第三者承購的動作亦是三次，如仍然無法賣出，就可在市場上逕自賣出。至於「合理價格」的依據及三次賣給合夥人或第三者之間，每次可降價的幅度等細節，就更繁瑣了。

在這份風險合夥契約中，有一條可見證資本主義精神及金融專業道德的「一臂之距」（Arm-length Distance）條款。即是合夥的雙方，既然一為金融業，一為製造業，如果雙方產生借貸行為，不能因為此一合夥關係而提供（或要求）優惠。也就是說，雖然雙方有合夥合作的關係，但還是得「親兄弟，明算帳」，至少保持一臂之距離。

相對之下，另一個比較麻煩的持股比例問題，反而比較好解決。既然台灣的金融法規許多都是不合時宜的老古董，民間企業也早就發展出一套對付的方法。在這兩個合夥企業中，金宏豐對於金融投資完全是新生，也樂得讓美信銀行以間接的方式擁有超過半數的股權。

就像發生在台灣的許多事情一樣，這樣的合夥形式，雖不見得百分之百合法，但上有政策，下有對策，為了生存下去，這麼做的大有人在。至於主管單位是否知情，或是故意睜一眼、閉一眼，這就不是程風所能控制的了。

反倒是一些實際的硬體問題，在執行過程中，帶給程風一些困擾。例如，在選擇新合夥事業的總部時，就碰上了許多聞風而來的投機者。

有一個房地產投資商，透過以前宇通銀行舊識，找上了程風。他們先客套地寒暄了一陣子，地產商介紹了手上一些可供選擇的商業不動產，但程風都表現出不甚熱心的樣子。他忽然身子向前傾，雖然會議室裡沒別人，但他依然壓低了聲音，以一種只有兩個人才能聽到的聲音低聲說：

「程總，如果你心裡有理想的對象，你放心，我們也可以配合。」

「啊？你說什麼？」

對方的聲音更低了，但卻十分清晰：「我是說，如果你心中已有中意的大樓，不方便出面的話，我們可以代為出面接洽……至於以後……放心，就按行規再加一成算，絕不會讓你吃虧！」他往後坐直身子，看程風露出吃驚的表情，又加了句：「如果一成不夠，那就兩成！」

程風客氣地把他轟出門。

總部的選擇，最後在合夥人金宏豐堅持下，使用他們位於台北市東區新建的「智慧大樓」做為新券商的總部，為了表示對合夥人的尊重，只好先這麼決定。但是，雖然此棟大樓是新建築，為了配合未來新券商的作業，仍必須經過一番改建。

這些過程雖繁瑣，但程風畢竟還是能兵來將擋，水來土掩一番。而最令他頭痛的，就是要和主管官員打交道這回事。

以券商使用的電腦主機為例。美信銀行本來在香港就設有資訊系統中心，其中十台主機，負責日、紐、澳等地分行的資訊處理。按規定，台灣新成立的券商應有兩套主機，一套運作，一套備援，都必須放在台灣。但按道理，新成立的券商應利用在香港的現成主機及系統，才合乎經濟原則。但主管單位卻抱著法規，堅持不答應。

經過多次交涉及挫折，主管單位總算接受了一個折衷之道——兩套主機依然在香港，但得專門拉一條香港到台灣的海底電纜，專供新券商使用，才算解決了這個問題。不過，其中和政府公務員協調的過程，就夠程風少掉半條命。

良好的溝通，一向是他的強項。一如以往，程風每週都會將開設新券商所遇到的情況和建議寫成進度報告，提交上司，讓上司了解最新的進度，掌握情況。並且，每兩週開一次大型工作會報，專注討論成立新券商的所有問題。

新券商的籌備工作，忙忙碌碌地進行了快一年。眼見一件件事情——按著自己規劃的藍圖進行，平地起高樓夢想即將完成，程風不禁想起，剛開始籌劃時，他和美信銀行亞洲地區總裁的一段對話。

從東京特地趕來台北的亞洲區主管邁可，是一名來自華爾街的老美，到達當晚就請程風晚餐。明知道是鴻門宴，但程風還是硬著頭皮去了。才一落座，邁可就開門見山的問他：「你在台灣又沒有做過券商，為什麼你覺得你可以負責這一個專案？而我們為什麼能夠成功？」

「這是一個好問題。」程風早有準備，先避過第一個問題，針對第二個問題，說：「台灣已有十家老券商，但問題都一樣……」他注意到對方的耳朵豎起來了，「……就是，不管是會英文者，不會英文者，都只想照著老辦法行事，而這和你不同。我想，你的心願是想要引進美式的現代化券商，就像做一個樣品屋，一個現代化券商的樣品屋。」大老闆緩緩地點著頭，露出深思的樣子，聽著程風繼續往下說，「如果不是這樣，那你不如就買台灣一個老券商的股票不就好了。」

大老闆點頭的幅度又大了一些，速度也快了一些些。

「所以，我不懂的，他們也不懂，而我懂的，他們還是不懂。」間接說明了自己的資格和能力沒問題，程風再次重複重點：「因為，我們要做的是一個美式券商樣品屋，一個全新的標準。」頓了頓，他強調，「只有我們能做到！」

九　為他人作嫁衣裳

新券商各取兩個合夥企業名號的一個字，取名為「美豐證券」。

美豐證券開幕酒會那一天是在一九八九年元月，離程風於一九八七年秋天開始從金艷姿手裡接下籌備美豐證券的任務，已經一年多的時間了。在這一年多的時間中，他一天當做兩天用，每天工作十個小時以上，常常晚上九、十點還到預定做為新券商大樓的工地，檢查整建工程的進度。

但是，他並不準備參加開幕酒會。因為，對他來說，他的工作已經完成了。

開幕酒會預定在下午三點鐘開始，雖然他將不去參加，但程風另有一個午餐約會。這一次，一樣是鴻門宴，邀約的主人是美信銀行證券部門在亞洲地區的總經理，作用當然是安撫勞苦功高，但成果卻變成他人囊中物的程風。

程風其實連這場鴻門宴也不想去。但他心裡清楚，酒會不去，藉人多場面熱鬧遮掩，大家還省得碰面尷尬；午餐如果不去，除了被人當做鬧意氣、氣量小、輸不起外，還平白得罪這名澳洲籍總經理麥特。

自己種的樹，倒留給他人乘涼，已經是夠嘔人的事情，程風想，如果還因為這些意氣小節而再傷筋傷骨，就更不划算了。損己利人的事，程風是不幹的。

兩個人的午餐在一種刻意製造出來的熱絡氣氛中進行。澳洲佬以一種開導年輕人的語氣安慰他：「風，其實你的角色就像婦產科醫生一樣，等到小貝比生下來後，就要交給小兒科醫生來照顧，沒什麼好在意的。」

程風的回答，表面上看起來倒很酷，一派雲淡風輕，故作瀟灑。「沒關係的，我絕對沒有問題。」但他知道，口氣有一點酸，因為心裡有一絲絲的痛。他聽得出來，把他比做婦產科醫生，是故意地撇清，自己一手孕育的胚胎，結果卻成了人家的寶貝兒。再怎麼樣，至少自己稱得上是「代理孕母」吧！

不過，對於未來的發展，他也看得很清楚，人家不肯讓你玩，再怎麼吵也沒用，不如酷一點。至少，他想，他得感謝自己有機會當「婦產科醫生」，玩了所有好玩的事情，包括從無到有，一手籌辦台灣有史以來第一家外商銀行所投資的美國模式的現代券商。這是一個價值十億元的昂貴遊戲，而自己居然有幸從頭玩到尾，這個寶貴的經驗大概獨步全台了。

「初體驗」還不僅止於此。整建新號子所在的商業大樓，也是一個意外的難得經驗。前兩年在宇通銀行工作時，宇通銀行曾經考慮和花旗銀行一樣，自行購買一棟辦公大樓當基地，當時這個專案也是交由程風負責。當時紐約宇通銀行派了幾名專家前來台灣勘察目標物的辦公大樓。而程風整天跟著這些工程、設計及建築專家跑上跑下，耳濡目染，學會了不少竅門。

當時那些專家所注意的重點，並非一般大樓的光鮮外表，反而特別注意隱匿在外表下的安全設施，包括自動灑水消防系統、自動不斷電系統等。因此，概算下來，該大樓每坪的裝潢費用比一般行情價高上二、三倍，甚至還引來國稅局懷疑，以為他們銀行以買樓的藉口洗錢。

宇通銀行的買樓計畫後來因人事問題半途而廢，錯失了後來台灣房地產大漲而大賺一票的機會。而美信銀行和金宏豐籌劃成立「美豐證券」之初，金宏豐即大力邀請美信銀行將新券商設在該集團新蓋的大樓。

本來程風和美國的專家都看不上這座標榜「智慧大樓」的建築，主要是地點不夠好，雖說在台北市東區的新興商業中心，但位置比較偏北，比較接近住宅區，非他所屬意的金融商業區。而且，他也覺得此大樓的樓層太低。但是，事情最後由金艷姿拍板定案。她說：「我們總是要給本地合夥人一個面子！」

程風雖然心裡並不十分情願，但既然大姐頭說了話，只好照辦。他並沒想到，大姐頭果然是他生命中的大貴人，多年後他因此而受惠良多。

將券商設在合夥人大樓的最大好處，當然是在租金和租賃契約上可以享受極大的優惠，缺點就是需要做大規模的改建工程，費用可是一大筆。

美信銀行此次從美國紐約總部派了一名新加坡籍的建築師林亞倫前來台灣協助整建工程。他到台灣的第一天，剛下飛機，程風就親自招待他到青葉台菜餐廳吃清粥小菜。血管裡依然流著中國人血液的林亞倫大為滿意，加上程風刻意招待，一頓飯吃下來，已感意氣相投，互相結為好友。

林亞倫對預定的商業大樓進行第一次勘察，很快地就給了一個「不及格」的評分；他對於「智慧大樓」的名稱更是嗤之以鼻，批評道：「這種東西也稱為『智慧』？我看根本就是弱智！」程風也明白告訴他，因為牽涉到日後和本地合夥人的夥伴關係，「不用不可能」，否則生意無法做。林亞倫了解此一情況後，眉頭深鎖，說：「這樣的水準，美信銀行是不會採用的。」然後，他說：「風，看來你得自己親自跑一趟。」

程風的下一件事，就是帶了所有的數據，迅速跳上飛往紐約的班機，然後在總部會議上陳述為何非要採用金宏豐的「智慧大樓」的原因。在會議上，大家對於美信銀行將在台灣首次開設券商的點子非常興奮，而且，經過程風的換算，新號子的平均租金不到紐約辦公室的十分之一，幾乎等同免費使用，因此而省下的錢，剛好可用來改善設施。於是，紐約被說服了。

赴紐約的說服工作，使得開口閉口「這是我們的智慧型大樓」的金宏豐集團總務主任對程風這名年輕人的態度改善了。整建大樓的「人和」工作打下良好基礎。

但硬體的改建卻工程浩大。程風在宇通銀行時就學到了，裝修辦公大樓時，真正貴的不是在地毯、裝潢、家具這些表面的東西，而是要增強基礎的設施，讓它們達到應有的標準。例如，自動灑水系統、隔音、防火……等工程。

紐約在同意租樓後，又送了一組專家來。這一組挑剔的專家以紐約標準檢查了大樓的結構、樓板、玻璃帷幕、電梯……後，一隊人馬頻頻搖頭，搞不懂紐約總部怎麼會妥協，這幢表面看起來還算美輪美奐的大樓在他們的眼裡似乎只適合演出「錢坑」（Money Pit）續集或「大樓驚魂記」等災難片。

他們提出了心目中的「最佳建議」：打掉重建。但這是不可能的。

為免節外生枝，程風使出渾身解數，安撫這一批專家，感謝他們幫忙把金宏豐的氣焰壓至最低，請他們列出應改進重點後，恭送他們回國。工程進入公開招標的程序。

既然美信銀行是跨國集團，當然改建工程也是向國際招標。上億元金額的工程招標吸引了亞洲各地的廠商，小有名氣的建築師幾乎都出現了，在選拔過程中各出奇招，百家爭鋒。而其間也不乏久未聯絡的故舊找上門來搓圓仔湯，仲介行賄。而已有「被行賄」經驗的程風，這次學會了如何輕鬆以對。

一番搶奪下，最後人選由一位與程風素未謀面的陳永祥出線，他能打敗眾多台北名建築師的理由，就是他的用心以及實務掛帥的堅持，陳永祥在標案過程中，甚至還跑到香港去參觀美信銀行在香港的新樓，細加揣摩，終於雀屏中選。

有了之前的經驗，讓程風對裝修工程滿懷興趣，全程參與。銀行下班後，他會先回家吃飯、洗澡、看一下電視，再到工地去看工人的裝修工程。而他就是這樣才發現了大理石的錯誤。

按照陳永祥的設計，地板是特別從德國進口的高檔大理石，而且大理石在切割時，須由陳永祥的人手親自在場指點工人，才能拼湊出他們設計的花樣。這一晚，當程風來到工地時，大理石地板已經鋪了三分之一。他仔細察看，發覺與原設計不合，馬上當場叫停。

「這不是我要的東西！」他對鋪地板的領班說：「馬上停下來。」他並且要工人馬上通知陳永祥趕來處理。

「不行！」工人抗議，「這樣我們的進度會趕不及。」

程風知道，如果現在不能讓工人停下來，一旦鋪好，事情就棘手了。他流氓脾氣上來，親自動手，馬上掀起一塊塊剛鋪好的大理石地板，用力往地上一砸，大理石發出一聲巨響，在腳下碎成片片，吵鬧聲立刻安靜下來，工人驚愕地看著這個平常斯文的年輕客戶。

程風一手扠著腰，一手指著工人領班，口出威脅：「你們不快叫陳永祥過來，你們鋪一塊，我砸一塊。」碰到這種流氓手段，工人也只好停下手邊工作。

當陳永祥趕來時，馬上就發覺自己犯的錯誤。由於他未派人去監工大理石切割現場，大理石切得完全不是他要的樣子。建築師和大理石包商當場大吵起來，各執一辭，幾乎快要打了起來。大理石包商不甘損失，願意打折扣，讓建築師降低標準，接受成品。而陳永祥在程風凌厲的眼光監督下，忽然也飆起來，對著包商大吼：「你不整車運回去，我就在這裡一塊一塊砸掉！」

這一句話讓站在一旁，不久前才做過類似威脅的程風幾乎忍不住笑出來。但他知道，光這個小錯誤，建築師和大理石商的虧損就在百萬元以上。為了不讓他們損失太慘，他最後同意，換用雪白的銀狐石，大家各退一步。

一年多的討論和檢討，加上不辭日夜的跟進跟出和監工，程風將台灣商業大樓的種種「先天不足」狀況都看在眼裡，將這樣的紕漏百出的商業大樓改建成符合世界規格標準的商業辦公大樓，所需要的一系列知識，也被他吸收為自己的內功。對程風而言，這是個裡子、面子都顧到了的工作，公司上上下下都看到了他的辛苦，但他自己則獨享了獲得知識的樂趣。

他想，自己是婦產科醫生？抑是婦幼全科醫師？或者，是代理孕母？雖然還無法確認，但有一件事，他卻十分肯定——他得到最大的收穫。因為，他完全掌握了寶貴的學習機會，盡量學習了他能學到的東西。

程風忽然若有所悟，想起曾在美國見到的兩付跳棋，康納利老太太稱跳棋最具有美國精神，金士堡太太卻說跳棋具有猶太人的精神。其實，在基本精神上，跳棋是一致而無差異的。跳棋每個子都是平等的，但如果掌握到一些基本的棋子做為跳躍的基礎，再佈置在適當的位子上，可以讓後面的棋子以飛快的速度跳躍，不用再一步一步地挪移。

他想，但做為跳躍基礎的基石卻不可少，否則後面的棋子就只能一步一步地前進，而無法跳躍前進了。以往學習到的基本功，包括英文、管理的學問、銀行基層業務的知識、良好的溝通能力……這次當了足月的「代理孕母」，雖然沒拿到皇冠上的寶石，但能學到這麼多難得的知識和經驗，自己的棋盤上又佈置了好幾顆基礎棋子，下一步，就可以跳躍前進了。

事實上，他得到的還比他想像中的更多。

當他成立美豐證券後，到美國受訓時，意外發現，竟然有許多人認識他。許多大頭頭會在碰到他時，握著他的手說：「哦！你就是那個程風。」

後來，他才知道，美豐證券計畫成功，亞太地區的主管，名叫麥特的澳洲佬，在對總部的報告上，竟將所有的功勞歸於自己和手下的一群人，而對程風的努力卻隻字未提，想獨佔所有的功勞。好在，紐約人事主管對此情況感到不解，於是主動提出疑問：「難道台灣都沒有人參與這項工作嗎？」這時，林亞倫挺身而出，說：「有啊！有一個程風……」並把程風做的事情，添油加醋地說了一遍。亞太主管搶程風功勞的事情，也因此而傳開。

以後，各路人馬來到台灣，都會想要找程風聊聊。他，因此威名遠播，成為美信銀行的當紅炸子雞。

十　臨危受命

早在美豐證券正式開始運作前，程風就知道，混亂，將是無可避免的結局。而當程風得知，美豐證券將由香港挖來的林子強擔綱，組成管理團隊時。他對新合作事業的發展，更不抱著樂觀的期望。

在旁人看來，這是程風在負責美豐證券籌備工作卻與總經理一職擦身而過的自然反應。當然，這樣的猜測並非無的放矢，亦在情理之中。

一年多來一直忙著籌備設立新券商事宜，解決了大小疑難雜症的程風，大概是全世界最了解這椿新事業的人。他當然清楚，即將入主的這批管理團隊，並不了解這個美式現代券商樣本屋背後的結構。他們並不知道，在兩個合夥團隊中，表面上是由金宏豐佔了半數以上股份，但真正的大股東，其實是美信銀行。

由於管理團隊搞不清楚真正該要看臉色行事的對象，應該是他們特別關照的外商銀行，結果他們反常常背過臉去，刻意忽略。

已經回歸美信銀行原體制的程風擔心自家利益受損，而向金艷姿提起此事時，金艷姿卻奇怪地表現出置身事外的態度，並且勸程風也不要插手。她說：「就讓他們自己獨立判斷行事好了。」程風心裡暗猜，大概金艷姿也受到了辦公室政治的波及，才會選擇撒手不管。

但事實是，要程風完全撒手不管也不可能。當大樓的基礎建設完成，進入辦公室的裝潢的進度時，大家的意見忽然多了起來，尤其是一些所謂的「高級經理人」，對自己辦公室裝潢紛紛提出各種要求，把準總經理搞得焦頭爛額。於是，金艷姿說：「還是請程風來負責吧。」他只好在臨危受命的情況下出來收拾殘局。

在這段經驗中，他看到了許多「人性」——大部分醜惡貪婪的人性。

本來，外商銀行對於什麼職位的人該用多大的房間及辦公家具款式都有明文規定，但新的管理階層像搬進新居的暴發戶，只想慷他人之慨，可並不想受這一套約束。一名自恃股東親友身分的副總，堅持要用不合身分的大辦公桌。結果是，因他自己去特別訂製的辦公桌太大，無法從外面搬進，工人只好先拆開，分批搬進，再在室內完成組裝。

而即使是總經理，用起公款也毫無矜重之心。本來總經理辦公室的隔間是一大片透明玻璃，總經理覺得太過透明，為了「隱私」，要換成磨砂玻璃。當大家在研究如何拆下來，送回工廠重新噴砂時，他卻來了一句：「那麼麻煩幹什麼？直接敲掉不就好了！」於是指示工人當場就把鑲嵌好的玻璃敲破。

當程風聽說此事時，不禁搖頭。他想起在宇通受訓時，大肚皮「貝利」一再告誡他們的話：你花的錢，都不是你自己的錢；你花的是客戶的錢，因此要格外謹慎。雖然目前是美豐證券承受了此筆浪費，但這筆支出終究要轉嫁到客戶的身上。

主持最後的裝潢工程當然是吃力不討好的事，即使是長袖善舞的程風，加上拚命拿紐約的外商銀行來當擋箭牌，但依然被不少流言暗箭及「洋奴、買辦」等謾罵批評掃到。看到程風的慘樣，連金艷姿都不太忍心，於是答應他：「事情結束後，你到紐約去休息一陣子好了。」

甚至，一些並沒有預料到的變化，也在營業第一天浮出水面。

從一開始，美信銀行想在台灣開一家證券號子的主要原因，是想藉此從事投資銀行的業務。因此，對美信銀行來說，他們只想做自營和承銷的業務，就是自己投資股票，或替廠商承銷股票。至於一般台灣券商的業務主力——經紀，美豐證券在開設之前就向證券管理委員會報備過，經紀業務只是聊備一格，而證管會也同意了。

美豐證券開始營業的第一天，寬敞的營業大廳卻擠滿了人，幾乎都是看了報章雜誌報導「首家美商證券號子開幕」新聞，聞風而來開戶的散戶投資人。但是根本就無心經紀業務的美豐，從一開始就和主管單位報備過，客戶對象限於法人，不打算收個人散戶。而且，電腦主機裡預留的帳戶容量也只有兩千戶。如果全收，電腦設備也應付不了。

當群眾知道美豐證券不肯收他們時，他們鼓譟了起來。經歷過解嚴階段的台灣人，對於抗議行動已經很有經驗，於是，有人開始大聲抗議，還有人喊起口號，抗議遭到外國銀行及「洋奴、買辦」的歧視。更有人當場就打電話向證管會、媒體、經濟部……抗議、檢舉、陳情任何他們覺得他們想得到卻未得到的服務，卻不管對方願不願意提供這些服務。

程風本來並不以為意，既然他們早就向主管機構報備過，其實可以不用理會這些不在計畫裡的「客戶」。想不到主管機關受到媒體及民眾的壓力後，卻改弦易轍，反而轉過頭來要求美豐證券配合，也提供個人散戶的經紀業務。

程風聽到這個消息，馬上就從椅子上跳起來，大罵主管機關言而無信、膽小怕事、說話不算話……但胳臂再粗也粗不過大腿，最後，美豐證券還是不得不配合主管機關的要求，擴充十倍的電腦容量，以容納更多的散戶客戶。

美豐證券從一月份開始對外營業後，程風又輔導了兩個月，就回歸體制，回到美信銀行上班。金艷姿已安排他六月前往紐約接受訓練。

雖然沒有到美豐證券去上班，但程風卻對美豐證券內部的情況完全知道，沒有一點隔閡。他知道，雖然經過了三個月，但美豐內部的溝通仍有待加強，管理階層的英文程度在和紐約溝通時仍有「說不清」的困擾，而人員對於系統還是不夠純熟，錯帳的情況仍時有所聞。

雖然擔心，但是，他無法再管了；而且，他也管不著了。五月底，他搭上飛往紐約的飛機，開始名為訓練，實則休假的行程。美信銀行早替他租了一個舒適的公寓，他暫時不用再操心台灣的一切。

才到美國沒幾天，天安門事件就爆發了。坐在紐約上東區舒適的公寓裡，程風整日盯著電視機，一遍又一遍看著有線電視新聞網重播著那些糅雜著血腥、勇氣、驚恐、害怕、懷疑……的鏡頭，一股深沈的悲哀混合著怒氣，從腹部往上升。

他感受到渺小，無能為力；像被剝光了衣服，在一望無際的荒野拚命向前跑，身後有風嘯的聲音，越來越尖銳，也越來越近，他還是得繼續拚命跑。雖然，他已經有些上氣不接下氣了。求學、工作以來，程風一向順利，算得上風生水起，他對自己也有些春風得意，但在種族的巨大衝突前，他感受到自己的渺小、無助。

美國新聞媒體的六四天安門熱持續了好一段時間。名主播丹．拉瑟在電視上告訴觀眾，這段日子是他新聞生命中最為狂熱的時間。紐約的僑界和哥倫比亞大學等組織及社團，紛紛發起學生的示威抗議活動，聲援六四天安門被屠殺的學生和民眾。

持續好幾天，他的情緒陷在六四的陰影中。除了基於對同一起源民族的關心外，他心裡隱隱知道，中國大陸的劇變，不免會影響到台灣的金融波動。當然，美豐證券一定會受到影響。

果然，沒過幾天，公寓的電話響起，是香港美信銀行那個虛情假意勸他「讓小兒科醫生接手」的澳洲佬麥特。

「風，你還待在紐約幹什麼？」他的聲音聽起來很急躁，但程風卻不知道他意欲何為，不曉得要如何接話，正打算嘻哈打屁一番。但對方已經耐不住性子了，催促他：「趕快回台灣來，我需要你。」

十一 重掌大局

雖然澳洲佬催他上路的電話急如星火，但程風一方面想急急他，一方面也不想給人一種回去搶位子的感覺。他安撫衝動的上司：「回去當然可以，但我想再等兩、三天。」

「那我先去把林子強的通行證先收回來。」老外一點都不留情面。

「這樣太難看了吧！不要這麼做。」

「出了事情你負責？」

「我負責。」

程風回到台灣後，才聽說了兩人起衝突的原因。林子強總經理家在香港，每週回家一次，每逢週末就搭機回香港。當時台灣股市週六仍然交易到中午十一點收盤，但他通常在早上就啟程回家了。這一個週六，他的頂頭上司澳洲佬麥特約是在十點鐘急著找他，而他的人正在往機場的車上，人不在辦公室，祕書託言：「總經理去拜訪客戶。」並且立刻通知他香港老闆找他。

據說，他一下飛機，第一件事就是衝到美信銀行，當面向澳洲佬咆哮：「我是總經理，為何要待到收盤才能走？」話說到此，意猶未盡，於是再進一步加碼，提出戰書挑戰上司的肚量：「聽說你對我不滿意？」

「是！」

「那我馬上辭職！」

「接受。」

職場上有條不變的鐵律：除非自己有萬全把握，千萬不要當面以去留挑戰老闆的耐性。到了週一，澳洲佬親自飛到台灣坐鎮，並且打電話到紐約，催促程風回來收拾爛攤子。

澳洲佬不是笨蛋，當然知道在這個青黃不接的關頭，只有程風能夠掌握住全局。等到程風返台後，也不再提什麼婦產科和小兒科的往事，把美豐證券交給程風後，就回香港了。

坐上美豐證券總經理位子後，程風做的第一件事就是重新校正，對準原始目標，將業務的主力放在自營和承銷的業務上。他加強研究團隊的水準，注意大環境的變化，每天帶著團隊在股市殺進殺出。六四以後，台海安全受到考驗，台灣股市也呈低迷，而程風幾次精準的操作，使得投資團隊信心大增，穩定了軍心。

和一般人所想的不同，券商的自營業務並非押寶似地豪賭，而是利用精算出來的投資模型進行繁複而細瑣的投資操作。在一些描寫華爾街股市交易員的電影或電視中，交易員和分析師緊盯著股市傳來的各種漲跌信息，隨時進行因應的投資操作，可以感受此一工作的壓力。事實離影片所表現出來的情境不遠，操作投資的操盤者必須貫注全部心力在股市進出，不但耗費精神和體力甚鉅，壓力也非常大。

除了投資本身所需要的全神貫注外，公司的管理當然也是總經理重要的工作內容。和從前擔任貿易公司總經理時相比，管理一個外商銀行的號子，規模變大不說，華洋的互動也頻繁增加，其中牽涉到的文化和意識形態也越趨複雜，使得管理的「藝術」變得格外重要。

以那位氣焰極盛，堅持超大辦公室和辦公桌的女副總陸安琪來說。有位副總的父親做過議員，對她的事業生涯多所助益，當然也有助她得到較大的辦公室。但是，當她決定將她自己「得意」的國畫作品掛在辦公室時，卻惹得一堆到訪的老外大官向程風強力抱怨：「她該死的在想些什麼？」

聽到這樣的抱怨，程風也只有苦笑。一手負責辦公室裝潢的他當然知道，大的外商銀行如宇通銀行、花旗、美信……對辦公環境的美感都十分注意，故都設有「藝術總監」一職，專責替各旗下銀行各部門挑選畫作、雕像等藝術品。而這些銀行也都收藏有許多名畫等藝術品，以滿足這樣的需求。

由於這位副總曾經拜師學過國畫，被老師稱讚過幾句，藝術家的氣質一時膨脹，正愁無處展示，新辦公室現成成了展示其「得意作品」的好地方。雖然程風曾經委婉說明了公司的「美學政策」，但這位頗有藝術家倨傲不遜個性的女副總卻不予苟同，挑戰程風：「難道你覺得我的國畫不好看？我老師可是極端稱讚。」程風當然不想在這個問題上糾纏。何況，對方連和職務不符的辦公室都搞到了，一幅畫又算什麼？

糟就糟在這位副總太愛把自己的破掃把拿出來炫耀。每有老外來訪，她就會把對方拖到自己的辦公室，欣賞她的「牡丹富貴」或「歲寒三友」，順便趁此宣揚國粹。基於社交禮儀，這些老外幾乎個個做出大力驚豔狀，讚美之詞源源而出之外，口中還不時發出「噢！」「喔！」「呀！」之類的讚嘆聲音，不知情的人常以為陸副總的辦公室裡在搞「靈異派對」，否則哪來那麼多驚聲尖叫？

可惜！這些老外長官的風度不錯，對異種文化的領悟力普遍太差，剛領受了中國美學，到下一站程風的辦公室後，馬上就破口大罵：「她在搞什麼鬼！」「天啊！那些畫真讓我抓狂！」「x@#&?」大罵之後，他們把燙手山芋扔給程風，要求他「解決」此一問題。

程風也不是傻子，明知道這位副總正對他有諸多不滿，沒事還要找事來和他爭辯，程風可沒傻到為這種事自投羅網，自找麻煩，何況她也確實為公司賣出人情，尋找機會。這位女副總在美豐證券上班的第一天到最後一天都與她的寶貝國畫相處於一室中。

來自外界的「狀況」也不少。美豐證券既是美信銀行在全球開設的第一個券商，前來取經的老外可說絡繹不絕。在正式開始運作前，來自紐約總部各部門的人士就紛紛來下指導棋，以便在日後的功勞簿上也可湊上一筆。而開始正式營運後，全世界美信銀行分行來觀摩或看熱鬧的人就更多了。

這些老外，既興奮又好奇，雖然對於台灣的情況完全不懂，但這並不阻礙或減低他們指導或批判的火力。也有一些人，認為既然公司在台灣市場投注了這麼多金錢，他們就有資格對台灣市場予取予求了，因此，猴急之下，不是表現出夜郎自大式的驕狂，就是忍不住現出貪吃的饞相。

程風就曾經接待過來自倫敦美信分行的兩名猶太人投資專家。他們聽說台灣分行開了號子，於是帶了一套量化的風險模式買賣股票程式來台灣，想藉著自家券商的力量，將這套程式賣給中華民國中央銀行。他們趾高氣揚，一來台灣，就指名要見央行總裁，彷彿來殖民地巡視的帝國使者。

畢竟台灣當時的外匯存底在全世界排名第二，央行總裁當然沒有閒工夫去會見某一家外商銀行的倫敦代表。程風費了老大力氣，安排他們見到了當時的央行副總裁。英語流利、儀表翩翩的副總裁，對這兩位外國「使者」所提出一些失禮的問題，以四兩撥千斤的說法駁回。讓陪同前往的程風在肚子裡暗暗叫好。

對於這些洋和尚，程風一方面得維持不卑不亢的態度，一方面還得重視國內職員對洋和尚不堪其擾的抱怨，同時還要注意一切都得符合國內的法律。

美豐證券在程風的主持下，業務蒸蒸日上，高層的人事角力陰影也慢慢籠罩上身。美信銀行在台灣的業務本來就在逐漸縮減，待美豐證券嶄露頭角後，更分去了部分投資銀行業務，對比之下，更顯得前者的沈寂。

於是，慢慢就有許多老外的大頭頭來挑動程風和金艷姿的關係。有人會來向程風打聽：「到底金艷姿在幹什麼？」也有人把程風捧為美信銀行在台灣的「標兵」，並且鼓勵他：「如果金艷姿怎麼樣了，你就可以馬上補上去……」雖然洋人並不知道「以夷制夷」之類的格言，但深受帝國主義殖民遺風和資本主義經驗薰陶，運用起挑撥技巧駕輕就熟。

但不論他們如何撥弄，程風對一手提拔他的金艷姿卻始終心存尊敬，不為所動。對於金艷姿敢大膽提拔他，並且不斷在磨練他，他心存感謝。因為他很清楚，沒有一塊好的磨刀石，再鋒利的寶刀也很快會鈍掉。

即使在負責美豐證券時，每個週五下午，金艷姿要搭飛機去香港時，都會叫程風一起坐車到中正機場。在車上，她會向程風解釋複雜的交易公式，並且在臨上飛機前還交代：「今天晚上東西寫好了就傳給我，我週末和人談事情要用到。」

金艷姿前腳上了飛機，程風就已經開始在車內打電話、找數據，回到辦公室繼續努力寫報告，總要弄到晚上七、八點才完成，再傳給金艷姿才算完。他知道，金艷姿這麼做，其實是在考驗他的意志力和拗下去的決心，探測他的底線。而他也從不拒絕考驗，並且，一直沒讓金艷姿看扁。

相對地，金艷姿對程風的慷慨，也讓他覺得「過癮」。美豐證券在一九八九年結束時，交出亮麗的成績單。

「你覺得你今年的紅利能拿到多少？」金艷姿手裡拿著紅利支票，問坐在辦公桌前的程風，神情裡有一絲掩不住的得意。

程風想了一下，回答：「大概三千萬吧！」他計算過，這數目大約等於一百萬美元。

聽到他的答案，金艷姿明顯地愣了一下。程風的答案出乎她意料。「為什麼？」

程風聳聳肩，「因為我賺了很多錢，也因為我值這麼多。」

金艷姿笑了，將手中的支票遞給他，是一張面額一千五百萬元的紅利支票。

十二　東西方的腦袋不一樣

從美國唸完MBA回國就業後，程風一直在外商企業工作，也經歷了許多文化衝擊。但以他來看，在美豐證券工作的三年之中，不管是專業的工作，或是私人的交際應酬，是他經歷中西文化衝擊最多的地方。

他常喜歡拿「考駕照」這件事做例子，來說明東西方文化在「投資」上的觀念差異。

在台灣考駕照，第一步是上駕駛學校，然後由教練在教練場裡一遍又一遍地模擬考照時的「考古題」。所以，各駕訓班都會教一套「看到XXX時，方向盤往左打三圈，然後……」的口訣，要學生背熟。如果學生要問清楚，十之八九，教練的標準答案是：「問這麼多幹什麼，背起來，考試時照著做就是了。」一切但求過關。於是，這種教育造就了許多「知其然卻不知其所以然」，有駕照但無法開車上路，或駕了一部不能順利控制駕馭的機器上街的駕駛人。

但在美國考駕照，主考官重視的是駕駛人對車子、路況、交通規則之間的感覺，對根本性問題的掌握，尤其是對「安全」的重視。例如，主考官會要求駕駛的兩隻手一定要在方向盤上，而不是要帥的單手駕車，因為可以應付突發情況，他們的認知是——不要危害到別人的生命。

有趣的是，即使是專業的證券投資人士，在金融投資的操作上，情況幾乎完全雷同，可見東西方的腦袋確實不一樣。

從事證券投資，台灣人像打麻將，心裡只記得手裡拿過的一付好牌，沒事拿來吹噓一番，要他仔細解釋及分析，多半就是胡說八道一通，或講些言不及義，故作高深狀的話語。就連電視上的一些所謂的股市名嘴老師，也是滿口胡謅，胡說八道吹噓一通。說來也奇怪，罵股票投資人越兇，甚至不惜在電視上摔東西的老師，反而越受歡迎。

而老外專業投資人在從事股票交易時，最注重的是「安全」。他們採取的是「蠶食」策略，一次啃一小口。因此，他們要清楚知道交易的獲利點和停損點在哪裡。作業上，他們是看準時機就進，一到了預設的利潤點或停損點就走，絕不戀棧。而且，基本上，外商在操作股票時，都是今日事，今日畢，當日沖銷，不壓倉，不留過夜，並且在每日交易結束時還要寫報告。

因為，沒有人知道第二天會發生何事——地震、戰爭、元首被刺、恐怖分子攻擊、外星人來襲……而這些因素都可能會造成全球股市狂跌。

當然，如果交易員認為要保有一些股票在手上較長的時間，也並非完全不行。只是外商會規定一個限度，並且交易員要詳細報告要長期持有股票的理由和原因。這些都是為了「安全」而設。不僅對台灣股市如此，對日、韓的股市亦是一視同仁。

在本地合夥人的推薦下，美豐曾找了一位「市場名人」來操盤。這位老兄剛進來就十分囂張，一下說要炒股，一下說要操盤，講起理論和以往光榮戰績，口沫橫飛，活靈活現；但老外要他解釋當日的交易情形——為何買（賣）？要怎麼做？逾放、停損、獲利點設在哪裡，為什麼？他不是支吾其詞，就是不知道。

程風看他囂張，故意問他對「投資組合管理」（Portfolio Trading）的看法，結果他也是一團漿糊，理也理不清，說也說不明，胡說八道一番。一般來說，投資組合有點像散彈槍打鳥，一發出去，有打中，有錯失。高明的股票交易員，當然像神槍手，指到哪裡打到哪裡，不浪費彈藥。如果一名交易員不能解釋其投資組合的特點，那和猴子射飛鏢以決定投資組合有何分別？

幾次下來，他表現平平。老外看他大概沒有起死回生的本事，一年不准他發盤，其嚴重程度如同機師被停飛一年。其實，這已經是請你走人的委婉說法，但這位老兄依然面無愧色地繼續大吹其牛，尸位素餐。

在程風的心中，其實頗為他可惜。一個人坐在一個他能力不適任的位子上，其實是最痛苦的一件事；而他大可以藉此難得的機會，學習並鍛鍊他那名不副實的操盤技巧。他想，如果他虛擬操盤三個月，每日矯正結果，再將成績向管理部門認證，他是可以當一名貨真價實的「操盤手」。

這個人，其實也只是反映美豐證券兩位合夥人在投資基本觀念上的認知差距越來越大的一個例子。美信銀行是打算以券商的面貌來做投資銀行的業務；就是除了借客戶錢外，什麼都替客戶做。但是本地的合夥人和經紀商卻將重心放在經紀業務和炒股票上，大部分的人，根本不知道「投資銀行」是怎麼一回事。

結果一路下來，本地合夥人和經紀商發現這種形態在炒股上賺不到大錢，感到失望，而只想做純投資銀行業務的外商銀行也感到失望。於是，雙方開始怪來怪去，一個說：「入境不隨俗，如何賺到錢？」而另一個說：「我們是券商，又不是賭場。」雙方都感委屈。

券商如此，客戶何不然？常常有人大搖大擺的來到券商，聲稱自己有好幾甲地，每天要到號子看盤，要求券商提供貴賓室、百元以上的便當加下午茶等待遇，老外就會覺得奇怪：為什麼不回家看盤就好了？為何要到券商這裡來看。他們也覺得很頭痛。

還有，傳統的券商，在客戶資金不夠時會幫忙找金主，但外商卻不准，唯恐因此動作而產生的法律責任和安全顧慮……等。總之，大大小小的事情加起來，大家才發覺，東西方的腦袋真的不一樣。

員工間也是一樣，大家老搞不清楚禁止和限制的界線設在哪裡。如同老外不介意大家互相以名字相稱呼，但不表示你可以隨便和老外勾肩搭背，或主動打聽對方的婚姻、宗教、家庭、待遇和性癖好。老中沒事喜歡在辦公室當著女同事的面說說黃色笑話，但在老外耳裡，可就是能構成「性騷擾」控訴的嚴重事情。

而令程風更深刻體會到「東西方腦袋不一樣」的事故，連他都很意外，是一件恐嚇案。

這一天，程風接到一通奇怪的電話，對方口操本省腔調國語，堅持要找總經理。程風在百忙中接了電話。

對方一開口就語氣不善，國台語交雜地將話「噴」了出來：「喂！我告訴你，你們居然敢騙我，害林北了一百萬，你們若不賠償我的損失，看林北怎麼來對付你！」

程風莫名其妙，想問個清楚：「這位先生，請問你在講什麼？是誰騙了你？是怎麼騙的？」

對方卻更兇：「你麥在那問東問西，恁那不把錢賠出來，看我怎麼對付恁！」

「先生……」電話被重重地掛斷。

第二天，這個人又打來，又是指名要找負責人。程風早有準備，把電話接過來。

「你敢是董事長？」

「我不是，董事長不在。」

「那你敢是總經理？」

「也不是！總經理開會。」

「那你是啥人？我要和恁頭家說話！」

「你有什麼事，和我說是一樣的。」

「恁麥在和我騙肖，恁業務員害我了　百萬，恁若沒給我賠兩百萬來，看林北怎樣來對付恁！」

「你可以說清楚到底是怎麼一回事嗎？是誰騙了你？」

「麥囉嗦啦！不還我錢，看林北給恁放蛇、放毒，恁才會聽話！」電話又重重被掛掉。

既然對方提出了具體的「放蛇、放毒」威脅，程風依照標準作業程序，將此事向紐約總行報告。總行要他不要擔心，二十四小時就會派出保全專家到場來處理。果然，不到二十四小時，就有一名具有前紐約警局和前蘇格蘭警署資歷的保全專家趕到了台北。

這名大個子專家問程風的第一個問題，就是：「你的家人現在在何處？」

前一年才結婚的程風，妻子在一家大學任教，小夫妻和程風的父母一起住。但這關保全專家什麼事？程風不解，但還是老實回答：「我太太在上班，爸媽在家。」

「你願不願意將他們送往旅館或你指定的外國，公司會安排一切，支付一切費用，直至這次威脅的事件解決……」

程風覺得整件事情很荒謬，如果有人打個電話來，隨便威脅兩句，就要這麼緊張嗎？他婉拒了保全專家的提議：「我想……應該不必吧！」

經過一番解釋及堅持，程風終於可以「暫時」不用驚動到家人，但保全專家接著問了一大堆問題，包括上下班時路上有沒有人跟蹤等。聽到這個問題，程風不由笑了出來。他當然懂老美保全專家的意思，畢竟好萊塢從來不缺這類題材的電影和電視，但台北市的交通狀況可和美國郊區差了十萬八千里，你如何從永遠維持著滿坑滿谷的車陣及人潮中找出居心不良的車子或人？

他對保全專家說：「這真的很難判斷，我只要一上路，後面就全都是車子，分不出來有沒有人跟蹤。」經驗豐富的保全專家本來不相信，這可是他累積多年，以為可以放諸四海而皆準的準則。

總算，在實地勘察後，保全專家全程睜大了眼，也無法從車陣中及人潮中觀察出個名堂，才放棄了這個念頭。但他仍然堅持程風在上下班時要注意身後有無人跟蹤。

除此之外，保全專家在公司、程風住家等地都進行了詳細的勘察。本來以為這不過是小事一樁的程風，也被他慎重其事的態度搞得認真起來。

而且，經過美信銀行總行向美國國務院反映，再層層轉到美國在台協會，使得台北市刑大也參與了這件案子。市刑大當然比老外專家了解本地情況，他們要程風待下次恐嚇電話再進來時，拉長和他對話時間，錄下聲紋，並且把事情推給刑警「董事長」。最後，他們假裝同意歹徒的要求，將協商後的二十萬丟到指定地點，準備埋伏抓人。但這名歹徒不知是膽小或聞到不對的風聲，始終未露面。一年後，警方居然抓到這名嫌犯，並憑著聲紋確認。

從這件事上，程風看到外商銀行對全球員工的照顧，以及在標準作業程序下處理事情的周密和效率，活生生就在他面前展示，而這正是高喊「要與國際接軌」的台灣所付之闕如的精神。

相對地，對於這場熱鬧，他的台灣同事幾乎清一色以一種譏諷的語氣嘲笑：「程風，膽子幹嘛那麼小！」「從外國找保鏢進來，要花很多錢哦！」「這種小事不用報告到紐約去啦！」甚至市刑大的刑警，也半開笑地對他說：「程先生，這種小事，不用麻煩到AIT啦！」

「你們當然是這麼想！」程風想，畢竟，東西方的腦袋長得不一樣。

十三　轉變之機

當程風拿到一千五百萬元紅利的消息被某一財經雜誌拿來當做金融界八卦刊登後，程風一下子就成了金融財經界炙手可熱的風雲人物。過完新年沒多久，香港銀行就透過獵人頭公司前來挖角了。

對方給了很優厚的條件，但程風卻並不想離開美信銀行。他在這裡得到金艷姿賞識，才能得到發揮，待遇不錯，紅利拿得更好……何況，他還很年輕。

不過，香港銀行前來挖角的消息卻不能不放出去。

大家都知道，在外商公司，待遇總是隨著跳槽而水漲船高。而放出跳槽行情的風聲，也有類似的效果。果然，美信銀行得到風聲，立刻請程風飛到香港，提供了更優惠的待遇及職位。他成為美信銀行的合夥人（通常只有很資深及有貢獻的人才會升為合夥人）。紐約美信銀行總行的總經理，並且親自打電話給他，謝謝他繼續留在美信銀行。

在程風看來，資本主義的好處是乾淨俐落，一清二楚。你的身價隨著你能創造利潤的能力來訂，沒有那些年資、輩分、行政倫理之類的臭規矩。強者為王，變強，就有說話的權力。

他個人的專業生涯一帆風順，相反地，此時美信銀行卻有從台灣抽手收帆的打算。

問題，其實還是老問題，只是規模變得更大了。

營業一年後，政府對美豐證券開放了融資和融券的業務。換句話說，美豐證券可以借錢和借券給客人，把生意的範圍做得更大，也更接近台灣傳統券商的路子。這樣的變化，其實是很合本地合夥人的脾胃。以黑手起家的金宏豐集團，雖然剛開始時對證券投資並不熟悉，但在旁邊觀察了一年，看到過去一年新事業的鴻圖大展，加上大環境和股市看好，早就摩拳擦掌，躍躍欲試。

只是，要擴充這兩項業務，美豐證券必須再增加一倍的資本額。一年前美豐開辦時，自營、承銷、經紀三項業務，資本額分別是四億、四億、二億。如再增加融資和融券兩項業務，需要再增加十億的資本。這表示，如果持股比例不變，美信銀行必須再投資五點五億元。

美信銀行猶豫不決了，它的原始想法是只想做和投資銀行項目的自營和承銷兩部分，連經紀業務都是勉強應付，小做一下，何況再增加融資、融券這兩項重量級的經紀業務。當然，不這樣做，而想要在台灣市場長期走下去，只是美信銀行的一廂情願。這就像開速食店卻只賣漢堡，如果客人要薯條或可樂，叫他們到別家去買一樣。

美信銀行不願再增資投資於融資、融券業務，亦有其理由。在台灣進行融資、融券和個人信貸不同，風險程度較高，客人借錢借券不還的糾紛時有所聞。因此，如何徵信及檢查客人信用成了重要的關鍵。對此，美信銀行有一套評估的電腦系統，根據客戶的年齡、性別、教育程度……等變數進行信用評分。

而且，這套信用評估系統可以隨著地區內的資料累積而調整，每一地區的評估模式也不同，資料越多，結果會越正確。但當時台灣地區的資料很少，不足以進行正確的信用評估，相對的券商的風險也變大。

在美信銀行不願冒風險增資去從事沒興趣的營業項目，而金宏豐卻躍躍欲試想要接手的情況下，如果增資的十億全由金宏豐出資，則美豐證券兩個合夥人的持股比例將有所改變，美信銀行將無法再掌握過半數的股權。換句話說，美信銀行無法再掌控美豐證券的走向。而這個方向，並非美信銀行所樂見。

美信雖然覺得美豐這條小船行駛得很風光，但這並不是美信所想要走的方向，在顧慮有沈船之虞，不願增資，又不願冒風險，也不願將控制權交付給製造業出身的合夥人，剩下的選擇，似乎就只有下船一途。

程風曾經想過力挽狂瀾，也想過以信用評估系統做融資融券，但這時美信銀行在台灣的業務幾乎已停頓，金艷姿也已經調回香港，而接任的老美總經理對程風的態度很曖昧。但他早就從許多管道得知，老美已在到處找買家。

其實，這時最想接手的就是金宏豐集團了。看到美豐證券在第一年斬獲甚豐，金宏豐早就恨不得全面接手經營。但不知是為了資金，或是在專業上的考慮，金宏豐找到當時市場上一家被傳與某政黨關係密切的美華證券來合作。

美信銀行的老美總經理找程風到辦公室，告訴他：「我們已經找到買主，美豐證券要賣了。」他想不到，程風的表現大出他意料。程風似乎毫不在意，聳聳肩，兩手一攤：「那很好啊！」

如果他會讀心術，大概會很驚訝此刻程風心裡在轉的念頭——「你們這些傢伙，小鼻子小眼，以為我不知道你們在找買主求售？哼！就算你們要賣，也要靠我才能賣出一個好價錢。」

程風不但不怕找不到工作，心裡還在打著如意算盤：美豐證券的大小祕密、內幕，全部都在我肚子裡，嘿嘿，就算要堵住我的嘴巴，也應該付一些令人滿意的遣散費來打發我吧……

為了這次出售股權，亞太地區的大頭頭也特別飛來台灣，準備和美華證券敲定價錢。當他們在一起討論策略時，這位曾經想要獨佔所有功績的中年人，忽然感傷了起來，對程風說：「它就像是一部車，跑得很好，一小時可以跑到九十公里……但是，現在必須要把它賣掉了。」

看著對方突如其來的感傷，程風想起美豐證券開幕前，澳洲佬勸他的「婦產科醫生等小孩生出來了，就要交給小兒科醫生」這句話。看起來不是許多人能看得開。

「放輕鬆一點。」程風勸他，「不要那麼感傷！」

十四 隻手回天

美信銀行將美豐證券股權讓給美華證券存續一事，看起來，似乎是個「一刀切，三面光」，可以讓大家都高興的三贏安排。

從美信銀行的立場來看，成功設立一個券商的經驗，本來就很獨特，而這個新事業從一開始就獲得不錯的利潤，如果能夠脫手賣個好價錢，還能創造一份優厚的利潤。就算是程風本人也預期，如果能夠從中斡旋到令公司滿意的價錢，他，應該也會拿到不錯的紅利。

歷史悠久，且據傳有黨政背景的美華證券，收穫應該屬於經驗和精神層次。畢竟美豐證券是依照美國的現代證券商理念為藍圖而打造的樣品屋，不管是使用的系統和標準作業程序，都和傳統券商有別。而且，「美華娶洋妞，華美一家」的象徵意義，也稱得上是某一種精神勝利。

至於金宏豐，當然更注定是贏家。美華證券如以換股方式投資美豐，則金宏豐不但仍是美豐的大股東，也會成為美華的大股東，取得董事職位，在董事會有發言權。從製造業投身證券業一年多，就能有這樣的成績，金宏豐值得驕傲。

更值得金宏豐高興的事，就是不用再拿出一大筆錢——增資要十億元，就可以享有一定程度的控制權，可以做更多融資融券的業務。他們想要的，他們都可以得到，而且不用花大價錢。

由於收購計畫是以交換股權進行談判開始進行，兩方會計師開始進行相互盤點，再由第三方會計師進行認證的工作。此時，程風不由想起在籌辦美豐證券之初，雙方訂約前，那位林大律師所教他的第一件事：「合夥的第一步，要先想到如何拆夥。」

而今，一切都應驗了。

為了做好這次的股權轉移買賣，紐約特別派了好幾個談判專家，希望能將價錢盡量賣高。但這些專家來了之後，才發覺紐約那一套商業談判，在台灣卻水土不服。基本上，這一次的談判工作，還是由程風領頭。

雖然他對一手打造的美豐證券易手之事以處之淡然的心態面對，但有一件事，他卻一直放在心上。當初成立美豐證券時，有一些員工是由美信銀行轉移過來，其中甚至有少數人是衝著程風，而願意放下外商銀行的美差，轉來本土的號子工作。

雖說生涯轉換是他們自己的決定，但程風卻覺得，道義上，自己負有某種程度的責任。在他能力範圍內，他想要替他們爭取一些應享受的福利。

他的想法是，在購併的過程中，買賣雙方應該分出一筆費用，保留下來，做為那些從美信銀行轉來美豐證券工作人員預留的退休金或退職金。當他向美信銀行提出此事時，老外總經理支支吾吾，打起了迷糊仗。而當他打電話給美華證券總經理莊大偉時，更碰了一個硬釘子。

「莊總經理，我有點事想和你談談，是有關留任人員和遣散費的事情。」

「這件事我不知道，應該是你比較清楚才對。」

「所以我才想約時間找你談。」

「這件事，我們以後再說吧！」

熱臉碰上了冷屁股，讓程風都忍不住罵自己一聲「笨」，不是從小就學過「與虎謀皮」這句成語嗎？在金錢遊戲的世界裡，人人注重的是自己能拿到什麼好康，嚐到何種甜頭，沒人會平白無故給你什麼好處，何況還要從老虎的嘴巴裡搶食物來吃。

看來，程風想，所有的福利、優惠……還是得靠自己的實力去爭取。「既然如此。」他想，「就靠自己想辦法了！」

在這宗交易中，程風最重要的任務，就是要將美豐的股票賣出個好價錢。而「好價錢」就是指要讓公司的資產多，淨值高。所以雙方的第一步動作就是盤查對方的會計資料。

於是，他以受過宇通銀行嚴格訓練下的精明眼光，反覆推敲研究美豐的財務資料。一看再看，終於讓他找出一個被大家忽略的突破口。

這個關鍵，就在「折舊」上。

一般經理階層或財務人員在審視一個企業的財務狀態時，多會集中注意力在資產負債表和現金等項目，比較少人會注意到「折舊」這一部分所造成的影響。會計人員才會在報稅時注意到「折舊」，想辦法將辦公設備及生財器具的成本分批攤提折舊。

但在企業購併之時，被併購本身企業的辦公設備及裝潢的折舊，也是財務簽證上應注意的事項。一般而言，賣方是希望折舊越少越好，如此未折舊的部分可列入公司淨值，而買方當然是唯恐對方的折舊不夠多，想把淨值往下壓。

程風發現，當初在租用金宏豐的智慧大樓時，打的是五年租約，五年中租金不變；約滿後美豐證券有優先續約三年租約的權利，三年期滿後可再優先續約一次，而在這兩個三年約滿續約時，房東可以漲租金。

本來美豐在裝潢和設備折舊上，一直是以五年租約為準；十億元的資本，平均一年可以攤提折舊兩億，五年就可全部折完。但是，根據合約，美豐也可將其租約以十一年為準（五加三加三等於十一），如此平均每年攤提到的折舊金額是九千多萬。

兩種不同的折舊演算法，產生的差異極大。以雙方正在議定的三年期限來說，如按五年的折舊來算，三年折舊的金額為六億；而按十一年的折舊演算法，三年的折舊金額為兩億七千多萬元，兩者相差了近三億三千萬元。

換言之，按十一年折舊的演算法，美豐證券在折舊帳面上的淨值還有約七億三千萬元（十億元減九千萬乘三），要比五年期的四億（十億減兩億乘三）多出了三億三千萬元。這就是指，換了折舊的計算方式，美豐證券馬上可以多賣三億三千萬元。

發現這個突破口，程風大喜過望，這可是大功一件。但是，他不確定是否可以這麼做，於是，他親自跑到國稅局，詢問是否可以將登記為五年的租約改成十一年。國稅局的答覆是肯定的，但是，只能改一次。而且，改了之後就不能再改回去，也不能倒溯。

這可是個價值三億多的好消息，他樂壞了。但他知道，這步棋一定得低調行事，一旦讓美華證券察覺他在搞什麼鬼，絕對是橫加阻撓，打死不從，反而壞事。

於是，他一點兒都不聲張，也沒和任何人討論。程風只是在財務會議中所提出的諸多動議中，夾雜了「折舊以國稅局所登記的租約年限為準」這一條，並且要求達成的決議要做成會議紀錄。可憐對方看似精明的財務經理，平時連一個電話基座、一張書桌、一台電腦……都不厭其煩的壓價、登錄，卻沒注意到面前的程風來者不善，正在面前大演帽子戲法，要從帽子中掏出一隻大恐龍。

程風幾乎要從肚子裡大笑起來，但他依然保持淡漠的態度，沈靜地主導著會議進行。「折舊以國稅局所登記的租約年限為準」的動議果然順利通過。

這一手玩下來，本來美豐股票計價為十二元一股，馬上水漲船高，一股漲了一元五角，成為十三元五角。美信銀行佔了大便宜，歡欣鼓舞，像打了一場大勝仗。

但世事總是幾家歡樂幾家愁。據說，莊大偉看到這個數字，幾乎從椅子中跳起來，要手下財務經理馬上搞清楚怎麼回事。待他們搞清楚是程風玩的把戲後，對他可是罵聲不絕，幹聲震天。

上一次他找莊大偉，對方不睬不理；這一次莊大偉來找他興師問罪，程風早就成竹在胸，有所準備。莊大偉大罵他「搞鬼」時，他也不客氣地反駁：「出來做事，大家各為其主，這是洋人要求我去辦的。」他停了停，擊出最有力的一擊。「何況，在開會中提出銀行以最大租約期限折舊的提議時，並沒有人反對或不同意。」美華證券與會的代表包括了一名副總和兩名經理，都沒有發現程風玩的把戲。

他還有一句話沒說出來：「而且，你自己為什麼不來開會？」

不久後，美華證券就放出了風聲：「所有原美豐證券的員工一律留用，除了程風以外。」

十五　傻驢推磨

從在宇通銀行實習時被吩咐去影印檔案那一次，程風就相信一件事——從任何事情都可以學到東西，重點是你如何去看待這件事情。

離開宇通銀行時，他就曾經歷過所謂的「人情冷暖，世態炎涼」的感覺，當本來巴結而熱情的同事變臉之際，促使他逼迫自己更堅定更努力地追求絕對成功的信念。但在情緒上，他不能不承認，這曾帶給他很多的傷感和痛苦，也使他一向過於樂觀，甚至有些輕佻的性格成熟多了。

正如鑄劍師在打造一柄百煉精鋼的寶劍時，除了烈火高溫的持續焠煉和密集的錘打外，最後仍得以秋水寒泉收斂，方能成為利器。

事隔兩、三年了，他的經歷更見增長，總經理的職位和曾經領導一個價值十億元，從無到有的專案計畫，使程風的氣勢更強，看事情的心態和對工作及同事的想法，也和以往大不相同。

以前有心無力做不到的事情，會讓他情緒承受波動；現在，他有心也有成事的能力，低調地用各種方法達到他想要的成果。至於人家對他的看法和批評，程風也沒那麼在乎了，反而還能用一種旁觀者的態度，冷冷地看著人性在變動的局勢中演出，甚至還可不時自嘲「識人不明」一下。

這是成熟？抑是冷漠？他自己都搞不太清楚了。

美信銀行出售美豐證券雖是紐約總公司的決定，但擔任總經理職位的程風卻無可避免地成為眾手所指的箭靶。

他最初打算和莊大偉好好見面詳談的是他最關心的一件事，即是人事問題，包括他對旗下員工的看法、從銀行轉任券商的年資及退休金等問題，但莊大偉不肯見他。傲慢的拒絕，反使他找到了「按租約折舊」的灰色地帶，隻手回天，轉守為攻，一舉替美信銀行增加了三億多的資產淨值。

後來，他仍繼續就員工的年資問題和美華證券協商。這一回，他們雖討厭他，卻不敢再輕忽他，慎重以對。當他提出要保留一億元，做為那些從美信銀行轉到美豐證券工作的員工離職時按年資發給的儲備離職金時，美華證券的人很驚訝。

他們懷疑：這一個被一些員工批評為「洋奴」、「買辦」、「看洋人眼色辦事」，還以「詭道」削走美華證券一大塊肥肉的程風，為什麼要那麼好心？這中間是不是埋藏著另一個詭計？

他們看不出來，除了照顧員工權益的表面外，程風還有什麼不良意圖。這和他們對外商高級經理人，事實上，是所有高級經理人，一貫「看上不看下」的印象大不相同。他們再想，難道是程風想趁機上下其手？或是，以此來裂解人心，打擊士氣……雖然他們不知道是什麼，但是心存疑慮。於是，他們同意，這筆錢雖由美信銀行出，但不能對外公開，避免造成員工的離職潮。

雖然顧慮到這筆錢是否會善加利用，或被美華證券挪用……但程風知道，他所能做到的，也只能到此地步了，再堅持下去，對方可能真的把這個善意的舉動當做是一個陰謀。他告訴自己，該放手時就放手吧！

事實上，在這段談判和交接的過程中，雖然有員工很溫馨的向他道謝，但也有不少人認為他自己安排了好工作，卻把他們丟下，於是以「叛徒」、「騙子」相待。有些人不再和他打屁聊天談心事，有些人甚至打起反程的旗號，在新主子面前大力抨擊或防範他。其中，甚至不乏他一手提拔的朋友或往昔的戰友。

有一個他一手提拔的經理，是程風的表妹夫。在工作上，程風也對他相當照顧，盡量提攜。但當美信銀行將股份出售給美華證券的消息傳出後，此君卻站出來，在新老闆面前，大肆批評程風「只看洋人臉色辦事」、「洋奴、買辦」……當這段談話傳到程風耳朵中時，他簡直不敢置信。

後來，在交接快完成時，程風想起當初在佈置美豐證券貴賓室時，曾花了三百萬，特地託人從香港買了一對被稱為「公座椅」紫檀木太師椅古董，造型優雅，放在貴賓室中更顯貴氣。但在交接時，美華證券的盤點人員曾對此大加抨擊，認為這是程風「劣跡」的又一樁。喜愛古董的程風因而有意以折舊後的帳面價格購回自用，於是請自己舊日的助手去和美華證券洽談，結果未能成功。事後，他才得知，他請去談判的助手，正是在會議中大力主張不要賣給他的人。

倒是一名以前程風不太看重的職員，曾經為了程風一件無心的過失而興師問罪，堅持要程風道歉，而程風為了息事寧人，也向他道了歉，但始終對這人保持距離。想不到，在交接期間，當有人對著新老闆批評程風時，他是少數挺身而出，說公道話，維護程風聲譽的人。

經歷過這一些事情，程風除了罵自己「識人不明」，把好人當做壞人，壞人當做好人外，他的心又冷了一些，淡了一點，開始抱持著冷眼旁觀態度，觀察這些人和事其中心態，看著看著，程風也看出了點哲學的趣味。

在他眼裡，大家其實都差不多，都是一隻隻被綁在磨坊裡，默默拉動著沈重石磨的驢子。

就拿那些覺得自己高人一等，以為自己是外商的投資銀行專家，卻被外商銀行「下放」到本地券商的員工來說。他們有一種奇怪的優越感，沒有根柢的自以為是。其實，雖然他們是中國人，但中國文化中那套欺上瞞下，陽奉陰違，溜鬚拍馬的那一套，僅得皮毛，未得精髓。而常常口吐三兩句洋文的他們，對於真正的西方文化精髓及社會價值，也並無深刻的了解。甚至，能真正以正確的英語和老外進行溝通的人都不多。據程風的觀察，願意以西方的經營概念和策略來調整自己的人其實不多。結果，幾年下來，大部分的人是一片空白——本事沒學到，財富也未累積。

這些自以為了不起的「精英」，也常常搞不清楚方向和策略，只好將精力貫注在細枝末節上，對細節斤斤計較，甚至為了辦公室大小或職稱頭銜而大動干戈，搞了一堆污七八糟的事情。

他們總覺得別人走不出斗室，自己才是任重道遠的千里馬，但在程風眼裡看來，其實他們反而比較像被綁在磨坊裡推著石磨的驢子，因為他們並沒有把頭抬起來，看看外面的世界是什麼樣子。他們自以為辛苦，但他們根本沒有走出去一步。

他們常以為，或讓自己相信，自己負載著英勇的白衣武士，準備展開冒險的長征，其實不過是沈重的石磨。

而在另一方面，那些直接召募而進入本地券商工作的員工，也是另一種形式的傻驢推磨。

他們和那些愛騙自己是千里馬的傻驢不同。這一批人很清楚自己就是推著石磨轉的傻驢，也知道自己的天命不是萬里江山、四蹄翻飛，而是老老實實地在磨坊裡推轉石磨，磨出漿漿水水，磨出自己的生活和家計。

在美豐證券裡，就有這樣皮毛光滑的「傻驢」。有一位歐巴桑級的業務員，濃眉大眼，在業界多年，表現一向不錯。她雖然只是商職夜校畢業，英文說不了兩句，但聽到美豐是外商投資，馬上興匆匆地加入。

她雖然不會講外語，但很勤快，既細心體貼又挨得住客戶抱怨責罵，當然業績很好，公司配給她助理、司機、行動電話，惹來其他的業務員不滿，要求比照待遇。程風對他說：「如果你的業績超過她，我把這些福利都給你，不給她。」對方才訕訕而退。

雖然表現傑出，但她的英文成了最大的瓶頸，最多也只能做到協理，無法升上最高階的職務。程風也明白地告訴她：「我無法保妳，但妳如果有辦法往前走，我不會擋妳。如果有一天，妳有辦法，走進洋人辦公室，和他聊聊天，我馬上升妳做副總。」這樣的瓶頸，並沒有擊倒這位歐巴桑超級業務員，她心甘情願地繼續當一隻拉磨的驢，並無怨言。

雖然同是傻驢，程風想，但比較起來，他還比較欣賞認命努力拉磨的傻驢，要勝過老是不切實際，幻想自己是千里馬的傻驢。不過，從銀行的觀點來看，這兩種傻驢都一樣，有需要時就死命催牠拚命拉磨，到沒有需要的時候，就演出卸磨殺驢的戲碼。

他想，這些傻驢，其實也是可以有另外的選擇：選擇停下來，不推磨了，掂掂自己的分量，看主人是否會卸磨殺驢，還是，另做安排？甚至，像《動物農莊》中的動物一樣，革命造反，自己做自己的主人……

就算是傻驢，程風想，還是可以有很多的選擇。

part4

揚威異域

Money Game

一 重返紐約

程風耍了漂亮的一手，替美豐證券增加了三億多的淨值後，大家都拍手叫好，紐約的美信銀行更為自己莫名其妙多了一大筆利潤而額手稱慶。此時，程風卻打好了算盤。他向美國的大老闆說：「事已至此，我也待不下去了；我要先走了，你給我一個交代吧！」

雖然此時仍在交接階段，但程風已做好拿錢走人，另覓他職的打算。他早就知道，雖然他掌握了美豐的許多資訊和know-how，美華證券的主事者正恨他恨得牙癢癢的，絕不會留他。而台灣美信銀行的業務也早就逐步轉給券商，本身業務幾乎都停頓了。

他打定主意，靠著自己立下的大功，向老東家拿個六十萬美金的遣散費，然後再慢慢找事。沒想到，大老闆居然回答他：「這是不用談的，我們要留你。」

一般人碰到這情況，可能會因受到大老闆的賞識而感激涕零，但精明的程風卻不是兩、三句空話就可以打發。他馬上先把條件說清楚：「我不回台灣，也不去香港和新加坡，太熱。」「可以安排你去倫敦或紐約。」

「更重要的，」程風很認真地開出條件，「我要一個真正的工作，不要一個假的工作。」他的意思是：不要為了想省六十萬美金，糊弄我，給我一個無足輕重的工作，過半年一年後再想辦法擺脫我。

大老闆大概很熟悉這樣的談判，他用很誠懇的聲音說：「放心，我們會好好照顧你。」

沒多久，程風就坐著飛機的頭等艙，來到紐約，住進華爾道夫飯店，準備面談一些工作。當然，他事先就說清楚：「我是來看看哪個工作適合我，而不是來讓他們來面試我，然後決定是否給我一份工作。」猶太房東太太早就教會了他談判的基本原則——便宜絕對要佔。畢竟，此時他仍然具有「敗事有餘」的實力，憑他心中掌握的資訊，把快要成功的交易搞砸絕非難事。

從籌辦美豐證券開始，程風就開始每週一次，以英文撰寫週報告，報告該週的工作進度及所見所聞所思。這些週報告刻畫著美豐證券的軌跡及許多的訊息，而他將每一期的報告都存檔保留了下來。每當他將這些存檔的週報告展示給來訪的老美看時，他們常常會發出不可思議的驚呼聲。這些檔案顯示了一項事實：他對整個情況瞭若指掌，充分掌握。

趁著交接結束前，他先去了一趟倫敦。當然，是搭乘最快速，也最昂貴的協和式噴射客機橫渡大西洋。在倫敦面談了七、八個可能的工作機會，並且談了配套的待遇後，他最後決定，還是去紐約。下一個階段，他將在紐約從事衍生性金融商品的一項新計畫。這個新領域，他早就有興趣了。

衍生性金融商品是一種與徵信有關，本身並無價值，必須依附在別的商品身上而產生價值的金融商品。就像必須依附礁石上的海藻、魚身上的寄生貝類。在金融商品中，股票的指數就是一種典型的衍生性金融商品。它的點數本身並無價值，但是若成指數期貨，就可以變成對賭的工具，產生可以投資的價值。

類似的例子在生活中無所不在。例如，網站上的流量，在沒有人對達康公司下手收購前，並不具有商業價值，但一旦有人有意收購，網站流量就成為一種價值的指標。還有，一般的儲值卡，在沒有花錢儲值前，只不過是一張塑膠卡片。以功能而言，保險也是一種——不死就不賠償，必須死亡才能產生價值。

這次程風到紐約工作，就是要完成一項前無古人的衍生性金融商品。這個全新的挑戰，使程風再度熱血沸騰。

再回到紐約時，已是一九九一年十一月中旬，快到聖誕節了。銀行對他甚為禮遇，在曼哈頓區百老匯街和八十六街交會處，替他租了一棟公寓。這一棟公寓相當豪華，地點更是令紐約客羨慕，正對著中央公園的蓄水池，從前窗俯視出去，是美麗的秋景，光月租就要一萬美金。而他的副總裁辦公室也很氣派，從窗戶看出去，就可以看到自由女神像。從這些禮遇，可以看出美信銀行對他的重視。

進入十二月，紐約下了一、兩場雪，聖誕節的氣氛更濃了，他的美國同事都無心工作了，大家的心情都鬆懈了下來，準備迎接一年一度的佳節。而單身一個人待在異國的程風，卻只能把對妻子及新生女兒的思念放在心裡，埋頭苦寫推動衍生性金融商品的商業計畫。

在一堆只想著要放假的人群中埋頭工作，讓程風有一種自虐式的快樂。不過，他並不是在裝樣子，他深深為手上的計畫而著迷。他相信，他正在寫下金融商品歷史上的一頁新頁。一旦成功，其成就將遠遠超過他之前在台灣開創一家券商的成績。

他的商業計畫，講的是如何形成一個類似衍生性金融商品交易所的組織及機制，讓每天交易量數以億元計的衍生性金融商品，也可以納入像證券交易所或期貨交易所之類的管理機構管理。

一般的衍生性金融商品的價格變動很快，而所有衍生性金融商品交易都需要有擔保品。當每日交易的結果結算後，如果輸贏的價差超過一百萬美元，就要交換擔保品。這種交換擔保品的動作，也可以紙上作業進行，並設有限額不等的信用額度。美信銀行每天的交易金額十分驚人，一天的淨值加起來，可高達上千萬美元。

這個市場確實存在，卻缺乏有效的管理，一直無法形成規模。美信銀行希望能夠聯合五家操作最多衍生性金融商品的銀行，成立一個交易所，將彼此的交易納入資料庫中，並將擔保品交到一個中立的保管機構，統一管理，每天不需要個別交割。如此一來，方可以擴充規模，讓交易做大，讓業務更形發達。而且，這個交易所還可以做提供融資、債券……等業務。

成立這個中心的機制該如何規劃？成立？使用何種利率？如何去換算衍生性金融商品的現值？等需要許多的計算公式，而這就是程風的工作——把它們搞定。

看到這樣高級別的挑戰，程風大樂，美豐證券從無到有的經驗讓他心裡有了一些底，而新計畫所需要的知識和專業，讓他有機會更上一層樓。何況，在異國的假期中，還有什麼比一份能載入歷史的新工作和新計畫更令人振奮呢？

他十分確定，這一趟紐約之行，他一定會學到很多新東西。

二　猶太戰法

從當年在波士頓租屋遇到猶太房東開始，程風就對猶太人這個種族充滿了好奇。尤其是當他得知，不論是美國東岸的金融中心──華爾街，或是美國西岸的心靈工廠──好萊塢，都有一批傑出的猶太人精英操控著市場時，更想多了解這個在他心目中帶著神祕色彩的民族。

他注意到一個同事猶太年輕人約翰，每到週五中午十一、二點就收拾公事包回家。程風於是開他玩笑：「你怎麼這麼囂張？大家都還在工作時，你就回家了。」

不料，約翰卻一本正經，甚至有些生氣地分辯：「週一到週四，每天中午的一小時休息時間，大家都去吃中餐、休息，但我都在工作，這應該可以抵消我週五下午的工作時間。」看到程風哈哈大笑，他才知道是開玩笑，也跟著笑了出來。

兩人混熟了之後，程風常常問他一些猶太人的習俗，他才知道，猶太人頭上戴的那頂小帽，代表著敬天畏神，怕頭上有東西隨時會掉下來；而他之所以在週五中午就回家，也是因為信奉正統猶太教的人在齋戒月期間，必須在週五太陽下山前停止一切活動，所以他才趕在週五中午下班，往家裡趕。

不過，程風最想知道的是：「為什麼猶太人中有那麼多的專業人士？例如醫生、律師、金融家、作家、音樂家等。」以及「為什麼猶太人那麼會賺錢?」

約翰告訴他，在以色列建國前，猶太人流徙散居全世界，其中很多分布在歐洲。從一次大戰前，散布在歐洲的猶太人，尤其是德、奧地區，普遍受到統治者的敵視及打壓，禁止他們擁有土地等不動產，也不准他們從事農、牧等和民生有關的行業，於是猶太人只好注重教育，努力朝向手藝人和商業、專業人士等方向發展。

約翰不無得意地說：「那些獨裁的統治者禁止我們栽培農作物，於是我們轉而培養人才。」他說得沒錯，就以講求工匠技藝的領域為例，不管是精細的珠寶鑲嵌或家具、機械，猶太人都是第一流的技師。更不要說醫生、音樂家、作家、律師……這些專業領域了。

至於猶太人賺錢的祕密?約翰也毫不保留地告訴程風。

他說，在猶太教的經典，如《塔木德》等書中，探討商業借貸及算利益的內容很多。例如，經典中會先問：「某甲要借十元，借期一個月；某乙要借二十元，為期半個月，該借給誰?」接著，經典就開始探討這其中所牽涉到的利息、時間、風險……等因素。而每個猶太小孩，幾乎從小就耳濡目染，並從十歲開始，進行有系統的學習。

聽到這裡，程風恍然大悟，難怪猶太人那麼會做生意。想想看，如果一個民族從小就開始學習怎麼才會理財、賺錢，他們長大之後，精於投資、理財、商務的人自然比較多。

因此，當他因為要成立衍生性金融商品結算中心，必須和華爾街許多猶太裔的金融家和律師打交道時，心裡不禁浮起一個想法——想必猶太經典中教人說話技巧的內容也很多。

在美國要搞一個像程風手上這樣一個創歷史的大工程時，律師絕對是不可或缺的要角，不要以為自己沒有礙到任何人，誰知道哪天你不會莫名其妙地被告？美國人可是全世界最愛打官司及告人的民族。尤其，這其中還埋藏著一個很大的風險。

程風知道，一個衍生性金融商品的結算中心，很容易引起證券交易所或期貨交易所的覬覦及敵視，畢竟這和他們現有的業務類似，而他們又是最有可能的破壞者，因為一個新的衍生性金融商品交易所，可能對他們的生意帶來強力的競爭。

因此，當前最重要的一件事，程風清楚，就是拿到主管機構的一封「不處置函」（No Action Letter）。也就是說，要主管證券金融業務的機關承諾：對你們在做的事情，只要在範圍內，我靜觀其變，不會採取任何行動及處分。

美國政府深深知道商業行為日新月異，而如果以政府修法的方式來讓行政機構跟上商人的步調，無異痴人說夢。因此，最好的辦法，就是行政機構讓商人先快跑一陣子，知道你要做什麼，先不來管你，但你要合法來做事。而「不處置函」就是這麼一個東西，有點像官方的特許證。

而像衍生性金融商品概念這麼新的事務，要申請「不處置函」並不是去填張表格就完事，申請者本身對各種法條及其適用條件，均需要請專業人員深入地研究，這是一件耗時費日花錢的工作。而且，為了避免遭到同行或主管機關的「青睞」，他們還必須以匿名的方式暗中進行操作，不讓外人知道這是美信銀行在提出申請。

於是，這件案子不但要交由律師來辦理，甚至還不能使用銀行內部的法務人員，以免露餡，必須交給外面的律師承辦。

為了這個案子，他們需要選一名律師代替出面來辦這件事。而在華爾街律師的眼中，這絕對是一件「肥羊級」的案子。但是，對法規做過深刻而廣泛研究的程風，對此計畫種種已瞭若指掌，他並不想花大錢。在他的心目中，律師的費用不應該超過二十萬美元。

為了找到合適的律師，程風參觀了華爾街許多大的律師事務所。有些律師事務所的華麗程度，令他瞠目結舌。那些名貴的皮沙發、樓中樓、兩三層樓高的法律圖書館和排列整齊的燙金皮面法律書籍不說，還有一名來自德州的律師，牆上掛著一付長角牛的頭骨，把辦公室佈置得十足西部風味。還有一名律師，辦公室放的全是原木家具，大概象徵他愛好大自然。事實上，當程風帶隊去拜訪他時，他的人還正在蒙大拿州的小木屋度假。

華爾街的律師，當然都不便宜。一般的律師一小時收費兩百美元就算是便宜了，一小時五百美元亦很常見。身為專案負責人，程風算算，等搞到「不處置函」到手，可能要大失血一番。而他可不想在事情還沒開始就先花了一大筆錢下去。

他想到自己多年來在紐約買書的經驗。

為了更了解西方人，多吸收西方文化，從在宇通銀行開始，他就努力去看英文書籍。剛開始，他也不知道該看什麼書，乾脆就參考《紐約時報》的暢銷書排行榜來買書，不管懂或不懂，一律買來看，不管喜不喜歡，硬是把書生吞活剝下去。剛開始時，還會有一些障礙，後來越看越順。而且，拜閱讀之賜，他不但英文越來越進步，和老美聊天時，也很少有找不到話說的窘況出現。

他常去一家名叫莎士比亞的書店買書。那家店很大，書目也很齊，而且服務好，空調佳，但是幾乎從不打折。去了幾次，他注意到，在書店門口附近的幾個書攤有賣一些二手書及暢銷新書，倒是有打折，價格比較便宜。

因此，每到週末，他都先在莎士比亞書店裡泡上好一陣子，悠閒地享受空調，選好心目中要買的書後，然後再到外面書攤上買有折扣的書。雖然偶爾他心裡會對書店有一絲歉疚之情，但想起猶太人「有便宜不佔，是對不起自己」的信條，很快就安之若素。

不僅如此，他還把台灣「討價還價」的招數也用上了。他會一次挑五本書，要求小販再給額外的折扣。或者，如果小販意願不高，他就會拿出現鈔，說：「我付你現金，再算便宜一點。」如果對方依然不肯，他也就聳聳肩，罷手不買，換另一家。久而久之，附近的書販也知道了他這號人物，以及他的作風，每看到他來，還會主動問：「程先生，這次要買幾本啊？」他回答：「那得看你要給我多少折扣。」雙方於是哈哈大笑。

後來，他還發現，有些沒有外書皮封套（dust cover）的新書，賣得特別便宜。經過打聽，他才知道，原來書商在印書時，書本本身和外書皮封套是分開印，而銷售量是以外書皮封套來控制數量。因此，有些印刷商多印了些書來賣，沒有外書皮封套，價格可以少一半。從程風發現此一竅門後，幾乎後來他買的書都沒有外書皮封套。

從這個經驗，他得到一個啟示——面子固然重要，裡子更重要。於是，他訂下一個策略——讓律師以包底的方式接受委託，價格二十萬元，要辦到好，必須拿到主管機構的「不處置函」。可是，當他在會議中提出此一策略時，想不到手下那些白人職員卻紛紛反對，不是面露難色，就是大搖其頭，「老闆，律師不會答應的。」「沒人這樣幹的！」

但程風不為所動，既已下定決心，絕不輕易更動。他用一種粗鄙的另類方式，表達了決心。他說：「沒人幹過？那關我什麼事？反正，我就是他媽的該死的清客（Chink），就用清客的方法去談。這就是程氏搞定的方式！」

聽到程風居然在會議上吐出帶著種族歧視的字眼自稱，手下那批白人才閉上嘴巴。程風心裡想：「華爾街的律師有什麼了不起？最多談不成，換一家談，總有人會願意的。」無形中，他竟把律師當成了書攤小販。

於是，程風挑了幾個看來稱頭的手下，一律白人，帶去「參觀」律師樓。常常，律師或律師的助理沒想到，這支神氣的金融隊伍，居然是由一個黃皮膚的東方人領隊，開會時很自然地朝向白人發言。過了一下，等他們發覺自己搞錯對象，黃皮膚的人才是老闆時，氣勢已經弱了三分。

程風話也講得很白。他告訴律師：「該做的研究，我們已經都做好了。你要做的事情也很簡單，就是在『匿名』的基礎下，代表銀行取得『不處置函』。」他的言下之意——你不要想假借研究的名目來收費——大家也都聽懂了。

一般說到此處，律師都還含笑以對，點頭同意。但當他說到：「也不瞞你說，我們的預算控制嚴格，因此，我打算以二十萬元的包底方式來做這件事……」時，有些律師會毫不客氣的回應：「程先生，我們這裡做事的規矩不是這樣的……」「我們不像這樣做生意……」

當同事帶著受傷的表情離開律師樓時，程風卻很坦然。這件案子，律師不過就是出張嘴，該有的利潤其實一點都不少，一定會有聰明的律師答應來接案。他知道，擁有那麼漂亮辦公室的律師，當然需要收入來維持。

對他來說，那些太注重「做事規矩」或「談生意方法」的人，是上莎士比亞書店買書的那些人，而他，只要能買到內容一樣的書，他可不注重書的外皮封套。

後來，那位人在蒙大拿州度假的著名律師，在蒙大拿的度假小木屋和他以電話談了十五分鐘後，爽快地一口答應了。同去的同事幾乎不敢相信，這位律師可是華爾街出名的大律師啊！

程風卻一點都不意外。他清楚知道，這位律師可是猶太人。猶太人是最棒的談判者，能屈能伸，有便宜佔時當仁不讓，當他發覺佔不到你便宜時，馬上會變得很務實，不會和你正面衝突。

他暗笑起來。其實，在某些地方，中國人和猶太人是很像的。

三 紐約風格

「清客戰法」一戰成功後，程風手下的幾個年輕白人才開始對這個「神祕的東方人」產生一絲敬意，認真地把他當成了一個頭兒。

其中尤其是從一所名不見經傳大學拿到MBA學位的尼爾．卡森，對他更是佩服，跟進跟出，幾乎成了程風的親衛隊。尼爾很英俊，金髮碧眼，又是個衣架子，很撐得住場面，常被人誤認為是程風的老闆。但程風卻喜歡讓人有這樣的錯覺。

以「包底」的方式委託律師的方式，在他們首開風氣後，華爾街居然逐漸開始流行這種「做到什麼程度付多少錢」，相當符合資本主義精神的委託方式。碰到有律師抱怨要花很多工夫做研究，而嫌報酬不夠時，程風也很坦白地告訴他們：「我們找你們，就是認為你們很有經驗；如果你們沒有經驗，我們可以去找其他有經驗的人來做。如果你們有經驗，就表示你們應該已經做過研究。既然如此，只要照已經做過的東西，再照做一份就是了，還要做什麼研究？這樣又為何要向我收取研究費用？」

這段論辯，邏輯清楚而完整，加上他的強硬態度，連最善於辯論的大律師都難以反駁。但程風知道，屬下這些職員，習慣了華爾街傳統，腦筋一下子不見得能轉過來。於是，在一次會議中，他毫不避諱地說：「沒錯，我是一個清客，但我做的，完全就是紐約風格——作你自己（Be Yourself）！」看著大家微微點頭，他又加了一句紐約人最愛講的話：「何況，沒有誰是完美的（Nobody is perfect.）！」大家點頭的幅度更大了。

在這段籌備期間，大家都見識了程風的強悍作風和手段。從他來的第一天，他就開始對外放話：「我來自亞洲，也會回到亞洲，我只會在這裡待一陣子。所以，我沒有任何顧忌，我會放手一搏。」這種說法，既宣示決心，又巧妙地讓潛在的競爭對手消去敵對戒備之心。這兩年來也逐漸愛上跳棋的程風，當然懂得不要讓對手的棋子將自己的路堵死，最好還要讓他們成為自己跳躍的墊腳石。

程風待在紐約華爾街的三年中，一直是這麼對外宣稱。

他的心裡當然很清楚，自己能來紐約承擔開疆闢土的重責，完全是因為他在亞洲的表現和累累戰績。但在紐約這個全世界金融精英的薈萃之地，說老實話，他會的，老外幾乎都會；他不會的，老外還是會。他不能因為一點小成就就志得意滿而怠惰。要知道，在華爾街，這麼做無異自掘墳墓，只有不斷向前進，才是存活之道。

有一次在倫敦和陌生人的巧遇，更讓程風知道，他要學的事情還很多。

在籌辦衍生性金融商品結算中心的一年多當中，程風常常來往倫敦、紐約及亞洲各地，洽談生意，並將生意帶回紐約。有一次，他到倫敦出差，晚上到一個酒吧喝酒時，碰到一位頭髮全白，來自美國的老先生。兩個異鄉人一攀談，才發覺竟是同行，老先生是J. P.摩根的資深分析師，從哈佛大學畢業後，進了J. P.摩根當分析師，三十七年下來，只專注分析一個產業——鋼鐵業。

聽到此處，程風本來還有點覺得老先生不長進，有這麼好的背景和機會，怎麼會當了三十多年的分析師？在台灣的證券業，分析師並不受重視，是做不上交易員的人退而求其次才會去做的工作。

接著一路談下來，結果卻令他瞠目結舌。老先生對全世界的鋼鐵業瞭若指掌，各種數據及分析均是順手拈來，侃侃而談。當他知道程風來自台灣時，馬上向他打聽中鋼的情況。無巧不巧，在美豐證券時，美豐曾和其他三十幾個承銷商聯合承銷過中鋼的股票上市案，加上美豐的合夥人金宏豐也是出身於鋼鐵業，使得程風對台灣鋼鐵業多少有一些了解。

但是，他的了解和老人比起來，就像一名小學生和大學教授的差異。老人問了許多有關台灣鋼鐵業的尖銳問題，但程風都答不出來。

後來，他才發覺，原來老人是鋼鐵業鼎鼎大名的分析師；他的一篇分析文章，甚至可以影響一個大鋼廠的興衰存亡。程風才了解，原來，三十七年專注工作所累積起來的能量是如此地巨大。他不由對老人肅然起敬。

衍生性金融商品結算中心的籌備，還是引起了紐約和芝加哥兩處證券交易所的注意。他們對於結算中心成員的幾家銀行聯合起來，交換藍籌股等擔保品、每日結算衍生性金融商品交易的性質大感不安，認為侵犯到他們交易所的權益，於是向證期會提出抗議。

為了釐清疑慮，並且取得兩封來自證期會的「不處置函」，以保證不處罰美信銀行和結算中心，程風親自嚴格監督著律師的申請工作。他知道，這個籌劃中的交易所或結算中心，其實是一場豪賭。雖然它看起來似乎一開張就能賺錢，因為既可坐收手續費，還有在借券業務過程中可收取的手續費，但其中仍是有許多的風險因素——紐約和芝加哥證券交易所和期貨交易所雖然後知後覺，但可不會坐看競爭對手冒出來，一定會來打壓。

美信銀行雖然佔了先機，但就像跳棋一樣，對手可能會將你要跳躍的路線堵死，讓你只能一步一步移動，無法跳過去，最後鹿死誰手猶未可知。

而且，這五家銀行中，美信銀行是帶頭倡議者，其他四家由美信銀行召集來的銀行都是扮演沈默合夥人的角色。事情順利還好，如果有變，他們的忠誠度將會是一個問題。而此時美信銀行的人力、經費、物力都已經先下去了。他明白，到了此一地步，美信銀行是做了過河卒子，現在只有拚命向前。

因此，在衍生性金融商品結算中心的籌備過程中，程風為了打好這場只能勝不能敗的金融戰爭，就像他在籌備美豐證券時一樣，卯上了全力。他親自押陣，全盤掌握，所有的決定都必須通過他，即使法律事務，律師亦不能自行決定。而一旦律師的動作不對，他就會要求律師重新進行溝通，強硬要求律師達到要求，甚至「不處置函」上的文句都得照他的意思撰寫。

大家再度見識了程風的剽悍作風。而程風頗為意外地發現，原來美國的律師就像有錢人的狗，付他錢，他就乖乖地聽話。他想，原來強者擁有發話權是世界普遍且共同的現象。這也算是資本主義的一個小特徵。

經過一年多的努力交涉，他們終於如願以償，拿到了證期會所開出的「不處置函」。所有接下來的計畫立刻按表操課，迅速動作了起來。

陽光下沒有新鮮事，歷史也似乎總是老調重彈。當結算中心的計畫在籌劃階段時，其他人都躲得遠遠的，沒人想要來分工；而眼見成功在望，就有人要跳出來搶功勞了。

美信銀行保管部門的主管是一名女性副總裁，並非交易部門。但是，肥肉當前，不動心的人很少。或從某方面來說，她可能認為自己才是正宗的小兒科醫生，重作馮婦的婦產科醫生程風先生應該再一次的功成身退。

她帶了大隊人馬，找上了她和程風共同的頂頭上司——資深副總裁畢傑．金童，要求將結算中心的主管權限讓渡給她的部門。金童將程風叫來辦公室，問程風：「你怎麼想？」這一次，程風不想讓了；他大聲回答：「為什麼我做好的事情要交給她？」金童也慷慨回應：「好，我會挺你。」

女強人再來時，金童毫不客氣地對她說：「瑪麗，妳今天早上所講的話，我完全不能同意。妳的邏輯，我也無法明白。」原本盛氣凌人的女強人只好夾著尾巴落荒而逃。

被同一塊石頭絆倒兩次，是一種恥辱。雖然程風並不真正在乎這個職位，但已經學到猶太人談判技巧和能使出「清客戰術」的程風，不會再讓任何人有不憑實力而想擊倒他的機會。

因為，這是一個強者對自己的基本要求。

做一個強者，他想，這就是華爾街教會他的——做你自己。

四　資本主義的信徒

有時候，同事見識到程風的交際手腕，常會不由自主讚嘆：「不知道他是怎麼才想出來那麼多的鬼主意！」

一般美國人生活單調，也不太應酬。雖然表面上大家親切又客氣，但一到了下班時間，大部分是各走各的，紛紛趕路回家（他的同事大部分都是住在新澤西，每天得趕火車通勤上班），很少同事會進行私下的聯誼活動，更別提和客人應酬了。

同樣地，對待一般前來進行業務拜訪的客人，如能夠安排在週末來個烤肉派對或共進晚餐，簡直就太有面子了，很少會有如台灣企業般地招待客人上酒家、舞廳、夜總會加北投洗溫泉這種的「隆重」對待。碰到歐美客人還好，大家同文同種，多少可以理解。但對來自亞洲的客人來說，這樣的款待，未免於待客之道有虧。

美信銀行在東京設有分行，故常有日本客人前來拜訪，但美國地主不太會招待他們。日本客人嘴巴上雖然客氣，但心裡總不是味道。而這個情況，在程風來紐約後就有了很大的改善。

早在以前參加宇通銀行「將官班」受訓時，那一次作東，邀請同受訓的外國學員一同享受中華美食的經驗，就讓程風知道，即使是吃喝玩樂的享樂之事，也要妥為準備。

同是東方人，他能夠揣摩出日本客人的需求。他找到全紐約最好的法國餐廳和日本餐廳，並且想辦法打入長島一家以高爾夫球場聞名的私人鄉村俱樂部，還找到一家香豔刺激的脫衣舞廳。每次有日本客人來，就照章辦理款待一番，把那些日本客人搞得服服帖帖，大為滿意。

但是，比起他的頂頭上司金童，他覺得，自己的道行還是差了一截。

畢傑・金童是美信銀行的元老重臣，負責銀行最重要的信託部門。他是愛爾蘭裔美國人，擁有其祖先勇於冒險犯難的精神。他從不運動，一大到晚菸不離手，常常還會說粗口，作風剽悍，但本人卻常展露童心。他的辦公室天花板是用防火材料做的，就在他辦公桌的上方，巍巍顫顫地插滿了搖搖欲墜的鉛筆，坐在他辦公桌前的人，往往都會膽戰心驚，不知道哪枝鉛筆會掉下來，插到頭上，而他看了別人的小心模樣，往往就會得意大笑。

插在天花板上的鉛筆，源自於金童的思考習慣。他在想事情或下決定時，碰上難以抉擇時，就會將一枝削尖的鉛筆往天花板上射，依其結果來下判斷。

他的垃圾桶，也故意放在大辦公室對角線上最遠的一個角落，上面裝著一個從玩具反斗城買來的小籃框，而垃圾桶四周總是有著零零落落沒投進的廢紙團。

金童菸癮奇大，一天抽十幾包菸，除了在絕對禁菸的戲院內，他幾乎是菸不離手，甚至連進電梯時也不熄菸。有人抗議在電梯內不能抽菸，他卻理直氣壯的回答人家：「電梯只說『禁止抽菸』，沒有說『禁止手拿燃著的香菸』。」讓別人氣得半死。

但是，程風也曾見過他柔軟的一面。辦公室有來自中西部的同事，有時媽媽帶著小外孫從小城來紐約探親，總免不了上公司參觀一下。老太太在辦公室好奇地東張西望，小孩子在辦公室跑來跑去亂竄，年輕同事常因此而有點窘迫，但金童碰到他們時，卻總是表現得格外的客氣和親切。

年輕同事向媽媽介紹頂頭上司：「這是我的老闆。」而這位美信銀行的第二號人物，馬上糾正他：「不，不，我們是工作的夥伴（co-worker）。」他親切地和他們握手，詢問他們到紐約的感受，並且讚揚她兒子的工作。一個平常給人「囂張」形象的大人物，居然對鄉下的老太太如此客氣，把自己降下來，以「工作夥伴」，而沒用「同事」（colleague）來稱呼屬下。這點令程風十分尊敬他。

但是，最令程風印象深刻的，還是下面這件事：

有一天早上，程風見到他一身輕便裝束，好奇地問他：「怎麼，你要去度假嗎？」他笑了笑，揚了揚手上的一個精美袋子，說：「要去夏威夷，帶幾瓶紅酒去和客戶吃飯，晚上就回來了。」他揮一揮手，和程風道別，隨即去趕飛往夏威夷的飛機了。

飛幾千英里，從紐約到夏威夷，只是為了和客戶吃頓飯，即使是程風，也從未見識過這樣的「豪舉」。

金童一直都很挺程風，即使後來程風調到東京後，他們還是一直保持聯絡。有一年，他看到美信銀行的財務報表，發現金童的部門居然創造了上億的利潤，這可是了不起的成就。他拿起電話，馬上向金童恭賀一番，聽得出成為銀行超級巨星的金童情緒很高漲，志得意滿，不時發出大笑。而當程風向他請教如何能賺到這麼多錢，他卻只是笑而不答。

放下電話後，程風的心裡其實很納悶。以他對美信銀行和金融市場的了解，金童的部門居然能夠創造出幾億元的業績，真是令人不敢相信。果然，沒過多久，他就聽到另一個令他驚愕的消息。

金童是銀行信託部門的負責人。按照政府的規定，委由銀行保管的信託帳戶，如果到期而沒人出面認領，就得交還給美國政府。而兩百多年來，這種沒有活動的帳戶在美信銀行內著實不少，總金額約有兩百多億元。一般而言，銀行在信託帳戶停止活動的第一年至第六年都不會採取動作，滿第六年後，就會開始主動找信託帳戶的受託人。找到受託人，信託的帳戶就不用交給政府。

這些沒人認領的信託帳戶在六年中所累積的利息著實驚人。而金童居然做帳，將這筆錢做成收入，並且挪用來做為旅行及交際費用。程風恍然大悟，難怪金童要風得風，要雨得雨，要什麼案子就有什麼案子。而他太紅了，炙手可熱，根本沒有人敢質疑他。

金童的出手闊綽，是程風親眼所見。日本客戶來時，可以請他們到曼哈頓最好最貴的法國餐廳吃飯；難怪他可以帶著幾瓶好酒，飛到夏威夷，和客戶進餐，晚上再趕回紐約。當然，來回都是搭乘頭等艙。

這件事爆開後，馬上成為華爾街的頭條新聞。由於這些沒人認領的信託孳息理應歸聯邦政府所有，所以，金童的罪名是涉嫌侵佔聯邦財產，而非侵佔客人財產，是刑事法上的重罪。金童遭到檢察官起訴，交保候傳。而銀行為了擺脫責任，將此事定位為主管濫權，銀行本身亦是受害者的形象，故不為金童請律師。一下子，曾經是大紅人的金童，成了過街老鼠。

在四面楚歌的情況下，金童居然棄保潛逃出境。他本是愛爾蘭後裔，於是申請了愛爾蘭護照出境，逃到歐洲躲藏起來。躲了幾年之後，金童終於還是按捺不住，於是出面向美國政府的總檢察長低頭。他們商談條件，金童必須認繳罰金，包括為美信銀行工作幾年的收入，再加上利息，一筆繳清，換取政府的免起訴。

金童將罰款繳清，並且變得一貧如洗後。他又傾其所有，重新回到讓他崛起，也讓他發跡及墜落的美國資本主義基地——華爾街。

程風始終沒去探討，金童為何不繼續待在愛爾蘭老家？以他當時手上的財富，應該可以過個平靜愉快的晚年生活。他想，金童是標準的資本主義信徒，絕不會停止追求金錢的資本主義行動。而以金童在華爾街的呼風喚雨，創造的歷史，他可能再也無法安然退隱田園，所以選擇不惜一切，重新回到戰場，就像戰敗的武士重新回到戰場，想以新的戰功洗刷恥辱。

但程風懷疑，這位資本主義的信徒雖自認學到了教訓，更了解遊戲規則，有機會東山再起，但誰敢再雇用這麼一位膽大妄為之徒？華爾街會給他機會嗎？

程風心裡不免有些悵然，因為，他知道，金童也知道，答案是什麼。華爾街不在乎你貪婪，甚至鼓動你的欲望，但你自己要小心，因為華爾街對於犯了規而又被抓到的人，處罰是非常嚴厲的。

五 無中生有

在資本主義的世界裡，許多人勞心勞力，所孜孜不倦者，就是研究要如何以最少的成本，創造最大的利潤。如果你能夠無中生有，那就更令人豔羨與佩服了。

衍生性金融商品當然是「無中生有」的經典例子之一，而企圖跨越法律的規範，來無中生有者，就更不在少數。例如金童，例如喊出：「貪婪是健康的，你可以貪婪，並且覺得自己很棒。（I think greed is healthy. You can be greedy and still feel good about yourself.）」經典名句的依凡・波斯基（Ivan Boesky）。

在來紐約之前，程風就曾見過大名鼎鼎的波斯基。甚至，他還差點就成為這位「貪婪教主」的合夥人。

波斯基是九〇年代中期華爾街最大一樁金融醜聞的主角。他於一九八六年因為獲得一宗企業併購案的內線消息，聚集了兩億的資金，購買被購併企業的股票，進行套利的動作，結果獲得了巨大的利益。

此事轟傳華爾街後，證期會介入調查。最後，波斯基講條件認罪，被罰了一億美元做為罰款和賠款，並且判刑三年半，在加州監獄關了兩年後，他得到假釋。但被限制終生不得再在美國境內從事證券交易的波斯基，離開美國後，來到歐洲交易股票，並曾到台灣來尋找金主，籌募投資基金。

波斯基不知道從哪裡知道當時在美豐證券當總經理的程風名號。他託人介紹，想要認識程風，希望能因此而認識台灣財團，找到一些金主。聽到是大名鼎鼎的波斯基來到台灣，程風當然不肯錯過機會，想看一看這個曾在華爾街引起軒然大波的人物。於是，他找了幾個朋友，一起去見波斯基。

雖然已經落難，但波斯基的派頭還是很大，紅紅的臉孔（他說是坐牢時負責照顧監獄的花床時被曬的），抽著雪茄，隨身還帶著一名香港律師。他包下了當時名稱是凱悅飯店的一間私人宴客廳，用來招待賓客。

一番酒酣耳熱後，程風問他，既然款已賠了，也不欠錢，為何還要交易？波斯基的回答倒很簡單，他說：「一天不交易，會死。」程風聽到這句話不由好笑，波斯基口中的「交易」根本不是事實，他是以類似流氓圍標的方式在股市惡搞內線交易，哪裡是真正的交易？波斯基並且大言不慚的告訴程風：「如果想要賺錢，你就必須和魔鬼交朋友。」

也許波斯基的心得，來自他所處資本主義社會中的所見所聞。例如曾經喧騰美國上流社會的桑妮事件。一名出身華爾街的大富翁，有一天被發現倒在自家豪華大宅的大理石地板上，原來是嚴重中風，成了植物人，他美麗的新娶年輕模特兒太太桑妮不惜花了大筆的金錢，請來世界首屈一指的醫療團隊，住進最完善的醫院，要求最好的照護，盡力維持著大富翁的生命苟延殘喘下去。

如果你為這位年輕太太的重情重義而感動，那你就錯了！從大富翁住進醫院後，桑妮一步也未曾踏進醫院，反而飛到歐洲，吃喝玩樂，大肆享受，窮極奢華。而她全力保住大富翁生命的理由也很簡單——根據婚前協議，不論是離婚或大富翁死亡，她只能拿到五百萬美元的遺產；而大富翁只要有一口氣，她就是他的合法妻子，可以無節制地花他上百億美金的家產。

這就是資本主義的遊戲規則——在未被逮住違法犯紀的情況下，沒人會管你的錢是怎麼來的，重點是：你是否有辦法賺到錢？波斯基也只不過是資本主義下的一個貪婪信徒罷了。

波斯基後來曾數次來台集資。在程風調來紐約工作前，波斯基曾邀他加入，成為合夥人，但因為雙方條件尚未談攏，程風就來華爾街工作了。

程風曾把和波斯基交往一事，當成一個笑話，講給美信銀行的大老闆聽。想不到，對方卻一臉嚴肅告誡他：「風，絕對不要再做這種事！」頓了頓，「波斯基是一個壞蛋。你的名字千萬不能和他連在一起。」

美國是一個百分之百資本主義的社會，他們對於白手起家或無中生有的行為會大加頌揚，但對企圖偷跑，利用不當手段取得不當利益的行為卻十分唾棄，因為這些行為違反了基本的公平原則。例如，在台灣股市時有所聞的「內線交易」，在華爾街就被視為如圖騰般的禁忌。

程風在華爾街時，曾聽過一個真實故事：福特汽車的孫女婿，利用內幕消息進行交易，結果被抓到，罰鉅額罰款不說，從此身敗名裂。

原來，這位孫女婿常參加上流社會的各種派對，出席者皆是豪富人家，閒談之間免不了談到許多的企業祕辛或最新商業動態趨勢，例如，某某藥廠將要推出新藥、誰家發明了新的合成材料……而他刻意地豎起耳朵，聽著人們之間的談話，並將有用的重大資訊記在心裡。翌日，他會要求他的股票經紀，根據這些資訊來交易。

這件十拿九穩的事，為何會洩了底？原來，這傢伙對他的股票經紀很兇，動輒惡言相向。終於有一次，這名經紀氣瘋了，想要對他報復。他發現這傢伙的投資神準，每次進出股票沒多久，接著都會有相對應的重大訊息出來。他心裡起疑，於是檢附了二十年來的投資紀錄，向美國證管會（SEC）提出檢舉。

證交會發現這位名人的孫女婿投資神準得出奇，經過調查結果，他終於承認是在派對上偷聽到內部資訊，然後以此進行證券買賣。按照證管會的解釋，只要你買賣股票依據的消息，是大眾還不知道的，即屬內線交易。

這件案子最後以賠款了事，但賠款的方式也很奇特——因為他欺騙了每一位當時的股民，他必須賠償每一位股民他賺到的價差。舉例來說，如果他因內線消息賺了某支股票三元的價差，而當時股市開戶數多達五百萬，則他要賠給每位股民三元。每支因內線交易而獲利的股票都得照此辦理。這種鉅額的賠償，連大富豪都受不了，這位原來利用內線交易而得利的有錢人，也因此宣告破產。

和以內線交易或不法的「無中生有」手段來得到財富不同，如果是靠著創意和策略來無中生有，不但可以獲利，而且還會得到別人的尊敬。

從上任以來就嚷嚷著要回到亞洲的程風，過了兩年多，衍生性金融商品結算中心已經運作圓熟後，終於有一絲要回亞洲的跡象了。但在這同時，他也承接了佛蒙特州一個滑雪場的上市承銷案。

滑雪場其實並不是一個已經存在的事實，而是一個計畫。有一個開發商買了北佛蒙特州北方靠近鳥峰一帶的土地，進行滑雪休閒度假勝地的開發計畫。他們計畫發行股票，募集買地、整山、建滑雪坡道與蓋旅館的經費。他們將案子帶到華爾街，看哪一個證券商能提供最好的條件，就與他們合作。

在眾多的競爭者之間，美信銀行的表現並不積極。當別家證券商擺出願意包銷的積極態度時，美信銀行內部的評估，卻只願意承銷。所謂承銷，就是承諾在未來幾年內可以賣出多少張股票，這種不具實質內容的承諾，當然比不上包銷的「在幾年內包銷多少張，賣不掉就由我吃下」來得積極。

「不行，這樣我們一定拿不到案子，」程風在會議上企圖力挽狂瀾，「我們不但要包銷，而且價格還要比其他人高。」

「這種股票其實只值十元，我們出十元是恰如其分，不然，我們要出多少？」一名同事質疑。

程風的回答是不容置疑的強硬：「十四元！」

這樣的條件使得美信銀行得到了這個案子，但棘手的是接下來的問題：「如何把這股票賣到十四元一股？」

「到底滑雪的人注重的是什麼？」在動腦會議上，程風拋出了這個問題，要他手下的一批年輕小伙子動腦筋，想出能夠異軍突起，殺出重圍的辦法。而說起滑雪，他手下這批年輕人興趣可大了，「雪的厚度」、「下雪的天數」、「下雪率」、「坡道的陡峭程度」……大家好像抓到了一些共同因素：最掃興的就是雪下得不夠，雪的品質不佳。換言之，一切都和「天氣」有關。

經過查證，他們發現，這個規劃中的新滑雪場，不但雪質是上佳的粉狀雪，而且過去二、三十年，該地區始終維持雪季開始得最早，結束得最晚的優良氣候。因此，程風決定，賣股票等於賣天氣，而主要的對象，就是那些愛好滑雪的人。

而在銷售股票的策略上，程風團隊也決定逆勢操作。他們和投資人擺明了講，雖然股票面額十元，但要賣十四元，而他們有權在第二年以十二元的價格購買，第三年以後以十元的價格購買。如果運氣好，像往年一樣，第二、三年依然有大雪，他們手上的股票可以在市場上以十六至十八元的價格售出。買股票，就是賭天氣。

這支股票反應熱烈，一上市就銷售一空。而這宗交易因為獨特的創意——居然以天氣為賣點——和高明的銷售策略，贏得了華爾街「當月最佳交易」的榮譽。

六 進入東京

程風抵達東京那一天，天只有微微亮。他住進帝國酒店後，想起身上沒有日幣，於是走出飯店，換了日幣，並且在街頭的麵攤上，站著吃了一碗拉麵。吃完拉麵，他全身漸漸暖和起來，再回頭往酒店的方向走回去。

這時候，路上的人也漸漸多了。起早趕路的學生、上班族，一一掠過他的身邊。

快走到酒店時，他才發覺，原來皇城就在酒店的正對面。他遠遠地站在那裡，看見皇城裡伸出幾枝古松孤柏，因為積雪的關係有些巍巍顫顫，但仍挺力撐住的樣子。程風一下看出神了，似乎從眼前的風景得到了一些難以言傳的體會。

在紐約講了兩、三年要回亞洲，反而越做越勇，「風．程」的名字在華爾街金融界也漸漸有了一些知名度。人人都猜程風一家在紐約要扎下根了，這時，出現了一個可以回亞洲工作的機會，讓大家跌破眼鏡，程風居然馬上捨棄了在華爾街逐漸看漲的聲勢和名頭，決定回到亞洲去。

他清楚知道，要出人頭地，必須要回到亞洲，因為亞洲才是他真正能大展身手的地方。就像「越戰獵鹿人」中，那些回到越南的軍人所說：「要到真正有行動的地方（where those real actions are）」。

想清楚這點，回來的決定其實並不難下。而且，在紐約待了三年，讓程風對於資本主義社會的體驗更深。如果要形容，他想起李泰祥一首歌中的歌詞：「天上的星星，為何像人群一般的擁擠；地上的人們，為何又像天上的星星一樣的疏遠。」

老美表面看起來親切友善，上班時也可以打打鬧鬧、胡說八道，但那些只是表面，其下卻有許多碰觸不得的禁忌，大家默默地遵守著互動的規則。他在美國，看多了兩個人可能做了十年的辦公隔間鄰居，但對彼此的婚姻、子女、內心完全不知道的情況；他也碰過相交多年，每天都要通上好幾通電話，在電話中無話不說的兩個人，雖同處一城，卻從未見過面的情形。

但相對於這種表面熱鬧，內裡疏離的情況，紐約人文薈萃，多元文化相容並蓄，華爾街創造了全國百分之二十五國民生產毛額的優點，甚至書店前的那些書攤……也讓剛離開紐約不久的程風興起一絲懷念。

當然，更捨不得的還有仍待在紐約的家人。離開家時才過聖誕節不久，感情仍猶如新婚般的妻子和正可愛的讓人心疼的小女兒，都讓他不想離開溫暖的家，來到陌生而寒冷的東京。看著松柏的枝葉費力承載的沈甸甸白雪，他想著，即將面對的，不知道有多少豺狼虎豹？

他並不害怕，只是感到好奇。

其實，東京辦公室一直是一個富得流油的肥缺，多少高級職員是打破了頭來鑽營這個位子。以往佔了東京辦公室總經理職位的人，無不吃香喝辣，甚至還搞起「將在外，君命有所不受」式的佔地為王，連紐約也管束不了。要不是這次出了大紕漏，大概機會也不會掉到他的身上。

日本的經濟實力雄厚，二次大戰時更積極搜刮殖民地的資源運回母國，在美國的刻意維持及韓戰的「適時」爆發下，這些資源和財富得以保全，並成為日本戰後經濟快速復甦的主要原因。而快速的經濟成長，也造成日本八〇年代開始的泡沫危機。程風於一九九三年一月到達東京時，日本仍沈浸在泡沫經濟幻滅之苦當中。

美信銀行出的紕漏，正是利用日本泡沫經濟而創出的「商機」，結果最後卻遭到反噬。

許多日本商社，在經濟高速成長期間，在股市買了很多的股票、公債，但經濟泡沫化之後，這些股票就被套牢了，變成不得不長期持有的股票。當然，這些股票的價值也是直直落。但是，商社的高級職員為了保住自己的職位，想出種種辦法來掩飾自己投資失當的事實。而一些膽大的外商銀行，就成為他們的幫手。

他們的作法和財務做帳的方法有密切關係。日本幾乎全面採用成本記帳法，就是指投資的損益，以帳面上的價值為準。亦即，十元買進的股票，如以五元的價格賣出，就虧損五元；但如果持有股票者不脫手，即使市價為五元，他在帳面上依然沒有虧損。亦即，只要他不脫手，即使市場價格再低迷，也不能算他投資失利。此種記帳法如此不切實際，於是，一些腦筋靈活的傢伙，想到利用此一制度上的漏洞，大玩帽子戲法。

即使如此掩飾，但到了年終時，許多商社還是會檢視投資項目，和市場價格比較，以認列損失。這時候，他們就需要找外商來「美化」帳面。

他們的作法是由外商（多是美商）向日本商社以「原價」將其手上的股票買進，並得到日本商社的承諾，於一段時間後，以原價或酌加利潤後的價格購回。例如，日本商社手上所擁有以十元價格購入的股票，市價已跌到五元，但外商銀行依然以十元價格承購，而其損失的五元，由外商認列投資損失。但是，日本商社必須允諾，保證三個月後以原價十元，或者十一、十二元的價格購回股票。

對日本商社而言，好處是他們在帳面上並無損失，甚至可以安排「小賺」一筆。其「損失」可以延續到下一個年度。而合作的外商銀行，看來是穩賺不賠。三個月後，如果股票價格上漲，超過購買金額，他們可以在市面上出售；就算價格未上漲，三個月一到，還是可以把股票賣回給原商社。

這個程序，最好的形容就是「飲鴆止渴，自欺欺人」。但事實上卻在日本運作得如火如荼。而來做這項「搶救任務」的多是外商銀行，因為風險高且道德性可議，日商銀行多不承作。

這種操作的方式，在股市有漲有跌時倒還不妨一試，如果股市利多，帶動股價上揚，還有可能會產生「雙贏」。但在股市一路下跌，回復無望時，風險性就提高了。美信銀行在日本做了許多這種操作，但夜路走多了，難免碰到鬼。他們「合作」對象之一的野村企業，終於無法承受對美信銀行一億美元的沈重債務，而找上大藏省訴苦。後來，大藏省裁決，以三千萬美元的價錢和解。

這個決定撼動了美信銀行紐約總行。紐約高層對派駐東京辦公室的美籍總經理極端不滿，並且聲稱，該總經理的這種作法，並未得到董事會的同意及授權。換句話說，兩邊的人都開始耍賴皮。

超級不爽的紐約總行決定撤換表現不力且鞭長莫及的駐口總經理，但該派誰去替代呢？東京是美信銀行的一級單位，紅利依業績來算，向來豐厚，是個肥缺，但考慮到眼前的種種紛爭，也是個燙手山芋。管理階層眼睛轉來轉去，看到屢建奇功，而且和日本人同為黃皮膚的一個東方人——程風。

大老闆找程風來，問他：「你會不會講口文？」程風一聽，就知道老闆看上自己，要派自己去東京了。這可是個大好機會，從他知道東京出事後，就在為此一刻而準備。

「日文雖然不會說，但和中文也差不多。」反正華爾街的大老闆，很多都搞不懂亞洲的複雜情勢，程風繼續唬他。「你知道嗎？日本人的語言和文字都是從中國抄來的，而且也沒付智慧財產權利金。」

一看大老闆有些猶豫，他趕快加碼：「而且，我的家鄉，台灣，曾經是日本的殖民地達五十年，風土民情和文化都和日本很像。」這句話雖然沒錯，但對台灣光復後父親才來台定居的程風來講，其實還滿牽強。不過，他的老闆並不曉得。

「好！就派你去東京！」大老闆下了決心。

此時大事底定，程風反而謹慎起來。他故作姿態，「讓我回去想想。」

對他的謹慎，大老闆也很欣賞。程風回去仔細盤算，就客戶關係、需要資源及經驗各方面，評估其中種種利害關係，想出了幾個談判的要點。第二天一早，他就去見老闆。

「我願意接受這樣的任務，」他知道曾經有軍事背景的大老闆很喜歡這些軍事辭彙，故意大加引用，「但是，讓我們先不要硬來，先不要馬上就進入D日（註解：D日是二戰時盟軍界定的攻擊發起日），先讓我在敵區腹地著陸，觀察形勢，佔領灘頭堡，等了解情況後，再一鼓作氣，克敵制勝。」他心裡想的是，只要讓我先進去了，難道我不懂先佔據戰略要點嗎？

程風的一番話，讓老美聽得大樂，恍若勝券在握，不由哈哈大笑：「我們終於有人對付那些黃皮膚的小日本了！」看看自己的黃皮膚，程風也不由自主地笑了起來，雖然有一絲旁人看不出來的苦澀。

七　合縱連橫

程風曾在一份雜誌上讀到一個有趣的典故，以前一萬圓日幣上的那個日本人，是日本有名的慶應大學創辦人福澤諭吉，不但是教育家，而且是一位經濟學家。那時，他覺得日本人還滿尊重知識分子，不像中華民國的新台幣鈔票上都是些政治人物。

後來，同辦公室的角阪淳告訴他，原來萬圓日幣上的人物肖像是明治天皇，但二次戰敗後，美國唯恐日本的皇權復活，不准在鈔票上印天皇的肖像，必須以他人代替。日本政府幾經思考，選擇了福澤諭吉，獲得美國的首肯。程風聽到這段話，才恍然大悟，日本政府的心機夠深沈，以武力征服世界的帝國主義既然失敗，就改以經濟的帝國主義來侵略全世界。

別的不說，日本一個國家的一年生產力，佔了全亞洲的一半，全世界的百分之二十。日本的國內生產毛額產能是全世界的四分之一。全世界四分之一的車子是日本車，日本電器更佔了全世界八成。日本的人口達一億兩千六百萬，是中國以外亞洲人口最多的國家，也支撐了日本的獨立經濟體系。

來到日本後，他漸漸了解，日本的經濟力量是可怕的，要不是二戰的失敗，大大打擊了日本政府向國際伸手的政治野心，今日的亞洲，可能又是日本的囊中物。當然，泡沫經濟也「適度的」阻擋了日本的腳步。

以角阪淳為例，他是早稻田大學的畢業生，在日本泡沫經濟時，任職於日本一家知名券商，被派到瑞士學習私人銀行（Private Banking）業務，但其實他七、八年來什麼都沒做，只是滑雪、旅行、閒晃……直到泡沫經濟的泡沫破掉。

總之，程風在向美國大老闆說明來日本工作的策略時，不自覺中竟犯了一個錯誤——他竟然將日本辦公室比做敵營，而非盟友或旗下軍隊，而他和軍事迷大老闆一時之間卻並未察覺此一錯誤。來到日本後，他才發覺原來自己的直覺相當敏銳。

剛來到日本辦公室時，他曾引起了一陣小小的騷動和疑慮——這個從紐約總行調來的台灣人，扛著副總裁的頭銜，難道是要來管理我們嗎？

程風當初顧慮得對，日本人崇洋媚外，但卻不太看得起台灣人和中國人，如果一來就宣布接任新職，不知道日本人會做何反應？還好，他打著「來日本從事一項特殊計畫」的名目，又常常為了仍在進行中的佛蒙特州滑雪場案子，來往於東京——紐約，大家一時之間還搞不清楚他的真正目的，有人把他當一個過客，也有人開始把他當做眼中釘。

如同他對大老闆所說，程風知道，當前第一件事，就是了解情勢，進入情況，找到可利用資源，建立灘頭堡。

美信銀行在東京辦公室中並未重用日本人，日本人最高的職務位置不過到達協理，但公司的實質權力，其實都操控在那一、兩位日本人協理身上。最高位的美籍總經理及澳洲籍、馬來西亞籍的副總經理則對日本人及日本文化的精髓處一無所知，只會作威作福，程風想，其實這和台灣的外商沒什麼不同。

美籍總經理對程風頗為忌憚，派了具有中、口、馬血統的馬來西亞華人彼得來摸程風的底。彼得曾在倫敦的美信銀行工作，還曾和程風面談過工作，彼此留下頗惡劣的印象。程風看到是這位老兄來打探軍情，當然是胡說八道一通，讓對方滿腦袋漿糊回去。

程風知道，在此時刻，不要也不需要去動老美，要先把下面這一票黃皮膚的先搞定，才能「安內攘外」。上面的這些外國管理階層，一紙人事調令就可以解決；而下面的日本人，如果搞不定，那手上不只是燙手山芋，根本就是用手抱著一身刺的刺蝟。

第一步，他在辦公室裡絕對是百分百的英文。

在宇通銀行時巡行督導東南地區的經驗，讓他知道，一口標準的英語常可以壓服英語不佳的亞洲人。曾有日本職員好奇問他：「程樣，你英文說得那麼好，是不是從小在美國長大的台灣人？」他巴不得有此一問，迅速回說：「我在台灣長大，而且，我和你們一樣，都是從初中才開始學英文。」這使得辦公室一幫英語普遍不佳的日本人對他另眼相看。

第二步，反而是秀中文。

有一次，角阪淳和他談到去大藏省交涉的徒勞無功，程風信手就拿了桌上一枝毛筆，寫了「一波三折」這個成語。角阪淳吃了一驚，說：「想不到你還會寫毛筆字？還知道這麼深奧的漢文。」他聽了心裡直笑，在台灣大概小學生都做得到，只有你們這些小日本大驚小怪。於是，他又一連寫了「一敗塗地」、「一別三秋」的成語，而角阪淳的小眼睛越睜越大。

而讓日本同事驚奇的事還一件件接著發生。為了了解東京辦公室到底在日本搞什麼，他向行政管理部門要來公司的組織章程，及相關的法令規章，如日本的證券交易法、銀行法等。由於這些正式的檔案幾乎都是以漢字寫就，他閱讀起來甚至比日本人還快。

也有日本同事對他要看這些詳細的文件和資料而起了疑心，甚至有人不客氣地問他：「你要這麼多細部的檔案，到底目的是什麼？」對這種語帶挑釁的話，程風表現得毫不以為意，反而說：「因為你們在日本做了很多事情，美國人都不知道，甚至有些誤會，所以，我來幫你們平反，來替你們和紐約溝通。」英文不好的日本人一聽大喜，他們和美國老闆之間溝通的管道並不暢順，此次居然從天上掉下來一個「通譯」，那可不是好事一樁嘛！

從此以後，程風在日本同事間的人氣指數上升，大家開始稱他「程桑」。即使英語說得不流利的同事，也會以寫漢字來和「程桑」溝通；一些看過《三國志》和《西遊記》漫畫的人，也拿這些來當做話題，試圖和他「聊天」。

結果，他們往往發現，程風懂得比他們還多。在他們的眼裡，程風是一位具有中國文人雅士氣質，而又有西方學識修養的台灣紳士，而日本人對於這樣的人，總是多了一份尊敬。

但更關鍵性的一個發展，卻是他遇到了小時候的鄰居李姐姐。

小時候，在公家宿舍裡，李姐姐家和他家住得很近，從小他就喜歡這個漂亮的大姐姐，大姐姐也對他很好，把他當成自己的弟弟。李姐姐高中畢業就到日本唸書，後來唸到博士，並且在學校做了十年的學術研究，替老教授當學術奴工，終於歸化成為日本人。

李姐姐後來和夫婿開始做生意，辦日文學校、旅行社、職業介紹所……生意越做越大，最後竟然在銀座開了家高級的酒廊，進出的都是有頭有臉的商社社長及名流。

能夠聯絡上李姐姐，帶了幾分運氣。當他被調到東京時，和台灣的父親聯絡，爸爸告訴他：「你去東京做事，可以去找李姐姐啊，她也在東京。」他原沒放在心上，過了一、兩個禮拜，爸爸又把輾轉問來的聯絡方法給了他。

在東京舉目無親，放假也沒別的事好做。有一天，他就循地址找去。到了銀座，他才發現，自己要去的地方竟是如此高級的一間酒廊。才通報進去，裡面迅速出來一位美麗而幹練的「媽媽桑」；她看到他，就先嗔怪他：「小弟，你怎麼不早一點來找我？」然後，才是「小弟，你都長這麼大了，我差點認不出來了。」原來，她也知道程風到了東京，早就在等他上門尋親，已經等了好一陣子。

李姐姐高興地牽著他，到處向人介紹：「這是我弟弟，剛從美國回來，派在日本的外商銀行做事。」似乎也很以他為榮。

當時程風還沒想到，李姐姐竟會成為他能在東京站穩的最有力王牌之一。

八 陣前換將

有一次，在開會的時候，不知道談到什麼，程風拿起毛筆，隨手寫下「雨過天晴」這個成語，日本同事看了高興地說：「啊，程桑，我們也有類似的成語。」然後也拿起毛筆，寫下「雨過地固」四個字。

看著面前這兩個看來類似，並排躺著的八個漢字，程風不由為漢字奇妙的表達出中、日兩個民族間的文化差異而在心裡喝采。同樣是下過雨，中國人看的是天空一片清朗，一派氣象的瀟灑，而日本卻是腳踏實地的往腳下看，看看雨水是不是使得道路泥濘難行；一個看高、看遠，意天下；一個看地、看腳下，爭寸土。而從負面的意義來看，難怪中國人老愛說些言不及義、好高騖遠的大話；而日本人也常受到一些眼前細瑣事務的羈絆。

一月底到東京，三月紐約總公司覺得時機成熟，就宣布了新的人事安排，由程風接任總經理。

宣布這一天，是選在上午十時布達，下午三時，兩名日本高級職員，一位是財務協理中山先生，一位是營運協理高橋先生，西裝筆挺地要求見新總經理。潛伏了一段日子，程風知道，這兩個協理可說是日本職員的領袖。他想，他們大概是來輸誠或談條件。

結果全不然，這兩位挺著腰桿的中年人，一個人拿著一個白信封，上面寫著「辭書」兩字，原來是來辭職。程風心裡想，都什麼世紀了，還有這種「一朝天子一朝臣」的觀念？老美對他們又不是多好。

還是，程風心裡想，他們不肯讓一個「支那人」成為上司，騎到他們頭上？

「你們是不是對我不滿，才要辭職？」聽了程風的話，兩個日本人連忙搖手，極力的否認，「不是，不是……」他們大聲地否認著，然後像唱雙簧一樣，一個說要享受含飴弄孫之樂，一個說要和太太一起到各處洗溫泉，品嘗美食云云。但程風看得清楚，這些都不過是表面的說法，重點當然是「不服氣」。

「這樣吧！」勸了半天，兩個日本人還是委婉而堅定地拒絕他的挽留，他只好提出最後的條件。「這兩個職位都需要資深且重要的人擔任，我不希望你們辭職，如果你們對我有什麼不滿意的地方，可以和紐約溝通。如果你們對我有強烈的反感，也可以重新再考慮。」兩個老傢伙當然還是連聲說：「不敢。」「絕對不是！」

過去幾個月的了解，他也知道，當日本人遞出辭呈時，不是只做做樣子，而是吃了秤砣鐵了心，很難再有挽回的餘地。考慮了一下該如何說，他晚上打電話給紐約的大老闆，告訴兩名重要的日本幹部要辭職的消息。

「現在，只有三條路可以走。」他對大老闆分析，並提出解決之道，「一個是提出更優厚的條件來挽留他們，不過可能不容易；二是從市場找人才，不過也不容易，市場上既資深又英文流利的日本人並不多；三是從內部晉升，將公司的二號人物升上來，自己再辛苦一點。」當然，這些說法都是經過他詳細的盤算，將結果導向他想要的結果。

果然，「去他媽的那些傢伙，你該做什麼就做什麼！」老闆的反應如他所料，只是更粗野一些。他也明白老闆的真正意思是——這是你的場子了，反正這是你的決定，你自己要負全責。

他想，這樣最好，我就怕你不讓我負全責。

他沒想到的是，升二號人物上來竟然也出現困難。這兩個部門的二號人物一聽要他們佔老長官的遺缺，不但沒有笑逐顏開，反而一副驚恐萬狀的樣子，「啊！高橋（中山）先生的工作這麼難，我做不來。」「啊！我沒有準備好！」「啊！高橋（中山）先生走前沒交代！」「啊！不知道他們都是在做什麼……」一個又一個「啊！」的語助詞，把程風的頭都轟昏了。

這時，程風才體會到，原來那兩個老小子，雖然人離開了，但依然掌控著自己手下的這群員工，以彷如日本政壇派閥的約束力量加上古早武士對家主的忠心，想要讓自己陷入動彈不得的處境。他想，這些日本人不但只看腳前的土地，畫地自限之餘，還要限制對手。

不過，程風可不會束手待斃。第二把手不行，他看上營運部一個名叫伊勢本的傢伙。這小子慶應大學畢業，英語講得很好，而且，看起來沒有「老日本人」那麼多僵化的習氣。於是，他找來伊勢本，邀他共進晚餐。伊勢本倒沒有一般日本人那種推託，馬上就答應了，並且還看似被動地約了一家德國餐廳。程風並交代他：「吃完飯，我們再去銀座坐一坐。」

他們一走進那家德國餐廳，經理馬上過來熱情招呼，顯然是常客，完全不像伊勢本當初刻意做出「不是很熟」的樣子。聊了一下子，伊勢本客氣地問程風：「我可以選酒嗎？」他當然連聲道好。等到酒拿來了，他看到酒瓶掛的名牌上，赫然就是伊勢本的名字在上面，顯然是他存放在餐廳裡的酒。他不由想：「日本人就是這樣，心裡想的是一套，說的又是一套。」

愉快的晚餐後，他們一起到了銀座，進了李姐姐開的酒廊。伊勢本為這酒廊的高級程度及程風受到的禮遇程度而大吃一驚，這可是有錢也不見得買得到的待遇。程風也未點破他和李姐姐的關係，有些事情不點破更好用。

程風向他說明目前情況，以及想讓他接掌高橋職位的意思。「那我來試試看！」伊勢本倒不囉嗦，一口氣答應接下營運部門的協理職務。

後來，程風才了解，伊勢本的承諾是冒了多大的風險。日本辦公室的階級及鬥爭之慘烈，不下於政治派閥，高橋及中山雖然離開辦公室，但仍以派閥的手段控制著以前的屬下，這也是為何二把手不敢接任的原因。如果程風只在東京待不久，曇花一現，伊勢本的下場將會像流浪武士一樣，被驅逐及追殺，很慘。

伊勢本果然是個負責任的漢子。程風放手讓他去做，要什麼給什麼，而他接手之後拚了命地努力工作，有時程風注意到他的領帶和襯衫連續兩天相同，領口和袖口有污漬，就知道他前一天晚上一定工作太晚，來不及回家，只好去住那種像棺材式的膠囊式商務旅館。他不由心裡有一些感動。

結果，伊勢本成為他的得力助手之一。

另一個人選，也是一個被日本人視為「離經叛道」式的人物。渡邊一郎個頭不大，看來短小精悍，一頭往後梳的黑髮油光水滑，看起來像是紐約街頭的黑幫小混混。不過，他真是一身武藝。他是日本自衛隊大學（相當於陸軍官校）第一名畢業，射擊、肉搏、野地求生，再加上沙灘放雙手狂飆摩托車，樣樣都行。

可是，當初因為崇拜三島由紀夫而投身軍旅的渡邊一郎，幹了三年自衛隊後，認清事實與理想之間的巨大差距，夢想破滅，於是跑到美國紐約大學唸起了MBA。他結婚三次，娶的全是白種女人，兩個前妻分別是英國人和美國人，現任是澳洲人。他家是有錢人，在東京的房子有五、六棟，全身穿著最高級質料的行頭，開著保時捷上下班。

在傳統的日本人眼中，他太囂張，一點都不低調。但在程風的眼中，這些「缺點」根本不是缺點，而且，他是個做事像拚命的猛將。他也很爽快的接受了程風的邀請，出任財務經理。

這兩個人就位後，基本上程風的防線已經穩下來，接下來，就是怎麼發揮戰力了。

九 火力全開

程風自己更是火力全開，應付這段艱鉅的時期。而在他優先次序排名表上，排名第一的仍然是「溝通」。

在剛剛接手的幾週內，他幾乎每天都會把這一天的重要交易鉅細靡遺的報告給紐約的幾個老闆。他常常在週五從晚上七點寫到十二點，眼看地鐵已經收班了，乾脆繼續幹到早上，早上搭最早一班地鐵回家，睡一覺，再回公司繼續拚。時差的關係，東京的週六正是紐約的週五。

他之所以這麼做，是因為紐約總部對於東京辦公室在做些什麼事情，一直搞不清楚，問也問不出名堂，因此對東京辦公室極端地不信任。直到程風開始這麼幹，他們才逐漸了解東京所發生的事情。他知道，這就是老美要的東西——搞清楚狀況。而他也趁此告訴老美，他對於這些交易的看法和建議，東京——紐約的溝通管道總算暢通了。

日拚夜拚，唯一剩下的休息日子只剩週日，程風也不放過。在李姐姐的協助下，他常常可以在週日的高爾夫球場上，見到他想見到的商社社長或銀行家。往往，在前任老美總經理和日籍幹部故意杯葛下，不肯幫忙安排行程，他卻在小白球的遊戲中結識這些重要人物。

做為程風的祕密武器，李姐姐簡直是大放異彩。每次程風想要「認識」哪一位重要的日本商界人士，他會拿著工商名人錄給李姐姐「點名」，李姐姐會想辦法把他想見的人邀請到酒廊。一般商會社長都不會拒絕「銀座老闆娘邀請」這麼有面子的邀約。於是，他就在李姐姐的酒廊和這些名流「巧遇」，再約了第二天在辦公室談事情。

這些事情，都讓手下的日本人大呼「神奇的程桑」。他們怎麼都想不出來，和日本毫無淵源，來到日本沒多久的程桑，怎麼有辦法結識那麼多重量級的商業人士？

而在內部力量的整合上，程風知道，第一步要先收買人心。東西方文化不同，而日本人對於「忠」的執著，有時候讓程風哭笑不得，不知道該佩服還是頭痛。但既然「忠」是問題的癥結，他想，至少得讓他們忠於自己。

人世間奇妙的事情是——當你真心想要做什麼時，機會就會來到。

在總務部擔任經理的森島陽子，大概是東京辦公室最老資格的員工之一，已經在此辦公室工作了二十年，早就把美信銀行當做自己的大家庭。對於新來的總經理老是東問西問，早就覺得不順眼。有一次，程風又去問事情，她不客氣的說：「你為何要問這些事情？社長不需要知道這些小事。」程風則好聲好氣的向她解釋，許多決策都要依賴細節才能成功。「妳難道不想公司成功嗎？」

從那次以後，這名身材壯碩，梳著清湯掛麵髮型的女士對程風的態度好多了，但真正的轉捩點，則是在一次年終談話後發生。在那一次的年終談話中，程風問她，幹滿二十年，對公司有何要求。升級？加薪？她都搖頭說不。

陽子說出一番話來：「二十年來，我最大的心願，就是拜訪紐約總行。」程風吃了一驚，這是多麼平凡的願望啊！為什麼會特別提出來？原來，以前的總經理都曾答應過她，替她安排紐約總行的「朝聖之旅」，但最後都只是口惠。幾次失望的經驗，讓她對程風並沒抱多大的希望，只是不由自主地，就把多年來「朝聖」的願望說出來。

「這有什麼難？妳想什麼時候去？」程風一聽，當場就拿起電話，接通紐約的行政部門，替陽子安排了一趟紐約總行的拜訪行程。看到頂頭上司這麼做，陽子當場開心的流下眼淚。原來，一向嚴肅近於刻板的她是個單親媽媽，唯一的女兒因為臉上的胎記加上功課不好而感到自卑。學校的老師也常常諷刺她：「是不是外商公司太忙，都沒有時間教小孩？」

本來程風還要替她支付全部旅費，但陽子堅決婉謝，只讓他付旅館的住宿費。陽子高興地去了紐約，一週後滿面春風地回來。從此，她成為程風最死忠的屬下。

好笑的是，程風接手半年後，有一天居然接到高橋的電話，約他去喝咖啡。滿懷好奇的程風應邀前去，想知道發生了什麼事。原來，閒居半年的高橋並無法安享退休生活，想要重新出來找事。他想要請程風替他寫推薦函，在日本，沒有前雇主一封好的推薦函，很難找到好的工作。

看著高橋客氣到近乎卑躬屈膝的樣子，程風忍不住興起一種惡意的快意。當初被他惡整的日子猶歷歷在目，想不到這麼快就有可以報仇的機會。但當他看到高橋低垂的頭上日漸稀薄的花白頭髮，他想，算了。

轉念間，一個新的想法在腦中產生。

「高橋先生，既然你在找事，」頓了頓，他說：「你要不要回來工作？」這個提議被高橋先生強烈拒絕了。他想，可能日本也有類似「好馬不吃回頭草」的諺語。「那麼，這樣好了，」他提出另一方案，「我會替你寫推薦信，先讓你看過，然後在你面前封起來，再寄出去，好不？」

高橋對程風這麼肯幫忙，簡直是出乎意料而竟有些手足無措起來，他本來是抱著被拒絕的準備而來。想不到，情況卻完全不是想像中事。

程風故意手書推薦函的草稿，讓祕書來繕打，這個「以德報怨」的故事當然傳遍了辦公室。當高橋先生來到辦公室拿推薦信的那一天，他原來的部屬有了新的效忠對象。

三個月後，中山先生也回來拿推薦信了。

程風的「以德報怨」收服了美信銀行東京辦公室的所有日本人，他們說：「程桑是偉大的人格者。」一群流浪武士重新找到了值得他們效命的新家主。日本職員拚了命似地衝業績，就像武士在戰場上一樣的兇狠。

結果，東京辦公室這段時間，創下該辦公室自泡沫經濟破滅以來的最佳成績。

十 國際傭兵與流氓武士

中國人在二次大戰時，對日本的侵略採取「安內攘外」的戰略，辛苦贏了日本軍國主義。無獨有偶，中國後裔的程風，在半個世紀後以「安內攘外」的策略搞定辦公室後，做到了美信銀行東京辦公室有史以來最大一筆生意，也成就了程風的東京傳奇。

收服了日本職員後，程風待攻克的是另一個戰略高地——由小老美把持的交易中台。雖然在資本主義社會中，向來服從「誰是老大誰說話」的原則，但當種族的因素摻雜其中，變數就不一樣了。

東京辦公室的美國職員以交易員為主。他們坐領高薪，但大多不具備日語會話的能力，也不懂日本文化，但對此現象，短時間內程風也莫可奈何。因為所有的交易最後都必須匯整在一處，再由交易員向全世界各地敲價格，流利的英語是必備的基本條件，而這是大部分日本職員力有未逮之處，即使是在美信銀行這樣的外商銀行中工作的日本職員也一樣。

要讓小老美不再囂張，首先得要找到能夠取代他們的人。否則，說什麼也是白搭。但是，在見到澳洲人達利．尼古拉斯後，程風突然有了一個想法。

金髮碧眼的達利，父親是西澳洲有名的賽狗用犬隻的蓄養人。他在從國立澳洲大學畢業後的第二天，跳上飛機來到東京。當時日本政府在前首相中曾根康弘的推動下，提供外國人一種打工／觀光簽證。外國人如果能在日本找到工作，一次就可拿到一、兩年的簽證，對來日本找工作的外國人十分方便。

達利下了飛機的第一件事就是去學日文，並且還交了個日本女朋友，所以他的日文很好，很流利。他第一份工作是在新力，而程風見到他後，立刻就進行挖角。

達利的表現果然不俗，畢竟美、日雙聲帶就夠好了，而他還通曉一點法語；相形之下，要比只會說英語的小老美要強多了。程風問他：「你有一些像你一樣的朋友嗎？」

「嗚……好幾個。」

「把他們統統帶來。」

原來他們有一批常玩在一起的「國際人」──來自英、法、德、丹麥、挪威……各國都有，幾乎都是大帥哥，而且都交了日本女朋友。他們來自語系複雜的歐洲，幾乎人人本來就通兩、三種語言，再加上和女朋友學的日文，可說是多聲道的國際部隊。在程風大力網羅下，他們立刻就成為程風的外國傭兵部隊。

這批傭兵部隊通曉多國語言，每天交易中台在向世界各地檢核數字時，只聽見各種語言滿天飛，而在程風的耳裡聽來卻如同美妙的交響曲，打破了以往由幾個老美交易員演出的單曲表演。

這時美國還來了生力軍。他在紐約的同事尼爾．卡森，本來就對程風佩服得五體投地，交了個華裔女友之後，對神祕的東方更是嚮往無比。於是，他決定從紐約調到東京，繼續追隨程風。卡森還帶來一個頭髮紅得像火，膚色卻如雪般白的愛爾蘭裔傢伙——雷夫。雷夫長相怪異，但卻是個電腦高手，粗短的手指在鍵盤上飛舞，速度飛快，根本是把電腦當做鋼琴在彈。這兩個人，就成了程風個人的近衛隊。

而造就程風東京傳奇的這宗生意，就是以「￥SHOP」聞名的武士殿企業上市案。這是一個沒人敢碰的案子，其中最重要的原因，是因為武士殿企業在日本的名聲不好，被認為是黑道加高利貸的組合。

武士殿本人的故事也相當具有傳奇性。二次大戰快結束時，因為戰爭之故，物資缺乏，民生凋敝，他在此時入黑道，當了流氓。他以賭起家，在那個戰亂動盪的時代，美軍轟炸機沒事就來丟炸彈，人人自危，朝不保夕，於是許多人就瘋狂賭博，拿著房地契上賭場。

從那個時候開始，武士殿就開始收購東京的房地契。許多人覺得他腦筋有問題，成天受到轟炸的土地值什麼錢，很多人以賤價將不動產賣給他，以換取微薄的金錢和食物。當然，其中不乏以不太正當的手段取得的房地產。總之，到戰爭結束時，武士殿的手上握有一大把的房地契。

很有商業頭腦的武士殿，將房地契抵押給銀行，以百分之五、六的利率取得貸款，再轉手以高達百分之三十六的高利貸貸出去。聽來也許很不合理，但是，武士殿「￥SHOP」的出現，填補了銀行消費性貸款的缺口。

由於日本傳統文化上以借錢為恥，所以銀行的消費性貸款的業務老是拓展不開，但是民間的小額消費貸款的需求其實存在，例如，女子成年後，不論是畢業典禮或結婚穿的正式和服，一套動輒五、六十萬，上百萬亦很平常。例如，男子向女子求婚的鑽戒、年輕人矯正牙齒的費用……

武士殿看準了市場需求與銀行貸款之間的空隙，設計了一個可以滿足消費者和他自己的機制，提供給大眾。¥SHOP在全日本有四、五百個據點，普遍設在一棟商業大樓的一個房間中。消費者走進房間，進入一個以布幔圍起，像投票所似的一個自動貸款機前面。

所有的交易是以遠端視訊的方式進行，消費者不需要和任何人面對面進行借貸。求貸者提供駕照等證件後，簽下一份制式合約，就可以借到一百萬日幣。利息是以每日計算，每日利息算起來不過是一包香菸的錢。此一方法不用拋頭露面，頗符合日本民眾的需要。

而這套辦法為人詬病之處在武士殿討債的方式，其行徑和台灣現在許多討債公司手法雷同——討債公司會向欠錢者的鄰居宣告此事，使得借貸人顏面全失，跳樓或全家自殺者有之，連夜逃走者更多，因此甚至出現了專供逃家者短期駐腳的「夜逃屋」。武士殿討債的手下全都穿著粉紅色西裝，戴著黑色墨鏡；而這充滿了反諷瑰麗色彩的裝束，卻成為令人害怕的象徵。

程風決定親自去拜訪武士殿，以評估計畫的可行性。他在大得出奇的豪宅裡見到的武士殿，只是一個七十多歲的老人。除了眼睛的光芒依然銳利之外，程風看不出這個老人曾經是讓許多人聽到名字就害怕的人物。

看到美商銀行的總經理居然是個東方人，武士殿顯然也吃了一驚。不過，他點點頭，說：「也好，也許東方人會了解我的想法。」他很直爽的對程風承認「我這輩子出身低賤」，走上了黑社會，雖然後來努力參與公益事業，但污名卻並未洗刷。他說，因此，這次公司上市，對他的意義重大。

「我希望，到了蓋棺論定的時候，人家會認為我是一個好人。」因此，武士殿企業上市後，雖然他的持股將會退守百分之五十以下，但他希望，在上市後五年內，多少都能配息給股東，不要讓他們虧錢。為了達到此一目的，他要把一千億日圓拿出來，放在外面，等公司需要金錢挹注時能隨時奧援。而武士殿也擔心，雖然當時日本的利率不高，但如果日圓利率大幅上升，將會影響到公司營運成本而造成虧損。

聽起來，程風覺得，武士殿雖是流氓出身，倒還挺有武士的風範。但問題是，這一千億一大筆錢，該放在哪裡？他向程風建議：「可不可以存放在你們那裡？」程風連忙搖手拒絕，這麼一大筆資金存入銀行，銀行要付大筆利息，他馬上就會被痛宰。

了解武士殿的需求後，程風答應：「我回去想想看，有什麼法子可以滿足你的需求。」他回去用心思考，武士殿既要把一大筆錢拿出來，又怕利率上升影響公司，何不賣他一個利率漲幅的保險？當時市場利率約在百分之五，程風想和他賭，如果利率超過百分之十，其漲幅部分由美信銀行吸收。

換句話說，武士殿只要付一筆保險費，美信銀行將會承擔利率升到百分之十以上後的損失，百分之十以下則由武士殿自行承擔。程風提出的年保費為本金的百分之二，簽約五年，總數為一百億日圓，相當於一億美金。

在他向武士殿提出此一辦法，並說明武士殿可以提前解約，但保費得先付。當武士殿了解這是一個可以將錢合法拿出來的方式後，同意了美信銀行的條件，雙方正式簽約。第二天，紐約美信銀行的帳上就多了一億美金。

這筆錢可把紐約管理階層嚇壞了——東京辦公室是做了什麼事？為何帳上會平白無故多了一億美金？他們要程風「立刻回來」，跳上下一班飛機回紐約總部解釋。

早有心理準備的程風，乾脆抱了一台電腦上飛機，將所有報告的內容做成Power Point。飛了十二個小時，他到紐約時，已經是晚上八點。第二天一大早，所有高級管理人都出席了簡報會議。

「我們沒有風險！」簡單介紹武士殿的背景和交易過程後，程風一言道破大家擔心的重點。根據他的估算，實務上的唯一風險是日本銀行利率衝到百分之十以上，但這在當時幾乎是不可能。這一億美金，可說是穩賺不賠。

「唯一值得擔心的，」他頓了下，引起大家的注意力，然後說：「就是我們的名字會和武士殿連在一起。只不過，各位，你們知道武士殿是什麼東東嗎？」他的話引起哄堂大笑及熱烈鼓掌，大家心裡都為了紅利增加而高興。

大老闆更是高興，他深慶自己慧眼獨具，而程風果然沒令他失望。他讚賞的拍拍程風，笑著說：「風，你的紅利可不能把這一億元也計算在內。」程風馬上笑笑的回擊：「那我馬上就把這一億元還給武士殿。」兩人相視而笑。

像一位凱旋的將軍，他回到了日本。一進辦公室，所有的職員都站起來，熱烈鼓掌，口中大聲喊著：「Go! Go! Go!（加油！加油！加油！）」

十一　假面的下面

程風曾看過一篇日本女小說家寫的一個故事，讓他非常目瞪口呆。故事描寫一名在週五晚上整夜陷於不倫戀狂歡性愛的上班族女郎，在週六清早搭乘最早一班電車回家，繼續其正常規律的生活。當她穿著整齊的制服，站在月台邊等待電車時，昨夜那男人熱熱的精液，此時卻沿著大腿緩緩流下……

這一段文字帶來的視覺印象，以及表象與內在的落差強烈地衝擊了程風。中國人的背景，他知道東方人常有表裡不一的毛病，但日本人似乎更嚴重。

角阪淳是程風第一個認識的日本職員，從他身上，程風發掘了許多日本人的特性。而他認為其中最重要的一點，就是——日本根本是個兩面人的社會。

拿角阪淳來說吧。他是名校畢業，進了外商公司，在瑞士待了七、八年，對歐洲如數家珍。他穿亞曼尼西裝，戴百達翡麗名錶，開賓士汽車，與老婆結了婚但兩人卻協議不生小孩。他喜愛滑雪、起司火鍋、藝術品，音樂……注重生活品味，十足十的雅痞作風。

但是，當程風隨他走進大藏省，和主管經濟的官員打交道時，卻發現那個洋味十足的角阪淳不見了。見到先期進了大藏省的學長或官員，他鞠躬哈腰，行禮如儀，完全是程風心目中百分百的

「小日本人」樣子。在此一時刻，他幾乎忘記了角阪先生的樣子。

而讓他有「震撼」感覺的是在安靜、清潔、秩序井然外表下，存在於辦公場所中，種種令人驚心的不平等現象，尤其是對女性的歧視。例如，「辦公室奴隸」的存在。

一開始，他發現在員工中，有七、八人是為期二、三十年的約聘人員，清一色的女子。他認得其中一位，人長得白白淨淨，做事很努力。照理而論，約聘人員是屬於臨時雇員，居然有年資二、三十年的臨時雇員？他詢問人事部門，為何有此不合理的情形存在？如果這個人能力強，就應轉正職，要不等臨時工作結束後，就應解聘。該部門請他寬限三個月，以考核對方是否能升為正職人員。過了三個月，再延長三個月。半年過去，該部門回報，決定不給她升正職。「都試過，她能力不行升任正職。」已經叫她回家了。「既然如此，那就找其他的人來做她的工作吧。」答案是：「找不到。」「那你還需要這樣的人力嗎？」「需要。」「那怎麼辦？」「叫她回來。」

聽到這裡，程風覺得不對，一定是自己有問題。但一段日子下來，他已經知道日本人不會輕易就說出自己的想法，於是趁下班時，找著了負責的主管一起去喝酒。酒酣耳熱之際，對方才借酒遮臉，說出隱情。

他這才知道，自己的一時興起，居然造成管理上一個不大不小的困擾。

原來，幾乎每一個部門，都有一個像是這樣的「賤民」存在，她們通常負責影印、文具、抄寫、跑腿等打雜的工作，常常也是全部門的受氣包。她們做的工作雖然微不足道，但卻不能一日缺少；而要找人替代，卻又沒那麼簡單。「每一部門都有這麼一個人。」微醺的日本主管帶著酒意說：「她們使辦公室的運作更為和諧。」程風漸漸了解了日本人的思路，為了事情的和諧運作，至少在表面上，少數人的犧牲是必要的、無可避免的。

社會上的情況亦何嘗不是？程風想到了奧美桑。

奧美桑是傑出的女同事，不但人漂亮，而且工作努力，表現傑出。但令程風不解的是，奧美桑美麗的一雙大眼睛中，老是流露出一種悲傷的神色。

有一天，奧美桑忽然正式求見。程風覺得奇怪，他信仰美式管理開放的風格，平常也是走來走去和同事互動，有什麼重要的事得在辦公室談？奧美桑先恭敬地遞給他一份繕打得整整齊齊的履歷表，然後說明原因。

「因為可能有人會來提親，並可能會來公司驗證一些經歷，請總經理幫忙。」結婚是好事，程風當然連聲稱是，但是他不解，為何奧美桑還是露著悲傷無奈的表情，並無新娘子的嬌羞欣喜。大概他的表情太明顯了，奧美桑輕嘆一口氣，向他解釋，過去曾經有兩次相親交往的對象，雖然雙方當時相互滿意，但對方卻都沒來提親。她不確定，這一次是否也是一樣的情況。

而前兩次的功敗垂成，並非沒有原因——奧美桑的媽媽是韓國人。在日本社會中，依然存著根深柢固的種族歧視現象，身為韓國人的後代，奧美桑必須承受此一苦果。程風終於了解，為何她總是流露著悲傷的神情。

因為奧美桑，他又想起了森島陽子。自從紐約一行後，森島陽子對他是絕對死忠，他也更了解森島陽子的辛苦。森島陽子的丈夫去世後，孤女寡母就一直受到歧視，甚至親友鄰里間，也有人傳出她丈夫所以早逝，是因森島陽子太強勢之故。學校老師並不因為單親家庭而善待她的女兒，反而對身兼母親與職業婦女兩職的她百般挑剔，常常出言諷刺。

諷刺的是，雖然日本人好像拚命要保持和諧，但辦公室內鬥爭的慘烈，絕不輸給真槍實彈的戰爭。當初高橋和中山離開時，部門的第二把手以各種理由拒絕接任。說穿了，其實不是他們不想接，而是怕遭到以後的報復。

而如果升了一個人的官，「同梯」的同事雖然在表面上都是異口同聲：「啊，這是正確的決定。」「社長的意見是不會錯的……」如果信以為真，那就錯了，檯面下的杯葛和鬧脾氣等小動作層出不窮，相鬥絕不手軟。

程風後來學會了日本式的處理手法。他會將這位鬧事的人找出去一起喝酒吃飯，讓對方可以借酒裝瘋，發洩一下心中的不滿，然後他再給予適當的開導及「以後一定會升你」的承諾。除此之外，還得找一位罩得住的同輩，以言語開導他，強調以和為貴。

當然，不是所有的日本人都是這種外馴服內龜毛的人，也有另一種是腳踏實地，努力工作，令程風都感到佩服的人。

在李姐姐的店裡，程風認識了一個大企業社長的二世祖。他英語流利，曾在麻省理工學院唸工業設計。碩士學位讀到一半，正值英年的父親卻因心臟病突發而去世，企業由母親接手。

本來，他回國去接掌父親留下的企業理所當然。但他卻不這麼做，他拒絕了母親要將企業交棒的建議，反而自己創了一家公司，做為企業的外圍公司。經營十年後，這家外圍公司也在他手下經營得有聲有色。程風很好奇，為何他會這麼做？現成的大企業二世祖不當，卻從一個小公司胼手胝足做起？

「這種事情是急不來的，」他氣定神閒的回答程風的疑問，「如果我一回日本就接手家父的大企業，個人的經驗不足，一個判斷可能就會導致企業的大損失，會影響很多人的生活。從外圍的小公司做起，不但自己可以獲得寶貴的經驗；如果成功，還可以和企業成為相互呼應的態勢。而且……」他不無得意的說：「自己勞動過後的果實比較香甜。」

更多的例子讓程風體認，在日本，表象與內涵常有極大的差異。因此要成功的經營在日本的美商企業，只有一套管理方式是行不通的，至少，也得採取美、日、中三軌，加上個人的獨到心得，依人性依歸來靈活運作，而且常常得「打敗」既有的系統。例如，就像他搭乘日本新幹線火車的經驗。

日本新幹線火車速度極快，但東京到國際機場的車票不好買。常常，為了遷就祕書訂來的車票時間，程風必須提早兩、三小時就在機場候機。這樣太浪費時間了，他想，何必為了一個座位浪費時間，一定得跳出思維模式，想個辦法克服。經過觀察，他發現東京車站有出售月台票。反正他的隨身行李向來很少，於是買了月台票，一見新幹線火車就上。待列車長來驗票時，他就按規定補票及罰款。

結果，他發現，雖然多罰了一點錢，但時間不浪費。而他每次將這招講給日本人聽時，他們往往聽得目瞪口呆，連聲道：「程桑，這樣是不行的啊……」對守法成習的日本人而言，一個大商社的社長居然採取這種離經叛道的作法，簡直是不可思議，被別的商社社長知道要怎麼辦……他們都苦口婆心的勸他下次絕對不可再犯。

但是，程風心裡想，這就是你們沒有成為武士殿的緣故。直到他離開日本前，程風依然如此我行我素，以「打敗」日本系統為樂。

終章

返鄉

Money Game

一九九四年，程風在東京工作第二年時，紐約美信銀行和企業、產業界的明星寶僑公司打起了一件官司。他沒想到的是，這件官司居然使他離開東京，回到出生的故鄉。

這一件官司，起因於美信銀行採取了一項緊急的行動，企圖挽回寶僑股票的頹勢。結果，寶僑的董事會卻不承認這項授權過程有瑕疵的行動，雙方為了是否有告知義務而爭辯，吵得沸沸揚揚。銀行槓上製造業明星，大家都等著看好戲。

即便如此，營運順利的美信銀行並沒有要低調行事。那一年，美信銀行選了美國東南岸的旅遊勝地邁阿密舉行年度會議。他們包下著名的天鵝酒店，並且還將迪士尼世界樂園也包下來了。一百多個人在裡面盡情的玩、欣賞音樂會、舉行烤肉派對、聽演講、打高爾夫球……不像年會，倒像大家參加了一場繁花似錦的盛大宴會，盡情的揮霍，盡興的歡樂。

在致詞時，美信銀行的董事長提到了與寶僑公司的「艱苦戰役」，並以財大氣粗的紐約客語氣表示，勝券在握，下面的人歡聲雷動，一幅光明景象。

事與願違，紐約金融家與中西部鄉巴佬（寶僑的總部及發源地在美國中西部俄亥俄州的辛辛那提）的戰爭，竟是滑溜的紐約客打輸了這場仗。後續的效應是聯邦和紐約州政府各派了一組稽核人員進駐美信銀行，進行查帳。

查帳的動作整整進行了一年，一年中可以查到很多毛病。雖然美信銀行當年的業績不錯，收益在百分之二十至二十五之間，但風聲漸漸傳了出來，美信銀行兵敗如山倒，盤根錯節的金融服務體系竟然快要撐不下去了，準備要轉手賣給一個歐系銀行。董事會撤換了董事長及總經理。董事會並付給他們一人三百萬美元，當做封口費。

雖然人在日本，但程風也慢慢覺得情況不對。聽到這個消息，他當天晚上就打電話給原美信銀行總經理，也是一向支持他甚力的大老闆。談了一下，大老闆給了他一個忠告：「趕快閃人！」

對於前途，他倒是沒有太擔心。所有東京跨國銀行的集團，從美信銀行風聲不穩的消息傳出，都紛紛找人在和他接頭，其中尤以世界排名第一的美聯銀行集團最積極。

美聯早就想在台灣開證券公司，趁勢大撈一筆，早就和程風接頭過，只是程風懶得動。美信銀行出問題的消息一傳出，美聯又找上他，不但提出台灣美聯證券總經理職位相邀，還又加了一堆的紅利福利，讓程風心動不已。

但是，程風還沒有決定該回台灣或回紐約。

在外商公司工作了十幾年，他看得很清楚，不管黃皮膚如自己表現得多優秀，但公司終究還是對白人好一點。回到紐約，他想，他只是成為眾多提著皮箱在紐約街頭走動的海外華人之一。看過太多跨國人才返回美國後被打入冷宮的例子，例如曾經提拔過他的維克特，程風雖曾立下赫赫戰功，但他並不認為自己能倖免於此命運。簡單的說，他會做的，老美都會做，而比起吃西餐、談政治和美式足球，他到底還是無法那麼投入。

如果要說得深入一些，就是美國總部其實並不太重視海外的功績，因為，海外就只是海外，哪裡比得過美國。也因為，一般美國的跨國銀行海外收益，幾乎只佔銀行總體收益的一至三成。大部分的收益，還是來自美國國內市場，到底美國是全世界排名第一的經濟體，也是全世界最大的市場。海外打下的那些豐功偉績，在自尊自大的老美眼裡看來，不過也就是一根雞肋骨。

至於回台灣，程風想著，自己確實有一些優勢。全世界的四大金融中心——紐約、東京、倫敦、香港，他全部歷練過，尤其是紐約和東京的經歷更是扎實，練就了一身好功夫，並且在每一地方也都打下了赫赫戰功。以前大家常常把出國進修或工作當做「鍍金」，他想，那自己鍍的金，應該夠厚、夠金光閃閃了。

就算以「跳棋理論」來檢視，程風想，在這一盤棋賽中，可供跳躍的基石早已全部打好了樁，佈好了局，連潛在競爭對手的步數也將在精密的計算下成為飛躍前進的踏腳石，只是等待自己一聲令下，大軍衝往自己的目標。

但是，他仍不確定，美聯是否會接受擁有這樣經歷的自己？以及，自己是否接受美聯？

因此，在美聯銀行的面談時，程風不但未表現出低調和謙虛，反而有些囂張，甚至反客為主，在面談時扮起說故事的人，先是繪聲繪影地講起了武士殿的故事，再下來談到在東京時組織了交易平台的國際傭兵部隊、在紐約設立衍生性金融商品結算中心時和華爾街律師的交手經驗，以及創立美豐證券時的一些趣事……。精采的情節加上適當的戲劇效果，所有的人聽得全神貫注、目瞪口呆，完全忘記了自己的面試任務，當起了像小學生一樣的聽眾。

當時主掌台灣美聯銀行業務的總經理，本來就想在台灣發展投資銀行業務，但苦於在台灣市場上找不到既通曉投資銀行業務，且擁有國際金融經驗、英語流利的人才。既然跨海找到程風，當然如獲至寶。兩人都是明白人，祕密一談，有許多觀念和想法竟然不謀而合。

從美聯辦公大樓走出來，正要進入等待的轎車，程風忽然想起，自己離開台灣，居然已經有六年多了。他想，離家太久，也該是回家鄉看看的時候了。

當晚，他回到家中，向太太提起和美聯面談的經過，以及今日突然閃過的回鄉念頭。一向文靜的太太一反常態，高興的抱著他，身子輕輕地舞動了起來，而四歲大的小女兒，聽到爸媽的談話，見到媽媽高興的樣子，雖然不知道發生了何事，也上來湊熱鬧，三個人抱成了一團。

是的，程風想，棋子總算又重新回到了「出發」的位置，等待下一波衝鋒的號角再度響起。

他拉了拉在他們身邊蹦蹦跳跳嚷著：「我們要回家了！」「我們要回家了！」的小女兒說：「囡囡，爸爸和妳玩跳棋，好不好？」

「耶！」小女兒舉起一隻手，高興得大叫，全沒想到平常忙碌的老爸怎麼有心情陪自己玩，屁顛屁顛地跑回自己的房間，去拿程風買給她的跳棋玩具。

妻子看了他一眼，不明白他忽然哪裡來的閒情逸致。程風衝妻子笑了笑。

他什麼也沒講。

跨國金融界高層的「華麗一族」，在冰冷的數字世界，掌控一切的其實是人性。

外商金融機構紛紛撤離台灣，移向對岸，遷往他國，
困守本土的年輕人，還能看見怎樣的世界？

在紐約，他一個孤立無援的金融菜鳥對上了下手快狠準的「惡棍金童」，初次見識到什麼叫事先布局，談笑用兵。
在東京，擔任外商銀行社長的他接到客戶主動上門，但那是一家年息高達16%的連鎖高利貸公司！然而，在與黑道背景的董事長詳談後，他決定接受……
他曾在印度同事手上吃悶虧，只因他不像別人那樣使暗棋；更以一本書翻轉僵局，讓愛爾蘭裔面試官卸下心防……

三十五年來，吳均龐從美商銀行到德籍銀行，三年一調的內規帶著他繞了世界一圈，與不同國籍、文化各異的對象合作。當他再回到台灣，卻發現在全球競爭浪頭上，外商銀行逐步撤守，而一心渴望美好未來的年輕人們，國際視野亦隨之受限。
於是，集畢生跨國流轉的細膩觀察，他寫下個人在跨國金融高層遇到的種種人情世故。一字一句真實歷練，讀來比小說還精采！
而這些在暗潮洶湧的商業操作下映現出的人性智慧，全都是現代台灣年輕人亟需具備的世界觀。

定價330元

狐狸與獅子

跨國金融家給一流人的修練智慧

吳均龐 James Wu

台灣、上海、東京、倫敦、紐約……長年縱橫世界金融圈，真實觀察改編故事。

在步步驚心的人性競技場上，優雅勝出，「智」者生存。

狐狸先行，獅子在後——到底誰才是萬獸之王？

・〈小聲講話，大聲笑〉厭惡應酬的外商銀行主管空降上海，以為同是華人便能夠順利融入，不料四面碰壁，成了金融圈邊緣人。此時，對手派系的下屬熱心獻策「七字訣」……

・〈「啊！這個，我很外行欸！」〉原為家族經營的老牌本土銀行爆發經營權之戰，最後由一位外來的神祕建商登上董事長大位。他嘴上推說自己外行，然而，薑是老的辣！

・〈另闢蹊徑〉堅守傳統策略的跨國基金公司不敵電子交易新浪潮，重重受挫。身為在台負責人的他壓力如山，無奈只能順著總公司的路線走，卻未察覺有一條祕徑，其實就在身後……

洞悉了客戶「敏感的神經」，一張天文數字訂單手到擒來；接下外國人眼中不可能的任務，率領團隊，兩週內募到兩億美金；全球分行負責人齊聚的跨國會議上，各懷鬼胎，爾虞我詐……

虛擬的遠距通訊彈指可達，但近身肉搏的互動與敏銳的察言觀色，超越國界，永遠是通曉人心的重要關鍵。吳均龐長年深浸多元的文化背景，以其在跨國金融界的宏觀視野，對於東西方文化內涵、作風差異的細膩體會，織就十三篇機鋒處處的睿智小說，犀利而幽默，堅定又柔軟，透過通透的觀察，帶給我們體悟：一個一流人，不只站得高、看得遠，最重要的是懂得洞察人性！

定價370元

國家圖書館預行編目資料

Money Game：金錢遊戲／吳均龐，劉永毅著. --
初版. --臺北市：寶瓶文化, 2006[民95]
面； 公分. --(vision；61)

ISBN 978-986-7282-75-0(平裝)

857.7 95022239

寶瓶
AQUARIUS

vision 061

Money Game——金錢遊戲

作者／吳均龐&劉永毅

發行人／張寶琴
社長兼總編輯／朱亞君
副總編輯／張純玲
資深編輯／丁慧瑋 編輯／林婕伃
美術設計／林慧雯
校對／張純玲・陳佩伶・余素維・吳均龐
營銷部主任／林歆婕 業務專員／林裕翔 企劃專員／李祉萱
財務／莊玉萍
出版者／寶瓶文化事業股份有限公司
地址／台北市110信義區基隆路一段180號8樓
電話／(02)27494988 傳真／(02)27495072
郵政劃撥／19446403 寶瓶文化事業股份有限公司
印刷廠／世和印製企業有限公司
總經銷／大和書報圖書股份有限公司 電話／(02)89902588
地址／新北市新莊區五工五路2號 傳真／(02)22997900
E-mail／aquarius@udngroup.com

法律顧問／理律法律事務所陳長文律師、蔣大中律師
如有破損或裝訂錯誤，請寄回本公司更換
著作完成日期／二〇〇六年三月
初版四刷日期／二〇〇七年一月五日
初版四刷+日期／二〇二三年十月十一日
ISBN-13：978-986-7282-75-0
定價／280元

AQUARIUS 寶瓶文化事業

愛書人卡

感謝您熱心的為我們填寫，
對您的意見，我們會認真的加以參考，
希望寶瓶文化推出的每一本書，都能得到您的肯定與永遠的支持。

系列：Vision 061　書名：Money Game——金錢遊戲

1.姓名：________　性別：☐男　☐女

2.生日：____年____月____日

3.教育程度：☐大學以上　☐大學　☐專科　☐高中、高職　☐高中職以下

4.職業：________

5.聯絡地址：________________

聯絡電話：________　手機：________

6.E-mail信箱：________________

☐同意　☐不同意　免費獲得寶瓶文化叢書訊息

7.購買日期：____年____月____日

8.您得知本書的管道：☐報紙／雜誌　☐電視／電台　☐親友介紹　☐逛書店　☐網路　☐傳單／海報　☐廣告　☐瓶中書電子報　☐其他

9.您在哪裡買到本書：☐書店，店名________　☐劃撥　☐現場活動　☐贈書

☐網路購書，網站名稱：________　☐其他________

10.對本書的建議：（請填代號　1.滿意　2.尚可　3.再改進，請提供意見）

內容：________

封面：________

編排：________

其他：________

綜合意見：________________

11.希望我們未來出版哪一類的書籍：________________

讓文字與書寫的聲音大鳴大放

寶瓶文化事業股份有限公司

（請沿此虛線剪下）

廣　告　回　函
北區郵政管理局登記
證北台字15345號
免貼郵票

寶瓶文化事業股份有限公司　收

110台北市信義區基隆路一段180號8樓

8F,180 KEELUNG RD.,SEC.1,

TAIPEI.(110)TAIWAN R.O.C.

（請沿虛線對折後寄回，或傳真至02-27495072。謝謝）